《福州文学6》编委会

主管单位　福州市文学艺术联合会

主办单位　福州市作家协会

主　编　余岱宗　林朝晖

编　委　余岱宗　萧　鼎　林朝晖　傅　翔　陈泳红

　　　　孟丰敏　练暑生　李玉平　林秉杰　吴安钦

编　辑　郑小莲

福州文学

6

福州市作家协会 编

海峡出版发行集团
海峡文艺出版社

图书在版编目(CIP)数据

福州文学.6/福州市作家协会编. －福州:海峡
文艺出版社,2023.7
ISBN 978-7-5550-3228-1

Ⅰ.①福… Ⅱ.①福… Ⅲ.①中国文学－当
代文学－作品综合集－福州 Ⅳ.①I218.571

中国国家版本馆 CIP 数据核字(2023)第 095642 号

福州文学 6

福州市作家协会 编

出 版 人	林 滨
责任编辑	林鼎华
编辑助理	陈泓宇
出版发行	海峡文艺出版社
经 销	福建新华发行(集团)有限责任公司
社 址	福州市东水路 76 号 14 层
发 行 部	0591－87536797
印 刷	福州万紫千红印刷有限公司
地 址	福建省福州市闽侯县南屿镇高岐村安里 6 号
开 本	720 毫米×1000 毫米 1/16
字 数	207 千字
印 张	16.25
版 次	2023 年 7 月第 1 版
印 次	2023 年 7 月第 1 次印刷
书 号	ISBN 978-7-5550-3228-1
定 价	52.00 元

如发现印装质量问题,请寄承印厂调换

目　录

诗歌

目
录

1

散文

小说

诗
歌

一步之遥（外二首）

蓝 光

在人间烟火里

我一步之遥的鳌峰坊

以及被我仰望的于山

如梦初醒

我总是放低身段

陷入无界空间

寻找答案

我与近在咫尺的一座楼相识

看重高墙和回廊的张力

思无界，行无为

我的一步之遥

只是墙内墙外

只是回眸的瞬间

只是浮华与宁静的对视

若能放下，你来吧

与被尘封的故事谈心

与茗枞轻香对话
能够拾级而上的假山
还有迎面而来的半边亭
这一切，都散发书卷气

我从楹联处窥探生命的机理
轻语。让岁月先走，我慢行
在这里一切皆有可能

忽 然 之 间

我知道春兰秋菊，总要
献出自己的柔姿
我不知道忽然来临的激动
季节的问候，就在春天的门外
你要挽起裤脚，才能走进
绿油油的日子

我已经不会轻易相信
忽然来临的惊喜了
我要面见田野、溪流和山峰
生命的旅程需要点醒
在自己的领地上留个标记

我终于看见远方村庄的灯火
开始接受突然而至的诱惑
不必多想，喷薄欲出的血液

用诗歌能唤回那份固执
接受忽然之间传送的温情

守望，沉甸甸隆起

生命的情意，是一份厚厚的典籍
扉页上有恩惠
有诗歌河流之光
我摒弃喑哑的痛
在诗里歇脚，为了让晨曦装填
我的想象

欲望扇动翅膀，在内心种下春天
有母亲的叮嘱
和夜里的萤火虫
我讴歌，用以解渴
问一汪秋水，为了抚慰执着的
赶路人

我不知，什么时候
守望沉甸甸隆起
在群星集结处
我的诗句汇集
留下赞美，汇入黎明的光
不让黑夜在生命闪耀时
突然勃起

父 亲 母 亲

叶发永

父亲的前世今生

父亲是农民

一身布衣，满身泥尘，但一张脸始终白净明亮

像一个前世的读书人

流落今生

父亲一生没念过书，一生

却都摸着书不放

有几本发黄的竖排古书

用红布包了又包

就像从前世带过来的魂

总是担心丢失

隔几天，就要拿出来相认一回

在这四面汪洋的岛上

父亲是与众不同的一叶孤舟

白天荷锄耕地，晚上就载着几个孩子

一串汗水，回到前朝

指点三国，品说水浒
这时，小屋安静，灯火温馨
周遭风起云涌
我足不出户
看见了星辰，摸到了高山大海

后来，我成了书生
后来，我把父亲的离去理解成心愿已了
退回到前世
父亲留在前朝的行装
一定正等着他一起进京赶考

有多少苦痛母亲没有咳出

母亲总是使劲在咳
咳出痰、咳出血、咳出五脏六腑
但咳不出家中的一团乱麻

把十几个人装进同一个屋檐
意味着要同时装进
一头猪，一群鸡鸭，一堆柴火
一张大桌，两口铁锅
意味着母亲要分身有术
要从自己的身上拆出更多的母亲
一个早起，一个晚睡
一个洗衣，一个做饭
一个照看孩子，一个服侍老人

拆到后来，母亲就拆到了自己的病痛
拆出一步一停
一步一咳

那个破绽百出的日子
还有多少苦痛母亲没有咳出

写在北回归线（外二首）

林兆全

真想让旅途疲惫的步履歇一歇
眺望是更远的远方
在北台湾，在花莲
尽管时间指向 2012 年 4 月 11 日 14 点 27 分
我的目光注定还要阅读更多的风景
阿美人的歌声粗犷而又伤感
咸咸地被海风吹远

来自故乡的我
在这蓝天之下，行囊显得有点消瘦
温暖的阳光在草地上书写着
思念的箴言。我所有的情绪
朝着同一个方向
但没有一丝飘忽不定的因素
就像天是蓝的，云是白的
这种坚贞不渝的象征
我觉得很好。在这样的午后
我还要继续尚未完成的旅途

唐诗宋词

永远像一对兄弟一般

对着稿纸和书卷说长道短

一千多年来一直不曾停止过絮叨

王朝是说不尽道不完的话题

其实最好的文字应是无关经典

我只在乎风月与传奇

时光的残雪覆盖过的肢体

至今仍然被一些东西硌得有些疼

夜深时读点书吧

给灵魂让出少许舒筋展骨的空间

今夜对影不成三人

自盛唐与大宋封藏下来的那份孤独

唯留自己饮尽

咕嘟咕嘟，听见了吗兄弟

全部流进了我坚硬的骨骼里

醒来时山河虽无恙

而往事已越千年

在枯死的桃花杏花李花之上

长出这一树令人仰望的旷古诗篇

致希尼和他的冬青树

本该喜欢刺桐，结果却喜欢上他的冬青树
正如本该下雪却下了雨
人的热爱与嗜好之间
轻微的分野，被远行的事物
模糊了。我曾经尝试着探究
一首诗的诞生
竟然无意间揭秘一位诗人的
生活档案，以及由此派生的人生背景

对于往事，我一如既往地忠诚
热烈。而对未知的前景
却总是打着怀疑论者一贯的眼光
以至于我在一种田园牧歌式的纯朴抒情中
一再思量这位自然主义者之死

但是我想，他和他的冬青树
如果不向我走来
那我一定会走向他们
仿佛湿漉漉的雨一直下
仿佛雨中的那棵树还在长着
有些执拗，有些坚决

无所不能的浮力抬起我的光阴（外一首）

魏　淡

一个男孩从我面前跑过

这是雨后的山谷

鸟声清脆，花枝含露

一个男孩在山谷被漫长的雨季释放

他带着口琴与漫画本

脸部有逃脱后欣喜的光

他并不能提醒我更多

除了告诉我

我的童年已经死了上百次

在光阴的谷场里被反复鞭打

已肉骨无存

一个男孩从我面前跑过

带着他的朝气与未来

而我，这个忧伤的中年男子

除了紧紧按住生活喷射的火焰

我的双手还能用来赞美

那么多崎岖的路途

无所不能的浮力抬起我的身体
信心是一种飞翔，我庆幸已跃过半个宇宙

我不会再遇见风中拔牧草的人

我不会再遇见风中拔牧草的人
不会再遇见那样的风
淹没视线，淹没想象的后半部分
那个飘忽的清晨，我只认清
在风中竭力拔草的人
是一个半佝偻着背的男人
年老，使不完的劲，不肯使完的劲
他这样投入，像投入自己的心脏
他为何需要这么多牧草
家里是否有良畜千头
但愿那不是他在发动战争

想象在此中断，风声淹没了一切
睁不开的眼睛带领我回到现实
车走马行，人们按部就班地忙碌着
这是我再熟悉不过的现实
他们献上手，脚与心脏
献上体内高速奔跑的血液
脑内超快运转的细胞
他们在拔生活的牧草
像我一样，被风声淹没

记 忆 猎 人

黄鹤权

秋 分 辞

整个下午，纷纷涉水而下的落叶
被我看成了二十四桥明月夜、一间老屋
一口虎骨酒
一团团
意欲夺走我芬芳的刀锋

这些尚留秋分时的气息
一点点析出盐粒，引渡着声音转场到一个人身上

他是我的父亲，恋着他焦黑的故土，他维持了
半生的嗜赌生涯
他刚偷偷塞给我一张数十万元的银联卡
告诉我
要和对象聊一些俗套的艳词；要穿过不惑之栏
在六平山下取回越界的本领

要放下之乎者也，打扫干净自己的个人英雄主义

我满脸都回旋起不屑
但念却熟透了
音量正节节败退，我的情绪比一旁的菜市场更浑浊
我醒着，我知道
这拧到最大的人间的隐秘，它让我欢喜

仿佛再久一点
之前的那些贫穷和疲惫，都可在这一天达成谅解

宽　恕

夏深了。蝉鸣们都先后回家
许多云涌来，在大片橘红中拍击
房间里
妻子的窗帘
还是在晚霞下折断了阴影
她正躺在床上，在手机上自立门户
等待一双
焦黑如炭的手。将她环抱
抑或，用日光做丝线，给儿子织一双船袜
直到两手空空
这是我这些天所看见的
一切看上去
多么平庸。可有什么能让一切停止下来
她就是一个平凡的少女

是人间细嫩与柔软的潮汐，但今夜我不会

轻易尝试诵读

哪怕我知道，也颇为心动

她的眼睛是一幕很宽的纪录片

有深厚的纹理

它描述了

挂在图案上的云，二十五岁草莓的气味

一个初为人母的少女的慌乱

哪怕

日子恍惚，一天天过去了

她正放缓脚步，不出声地努力，读爱与深爱

把少女的部分用光

飞 行 手 册

刘祖新

星星自己从来都不发光
它们之间
需要用几根电线
连起来

这样危险的工作
往往非他们莫属
几乎不曾失手

我放学的时候
刚好赶上他们出门儿
背负绿色的光
在森林里不断前进

不过还是有几只
贪玩，迷了路
烧死在我的台灯管上

阳光像一件小棉袄（外二首）

林德来

残垣边
它们经常在一起觅食
风一吹
芨芨草摇一摇
母鸡会抬头看看身边的麻雀
母鸡不识数
坐在屋檐下晒太阳的母亲
帮它数

大雪没有封山。年迈的母亲
也会在墙脚下多撒点稻谷

冬日，阳光像一件小棉袄
入眼之物都穿着祥光
现在，屋檐下椅子空着
我要用一辈子思念来填充

每天数着羊入眠

翻来又覆去
显然，我把床当成了百宝箱

把羊，一只一只牵出来
担心，会牵出一只披着羊皮的狼
我又把羊，一只一只牵回去

我的小木屋

喜欢葱茏。我理想中的
房子是用木头盖的
外墙保留着完整的树皮
看上去，和我姓氏一样
有一棵树的生命力

书房不要太大
书架做成树枝状
一本书就是一片叶子
文案上一幅未完成的户外写生
散发着淡淡的花香

狗屋要盖大一些
大黄跟着我，像一名监工
三只小黄狗在草坪玩耍

一只停下来，竖起耳朵
树上掉落几粒鸟鸣

忙完这些，去牧鱼
傍晚归来
我的小木屋亮着灯
像点燃了篝火
许多树勾肩搭背和你围坐一起
在等我

莲　吟

川　流

经历盛夏的漫长烘烤
翠色里还藏着那场风雨的回忆
也还是要无所畏惧的枯萎

在我有限的记忆里
只有两个东西不被侵犯
一是你走过的影子
再就是莲叶
执念里喷薄而出青涩的味道
阳光从她的缝隙透射到水面
在秋风把夏日撕碎之前
泛着的微光是她的挣扎
从小荷尖开始
接着是无穷碧
最后以冬藏落幕
像莲藕一样沉睡
在南风时又弹起
轮回在凉薄之间

一个人总能在莲叶中
寻到自己的过去

请在寒夜里交还我春季

胡　萍

日历清清楚楚记录，立春
黑夜像个变异的圣斗士，伪装寒冷
依然需要篝火，燃烧在通红中
每张脸，在盛旺的烈焰里，变形

气喘吁吁，心脏在剧烈跳动
这夜，漆黑冰凉
外借的热气终究抵不过，风声
从林子里，飙飙作响

请在寒夜里交还我春季
总有骑士拿着战刀，大义凛然
正义的手握着柄，以鲜血
召唤春天

樱花记"疫"（组诗）

王钦俤

清　零

不要说一无所有

有时候

多少逆行的背影躺下

为的是让更多抗争得以延续重新站起

与死亡之神擦肩而过

柱状图上的生命符号抛物线下降

清除一切阴霾

解放世界上最弥足珍贵的自由呼吸

车上长草

草长莺飞季节

草不长在莽莽原野

也不长在阡陌田埂上

也没有温室客厅的庇护

因为这一场不期而遇
冬去春来斑驳了这辆时光停泊的车

无论晴雨抑或暴雪席卷愤怒
把万人空巷的寂静
压得很低很低
挡风玻璃与引擎盖的缝隙之间
小心翼翼探出一丛
春天刚刚恢复元气的问候

春　归

雪地里
蛰伏冬的睡意
枝头上
悬挂春的气息

一年又一年
原以为会一直这样陪着走下去
想不到
有的脚步戛然而止
但追寻终极幸福的节奏从未停歇

两腮滑落无尽的追思
滴水成冰
青山绵延覆盖一幕幕回忆
回荡一声声永不消逝的叮咛

是什么样的人

——致敬所有一线抗疫工作者

祝婧雯

孩子们已经习惯了社区外的大白
是戴着口罩身穿防护服的人
是每次见面都要掏出棉签的人
是不管刮风下雨都站在原地的人

无人有闲暇交谈
无人敢上前攀谈
这是一场没有硝烟的战争
他们是奔波于一线的战士

他们都是什么样的人
我藏在远处默默猜测
是 80 后、90 后、00 后
还是父母、儿女、弟弟妹妹

是否也是家中的宝贝
身负使命离开温暖的家

是否也是慈爱的长辈
国有所召忍痛背起行囊

是走出家门不敢回头的人啊
是暴雨中和雨水混淆的泪啊
是视频里牙牙学语的孩子啊
是告诉亲人一切都好的你啊

大 美 福 州

——喜迎二十大，为赴福州市摄影研究会
"大美福州" 摄影展播之约而作

陈 丰

大美福州
福州有福

福州的福
在福山
福州的福
在福水
福州的福
在具有 2200 多年建城史的福天福地里

《日出鼓岭》
《福道龙韵》
《有福之州》
《闽江之心光彩四射》
《璀璨榕城》
《最富诗意的水榭戏台》
《奥体中心灯火辉煌》

《火树银花幸福城》
《闽侯大坪晨曲》
《醉美上下杭》

《坊巷龙飞凤舞》礼乐福州
从福山向外眺望
看到的不仅是被灯光点亮的幸福
还有2200多年的文化自信

立体交通四通八达
《五彩高架桥》
《琴亭湖晨雾》
《魁浦大桥华灯溢彩》
每一张进入镜头的照片
无不说明
福满福州　福州有福
福山　福水　福道
以及那一张张与世长存的大美福照
把福送到了幸福的远方

大美福州
福州有福

这个春天，汇成爱的海洋

黄延滔

三月的福州，乍暖还寒
一场疫情又卷土重来
一切正常的运转
瞬间都按下了暂停键

我望见
榕城的万家灯火亮了
一盏盏灯亮在城市的心头
春风之下，所有的隔离
像安静的爱

一个个逆行者的身影
烙刻在我的心房
有爱的地方，就有希望

白衣执甲的医务人员
抢时抢力，冲在第一线
用娴熟专业的双手

守护城市远离病毒

值勤的公安交警
在每个交通路口
风雨无阻
日夜坚守着生命的通道

社区志愿者，红色的背影
流动成一道美丽的风景
一座座绿色帐篷
无数个花伞，绽开
春天在此刻应有的情怀

雨巷里的气息
清新，流着玉兰的花香
那些伞的方向，唯一
朝着温暖与健康

看，新绿溅溅
还有什么可以阻挡
生命，正以春柳的韧性
走在福道的路上

散文

聆听一个生命远行

黄文山

一个人的生命有多坚强。他罹患骨癌15年，最初拄单拐，后来是四脚助行器，依然跟着采风队伍走四方。再后来坐轮椅，而且不能久坐，只能透过窗户，看屋外方圆仅数平方米的一处角落旮旯，说那便是他每天的风景，但仅此一角，也能感受到人间的烟火气。与他通话，总是兴致勃勃、谈锋甚健。

一个人的生命有多脆弱。因为长期卧床造成的褥疮感染，引发呼吸衰竭，送医院抢救不及，几个小时后即撒手人寰。

听到章武先生去世的噩耗，我只有一声叹息。

在文联，我是与章武先生共事最长的一位。我们几乎同时进《福建文学》，作为郭风先生的助手，一起编散文。后来郭风先生调任省作协主席，主持编辑不定期的《榕树》文学丛刊，我们又受邀担任散文卷的业余编辑。每日谈论的话题就是散文和作者。

在许多人眼里，章武先生是一名优秀的编辑，他文字功底扎实，口才极佳，作风严谨，做事认真，编的稿子，红蓝分明、清晰整洁，堪称典范。他后来从政，挂职当过管文教的副县长，回省文联先后任秘书长、副主席、书记处书记，省作协主席。但他始终没有丢掉老本行。只要有当编辑的机会，绝不放过。也因为共事中对我的了解，他常常找我合作，我们一起编选了《福建当代游记选》《武夷山散文选》

《大地精华——世界遗产在中国》《作家笔下的福州》等一系列书籍，还一起为鼓山等景区撰写过导游词。

从《福建文学》退休后，我又受邀主持一本地方文化刊物《闽都文化》的编辑工作。章武似乎很喜欢这本文化随笔类期刊的风格，每当收到当期刊物，总要给我来电话，谈谈读刊的感想。他本质上还是一位编辑。他甚至这样说，我很羡慕你，一直都在当刊物编辑。一个人一辈子只专注做好一件事，而且是自己喜欢的一件事，真好。这当是他的肺腑之言。

章武喜好游历山川，尤喜欢写山。《一个人，九十九座山》便是他人生最重要的作品之一。我总以为，一个人的生命不仅有长度，还有宽度。长度是年龄；宽度，便是经历。这部尽情着意描绘大地山川且融入人生感悟之作，让我体会到了生命的宽度。

《一个人，九十九座山》出版后，章武赠送我一册，并在扉页题写："文山兄存正之 怀念同游巴山蜀水及马来半岛诸山的岁月 章武2011年深秋于柳城。"

我和章武先生兴趣相同，喜好旅游和登山，这或缘于《福建文学》编辑部的老传统。记得刚进编辑部的时候，老编辑们常常挂在嘴边的一句话就是，想当好一名编辑就要读万卷书、行万里路，因此总是鼓励年轻编辑要多出去走走。那年头，出差是家常便饭。到了一个地方，附近的佳山胜水，自然不容错过，公余总要自费前往一览。因此，我们有过多次相伴出行的经历。

我曾写过一篇《快乐行》，描述的就是章武的行状：

> 只要一踏上旅途，尤其是坐在飞驰的汽车奔向远方，章武就显得特别兴奋。他一路谈笑风生，话锋敏锐、机智、风趣、幽默。那泉涌不竭的灵感来自车窗外移动的风景，抑或是沙沙不歇的车轮声？此时的章武，与在文联机关时浓眉紧锁的严肃状判若两人。

行走使人快乐，这快乐来自前方未曾谋面的风景的召唤，在那无声的召唤里分明能听到看到许许多多美丽的小精灵，在舞蹈，在歌唱。那一种诱惑，就像有一只只小虫在啃噬着骚动不安的心，快乐便在这轻轻的啃噬中漫漶开来。

　　我们曾一块往巴蜀去，这当是中国文化之旅中最精彩的一段。"这一条线路实在太重要了！"章武抑制不住内心的翔舞感叹地说。于是，我们走近乐山大佛，攀登峨眉金顶，游都江堰，上青城山，瞻仰杜甫草堂，拜谒三苏祠，之后抵山城重庆，而后顺长江三峡漂流而下……

　　之后，巴山蜀水便都留在我们各自的文字里。

　　当然，我们还有过多次结伴行走。无论是宁夏沙漠的阳光、内蒙古草原的朔风，六盘山险峻的道路、井冈山飞泻的瀑布还是马来半岛华人浓烈的乡情……都让我们驻足、凝思，难以释怀。

　　60岁以后，章武登山陟岭已感吃力，脚步显得沉重，但他依然坚持必须登顶，我常常能听到紧随身后的粗重喘息声。此时夜阑人静，我仿佛又听到了一道道熟悉的脚步声，沉重而又坚定。因为章武先生又要远行，当是去寻访他心中的第一百座山吧！愿他此行依然快乐！

　　于是，在静默中我写下这样的挽联："笔墨纵横，豪情宛在风云上；胸襟磊落，雅韵长留山水间。"

小巷初心 50 年

——记福州市军门社区党委书记林丹

陈毅达

如果不是我知道自己等的人就是林丹，我一定会以为，站在我面前的这个十分朴素的女同志，就是每天我上下班都能遇到的，匆匆走在大街上不起眼的福州女子。

林丹热情地与我握手，在握手的这一瞬间，我立即感到一种不一般。林丹那手掌中，传达出的是一种习惯性的待人以诚，她微笑地看着我，眼睛都带着一份亲切的笑意。我同时即刻也明白了，为什么军门社区 3500 多户的小区群众，都那么信任和依赖林丹。个中的原因，自然是林丹无论见了谁，都能始终保持着一份诚恳与一份热情。

作为福建省福州市鼓楼区东街街道军门社区的党委书记，林丹是中国最基层的社区工作者。据说，全国有 10 万个社区，50 多万个专职社区工作者。社区工作在一般人的眼中，通常是最平凡的职业。但是，出人意料的是，林丹却在如此平凡的职业做到相当的不平凡，她就靠这双手，硬是做出了十分耀眼的成绩，创造了好几项引人瞩目的新时代之"最"。

在中国最底层的干部序列里，林丹应是获得荣誉最多和最全的人。下至街道评出的先进社区工作者，然后是区级的优秀共产党员、市级先进社区工作者、省级劳模等，上至第一届全国优秀社区工作者和全国劳模，几乎所有与街道社区有关的组织机构、相关单位和部门系统的各类先进荣誉，林丹都用在社区工作中的努力作为和优秀表现，一一斩获。至今，林丹先后揽获了各级各类的先进荣誉137个，其中全国性的表彰13个。

当然，最成功的是，林丹以中国最基层的党员身份，当选为党的十七大、十八大的代表，在中国共产党的建党百年之际，荣获了党的最高荣誉——"七一"勋章，并作为唯一的全国优秀社区工作者，受邀与全国的29位各界杰出精英和杰出代表，一同在举世瞩目的场合中，站在北京天安门的观礼台上，饱含深情地看国旗升起，无比激动地唱响中华人民共和国国歌。

如同一个新时代的"长跑健将"，林丹登上了"社区事业赛场"冠军的领奖台，攀登上了个人奋斗的巅峰，将自己的平凡人生，提升到了理想追求的最顶峰。

可以说，特别是中国进入新时代后，在全力推进社会治理和社会服务过程中，林丹靠着自己的双手，用情用力抒写了一个中国改革开放以来社区基层干部不忘初心、奋斗不止的"时代传奇"。

始终如一的坚守

林丹自小生活在一个普通的家庭。1966年，16岁的林丹从家中偷出了户口本，主动去报名到福州的北峰农场插队锻炼。林丹回忆说，那时根本没有更多的想法，也没有树立明确的人生目标，就是感到响应党和国家的号召、积极去农村接受艰苦的考验是一件很光荣的事情。说到这，林丹又解释说："至今，我想起这件事，仍然没有什么后悔，我从一开始就懂得服从国家需要。"

也许，就是从这个时候起，服从国家需要对林丹来说就是一条至高的做事原则，深深地扎进了林丹的心中。

1972年，第一批插队知青，出现了返城小高峰，许多第一批知青从农村回城分配工作。已在福州北峰农场插队了5年多的林丹，是农场里第一批插队知青中最后一个离场回城的。林丹笑着说，那时候回城，也是有政策的，觉得再不回城，会让人家以为在农场表现太差了。

林丹回城后，在家等待着组织安排工作。此时，她的家就在当时的军门居委会隔壁。

这时的军门居委会，仅拥有0.16平方公里的小小地盘，横竖几条里弄，61幢楼，600多户人家。同住在一个小院里的一个叫许德时的老人，引起了林丹的注意。许德时70岁了，是居委会主任。老人每天走街串巷，计划生育、公共卫生、纠纷调解等各项居委会工作让老人干得十分辛苦。特别是老人不识字，居委会工作有时需要相关文字材料。老人有次就找到了林丹，请林丹帮忙，林丹高兴地接受了。从这时开始，林丹就介入了居委会工作。林丹说，那时反正在家等分配无聊，跟着许德时主任走这做那的，觉得居委会工作还真的挺有意义，都是做些帮助街坊邻里的事，那是做善事和好事。

起于心中的善良，源于内在的热心，林丹一下就爱上了居委会工作。虽然一分钱的报酬也没有，但是林丹每天都是乐呵呵地跟在许德时老人身后，干得不亦乐乎，很快就成了许德时老人居委会工作的左膀右臂。许德时老人看中了这个在工作中总是笑眯眯的大姑娘，觉得林丹实在是个做居委会工作的好苗子，更是悉心带着林丹，有意培养林丹。1972年8月，经许德时主任推荐，林丹当上了居委会分管治安的副主任；1973年，许德时主任病退，老人放心地把居委会主任的岗位交给了林丹。

不久，林丹接到了分配工作的通知，是鼓楼区建工系统一家国营单位。在国营单位工作，几乎是那个时代返城知青的理想。林丹去向许德时老人告别，说我要走了。许德时老人万分不舍，但又实在不好误了林丹的前程，只是一个劲地说："林丹，真舍不得你走，真舍不得呀!"

单纯的林丹只感到了许德时老人的不舍,没想更多。但是,接下来几天,不少居民得知林丹要走,就天天跑到居委会来,希望林丹别走,说你就留下在居委会工作吧,我们需要你这样的居委会主任。这时的林丹,才发现自己要离开居委会还是件挺复杂的事。

面对居民的真心挽留,林丹面临人生的第一个关键的抉择。一边是当时国营单位的铁饭碗,对林丹来说,没有吸引力那是假的;另一边居委会虽是泥饭碗,但此时的组织法还未修改,街道居委会还是个不入流的自治组织,可是林丹细细想来,感到自己还真挺不舍的。

事情相当重大,林丹一时拿不定主意,只能去同妈妈说,妈妈苦笑道,那是你自己的人生大事,你自己选择!

林丹还是想不清楚,就又去找外公。外公倒是很干脆,说了句:居委会工作很不错!

林丹最后决定再去找许德时主任。老人这时终于说出了真实想法:"林丹,你这性格在居委会工作很合适,你看大家都喜欢你,舍不得你。如果你愿意留下,我负责去找街道和区里,看看可以不可以把你招工的名额转过来,转到居委会来。"

看着老人期待的目光,就这么一瞬间,林丹心一软,终于下定了决心,那就留下干吧!

林丹留下来了。她认真地说:"那个时候真实的想法是,自己在这个社区里长大,熟悉这里的人,对这里邻里也有很深的感情。再说,那时也有自知之明,我也没好好地读过多少书,就普通人一个,没什么雄心大志。既然这里大家喜欢我,需要我,这个多难得,我留下来干还是更有价值!"

就是这么朴素的心愿和情感,支撑着林丹去奋力为大家服务,林丹用出色的工作态度和工作精神,回报街坊邻里对她的喜欢。

20 世纪的居委会干部,待遇极低,没有退休金,退休后只有一点

散文

41

微薄的养老金，更别说政治待遇和工作条件了。但林丹没想那么多，一门心思就是做好工作。其间，有好几次可以调到有正式编制的单位工作的机会，也让林丹有点心动。但是林丹一说要走，许多居民就又不舍得了，林丹只能留下。1993年，地产行业开始兴盛，一位原来住在军门社区、后已出国在美国生活的地产商，决定回国投资。这位姓高的老板，回榕后又住回到军门社区。居住一段时间之后，他十分欣赏林丹的工作能力和佩服林丹的敬业精神，主动找到了林丹，提出用高薪和优厚的条件，聘请林丹担任他福州分公司的负责人。林丹此时每个月仅拿着200多元居委会工资，但是仍然一口婉拒了。林丹风轻云淡地说："我去干，做得再好，那是仅为一个老板和一家公司做事。可是在居委会工作，我哪怕做了一点事，也是为许多人做事，这个轻重一下就能判断出来。"

林丹在居委会工作上的突出表现，也多次引起了福州市、鼓楼区和东街街道领导和组织的关注，几次想调林丹到街道工作，给予更好的条件和岗位，甚至还有个人升迁的空间，但林丹都一一放弃了。对此，林丹也有说法："开头是居民舍不得我，但现在，是我真的感到离不开这个居委会，舍不得离开大家了。"

我问林丹，你就没想过这可能改变你的个人命运？林丹笑起来："我那时只觉得自己只是个小女子，自感自己的能力只能把一个居委会主任做好就了不得了。再说吧，在军门住了那么久，与大家的感情都已经跟亲人一样了。他们舍不得我离开，我现在是更舍不得他们。人都是有感情的，一起生活在一个社区里久了，感情就特深了。我也说不太清楚，就是觉得工作可以选择，但命不能选择！我感到我的命里，就是跟他们在一起，这个没得选！"

把自己的命运，与军门社区的群众紧紧联结在一起。我终于明白，林丹为什么能心无二意，专心致志地在军门社区坚守着。林丹这一干下来，头尾就是50年。人生减去开头个人成长的时间，再去掉年老的生命尾巴，也就是 50 多年的风华。林丹等于将自己最美最好的人生，全都用在军门社区的工作上，几乎等于把一生的个人情感，都倾注于喜欢她的居民身上，这才是真正的始终如一的坚守！

雪中送炭的坚持

军门社区地处福州城繁华的中心地带，古时是兵营所在，因此而得名。随着改革开放的发展，作为老城区，人口密度越来越高，社区的情况也变得更加复杂。林丹深知社区工作虽全是无比琐碎的"婆婆妈妈"的事，却是党和政府与群众紧密联系的桥梁和纽带，是体现党和政府诚心为民服务最直接的窗口。林丹说，一开始，她心里也是没有"谱"，但她想的比较简单，都说居委会工作主要是解民忧、排民难，那她就要多做些雪中送炭的事，只要是居民的需要，再小的事也要想方设法地做好！

林丹开始更加用心起来。先是不停地在街坊里巷走访，全面了解各家各户的情况，以至于整个社区居民都知道，要找林丹，别上她家。林丹除了去街道开会或办事，不是在居委会办公室里，就是在谁的家中。林丹的丈夫游耕厉说，与林丹结婚 40 多年，林丹从未给家里做过一顿年夜饭，女儿从小到大，林丹从未去开过一次学校的家长会；林丹的女儿说，妈妈是"不称职"的，连她得了急性阑尾炎开刀住院，都是爸爸送去的，妈妈是下班回家才知道，赶到医院就坐了几分钟，然后说，对不起女儿，今天是老年节，社区有 700 多位老人在等我，抹着泪就走了。妈妈几十年来在军门社区工作上做过了不知道多少的决定，但是家里的事从来没做过一次决定。一位同事说，林丹曾因声带小结而动了手术，上午动完，下午就回到社区，因为相关部门通知有台风要来。林丹不能说话，就用纸和笔在办公室"写字"指挥安排防抗台风，一直到晚上 11 点多才回家休息。大家看着她那么不要命工作的样子，都感动流泪了。

正是如此全身心地投入，林丹摸索出了社区工作的一个重要方向，就是从助困、助学与助医着手。

居民杨某，3岁时母亲便去世，父亲重组家庭，杨某跟着年迈的爷爷一起生活，后患上了精神分裂症，一发病就大喊大叫，并有暴力行为，时常扰民。杨某没有任何收入，饿了就四处敲门讨食，左邻右舍不堪其扰，又无可奈何。林丹得知后，主动与杨某"结对子"，四处奔走为杨某申请到了城市低保，并每个月从工资中挤出钱来予以资助，还为他买衣送被，带他就医治病。杨某病情得以控制，终于过上了有尊严的生活。

居民小王，因盗窃罪被判入狱8年。小王自幼丧父，入狱后母亲精神失常。林丹主动承担起照顾其母亲的生活，并带着其母近照前去探监，鼓励小王好好服刑，争取重新做人。小王服刑期间，母亲不幸病故，林丹出面担保，让他从狱中出来为其母送终。小王刑满出狱，无处可居，也租不起房子。林丹将他接回家中居住。家人反对，林丹耐心说服，给他多份照顾，就能让他多一点重新生活的勇气。小王生日，林丹在家中为他举办生日聚会。小王感激不尽，林丹的两个女儿则噘起了嘴，心里嘀咕着，我们亲生的这些年都没享受过这个"待遇"！小王流着泪发誓，我一定重新做人！林丹为小王四处奔波，寻找工作和出路。找了几家单位，人家一听是刑满释放人员，一口就回绝。林丹说："他还年轻，给他个机会吧！出了问题，我来担保！"被林丹的精神所感动，一家大医院终于接收了小王做保安。小王一直居住在林丹家好几年，直到有了份工作，才搬出自住，后来组建了小家庭。

社区居民陈某，一家五口都是党员。20世纪90年代初，陈某的3个儿子都因企业改制先后下岗。陈某想不通，几个儿子平时表现都挺优秀的，怎么到头来也下岗了？林丹了解陈某的不解和烦恼后，看在眼里，也记在心上。此时，老社区里也出现了越来越多的下岗职工。

林丹急了，与社区同事商议，下岗人员增多，灰色情绪将在社区内蔓延，如果不尽快解决，很可能引发不稳定因素，更别说建设和谐温馨的社区了。林丹为此提出了目标，不能让一位下岗职工陷入困境。于是，林丹一方面与社区所辖的各个单位联系，请求辖区单位支持，先后安置了26名下岗人员再就业；另一方面，林丹又争取相关部门支持，在社区内办起了便民食堂、娃娃托、家政服务、家电维修、食杂小卖部等5大系列30项社区服务网络，让86位下岗职工再就业。林丹把拓展社区服务和社区下岗职工再就业相结合，觉得找到了一个好办法，干脆在社区内创办起了便民的"再就业一条街"，开办夫妻店、姐妹店、兄弟店、合作店等。在林丹和社区同事的共同努力下，军门社区的下岗再就业率达到了98%以上，一方面提高了社区服务的便民自给功能，另一方面为社区的和谐自治奠定了一块坚实的基石。再就业一条街，为军门社区增添了一道新时代亮丽的风景线。

老人问题，越来越成为社区服务和管理的一个重要而突出的问题。军门社区有1200多名60岁以上的老人，在辖区人口中占有较大的比重。林丹认为，竭尽全力为老年人创造更好的生活条件，能让老人健康快乐地在社区安度晚年，这是社区的重要工作内容，也是社区工作者义不容辞的责任。因此，林丹把敬老、尊老、爱老这一中华传统美德，深植在军门社区的工作中。每逢福州的"拗九"孝顺节和重阳节，林丹总要为社区孤寡老人、特困老人、空巢老人亲自送上祝福和鲜花，为金婚、银婚老人送上纪念品。新加坡华侨许栋先生，偶然参加了一次军门社区的老人节，亲身感受到了那尊老爱老的浓厚氛围，当场表示每年为军门社区的老人活动捐款1.5万元，同时捐赠10万元为启动资金，设立军门社区老人义诊和康复训练室。从2003年至今，许先生通过个人捐资，使社区内的残疾人、特困户、孤寡老人获得普通疾病的免费治疗。

台属吴老太，亲人都在台湾，逢年过节见到邻里合家团圆，就长呼短叹。林丹得知情况，就主动前去看望老人，对老人说，以后我就是你的亲人，有什么事你就找我。吴老太爱吃福州妙巷口的鱼丸，林丹每月至少跑一次妙巷口鱼丸店给老人买。30多年来，每到吴老太生日那天，早上7点，林丹就会准时为吴老太送来一碗长寿太平面。吴老太的亲属从台湾来探亲，得知老人被照顾得这么好，深为感动，不仅很快来福州投资兴业，还先后多次带着十几批的台商来闽考察投资。

军门社区有24户城市低保户，经林丹牵线搭桥，全部签订了社区结对帮扶协议书，每个月还能从社区获得100至200元的生活补助金。逢年过节，林丹与社区同事都带上慰问品、慰问金上门看望。社区"特困户"实现逐年减少，军门社区成了"无特困"社区。

社区居民程某，夫妻双双下岗，其妻子又身患重病，家庭十分困难。林丹得知后与程家结成帮扶对子，并多次联系省老年医院为程某爱人免费送医送药。2002年，程某女儿考上大专，可交不起学费。林丹通过福州市民盟，联系福州市光明学校，与程某女儿签订了助学协议，每年资助程某女儿3000元至其大专毕业。2005年，程某女儿考上福建师范大学。林丹得知消息那天，正好领到了1000元的劳模奖金，立即就将奖金送给了程某女儿做学费，又积极为程某女儿寻找新的助学对子，助学单位每月资助200元，供程某女儿完成学业。

孤儿王某，5岁丧父，10岁丧母，在社区的帮扶下考上了大学。林丹又为其联系助学单位，每月可获资助300元，直到她完成学业。

社区内有两名孤儿，林丹视她们为自家孩子，时刻关心着她们的生活和学习。

大爱无言。林丹的这"三助"，被人总结为社区工作的"吉祥三宝"。2006年7月，林丹的"吉祥三宝"荣获了"全国社区建设自主创新奖"。

我曾问过林丹，是什么东西让她能一直坚持做社区这些"婆婆妈妈"的事。林丹想都没想便说，都说积水成渊，积土如山。社区工作看似很小，但是做久了，久做了才知道，积小成大，积善成美。社区本来就是一个城市最小的组成单元，如果每个城市的社区都成为城市的一个小花园，成为城市的留香，那么城市不就成为一座美好的大花园？人人每天都生活在花香之中，生活不就很美好！这些年，她就感到社区工作是越做越有"奔头"！每个人都能尽力为社会尽点自己努力，哪怕很小，但累积起来，不就非常多吗？

林丹的一位同事告诉我，福州东街派出所曾经接到报警，说是有个80多岁的老人在大街上乱走，车来车往很危险。派出所立即出警，发现这位老人患有老年痴呆症，是个走失的老人。民警怎么询问老人，老人都不知道正确回答，但嘴里不时会说出个福州话的丹字来。将老人带回派出所后，一位在场的老民警突然反应过来，猜测说，丹会不会是林丹？会不会是军门社区的？军门社区在东街街道辖区内，东街派出所对林丹很熟悉，立即用车把老人送到军门社区，找到林丹，果然，这位老人还真是军门社区的居民。

一直拥抱平凡的林丹，居然留下了一个这么耐人寻味的神奇故事！

执着为民的坚定

林丹告诉我，军门社区原先是没有党支部的，只有居民委员会。1991年初，时任福州市委书记的习近平，深入到军门居委会调研指导工作，特别问起了居委会有没有党支部。林丹没想到习近平会问这个问题，如实回答说没有。习近平就叮嘱说，今后居委会都要成立党支部。林丹说，知道习书记要来居委会调研指导，她事先做了很充分的准备，但是习书记的这一问，确实让她没有想到。此时做居委会主任已10多年了，她原来以为自己对居委会工作已十分地熟悉和了解，但习书记的这个提问，让她陷入了深深的思考。她猛然地醒悟过来，时代在发展，社区工作也在不断变化，新形势、新情况、新问题都要求社区工作有更进一步的提升。社区工作承担了越来越多的社会责任，仅为群众提供优质的服务还不够，应该在提供良好服务的基础上，加强团结引领社区居民，进一步加强社区自身建设和管理，让社区成为一座城市发展的重要力量。一个人的力量总是有限的，最关键的应该是要在居委会里建立起有战斗力的党组织。居委会不仅只是个为民排忧解难的"服务站"，更应该成为一个聚民心、促发展的"主心骨"。

不久，中共福州市委组织部专门下文，要求全市各街道居委会成立党支部。深知此举重要意义的林丹，迅速行动起来。1991 年下半年，军门社区在全市率先成立第一个社区党支部，林丹成了军门社区第一任党支部书记。

林丹很兴奋地说，就是从这个时候开始，她对社区工作有了一个更深的认识，觉得社区工作不仅要代表政府为群众做好"雪中送炭"的各类事，更要努力为党传声送力，聚集民心，凝聚力量，树好形象。这个时候，她心里是真的有"谱"了，真正找到了坚定为民的方向。

林丹开始在床头上放上一支笔和一本笔记本，一到晚上回家，看电视、看报纸，看各种学习材料。只要是她认为有学习借鉴意义的东西，她都全部记了下来。于是，她在社区内创设了"书记主任联系卡"和"便民服务卡"，提出："军门社区党支部要做到，群众一有困难，第一个就想到我们！"这在福建省社区工作中为首创。接着，又建立起了"家访制"，规定社区党员干部每个月至少要走访 100 家居民，及时发现社区居民家中的生活难处，了解掌握社区居民的相关情况，向居民及时传达宣传党的路线方针政策。再接着，林丹深化了已有的社区"帮扶制"，发动社区党员与辖区内特困户结对帮扶，签订结对帮扶责任书，让社区党员发挥带头作用。同时，针对社区老龄化人口越来越突出的特点，林丹又与同事们共同努力，创办了军门社区"星光屋"，想方设法筹集资金，投入 20 多万元，建成了一个 400 多平方米的社区"老人活动中心"，内设医疗室、阅览室、健身室、棋牌室、老人学校、老人食堂，理发室等，发动社区党员主动参与提供许多免费服务。林丹还创建"近邻党建"模式，要求社区每位党员带头帮群众，群众再帮有困难的群众；还把每月10日定为"居民恳谈日"，倾听居民诉求，邀请相关职能部门参与，现场解决问题。

2001年，福州市鼓楼区对全区所有的居委会进行了调整，组建新型的城市社区。石井居委会和南营居委会并入军门居委会，军门社区一下增加至3000多户人家。经过选举，林丹当选社区党委书记、主任，林丹身上的担子更重了。串千家门、知千家忧、解千家难，林丹自身先做到了，然后对社区的全体党员提出了这个要求。社区工作人员到岗的第一天，林丹都要他们了解党的历史，倾听党的故事。还不是党员的干部，林丹第一件事就是找他们谈话，问想不想入党，有没有为人民服务的决心。社区工作站落成后，林丹的办公室原是安排在二楼的，但林丹坚决不要，说这样社区居民来找我们，要走楼梯，实在不方便。林丹把社区全部的办公室，都调整到一楼，她说，就是要做到，居民一来，一眼就可以看见我们，我们就是要离社区群众越近越好。哪怕与社区居民能够更近一分，都说明我们社区工作更有意义了一分！

经过长时间的工作摸索，林丹创新出了一个坚定为民的"13335"军门社区工作法："1"就是坚持党建引领；第一个"3"就是健全政社互动、居民自治、社区共治；第二个"3"是搭建社区工作、社区诉求、社区服务三个平台；第三个"3"是强化队伍、设施、经费三个保障；"5"是全力打造"安居在社区、友爱在社区、幸福在社区、欢乐在社区、和谐在社区"。2018年，民政部在全国总结推广军门社区工作法。

林丹说，1995年，时任福建省委常委、福州市委书记的习近平来到了军门社区视察工作。这是他在市委书记任上第二次来到军门社区。听取了林丹的汇报，看到了军门社区的变化，习近平对军门社区的工作给予了充分肯定，高兴地送给社区一副对联"昔日纸褙军门前，今日文明一枝花"。多年来，这副对联一直贴在军门社区展厅门前，成为激励积极探索老旧社区构建共建共享共治治理新格局的内在动力。

林丹又激动地告诉我，最没想到的是2014年11月1日，习近平总书记第三次来到军门社区。总书记深入到退休老党员邱沛霖家中，嘘寒问暖，还听取了老人对社区工作的意见。总书记还专门到社区居家养老工作站，与老人们一一握手，询问老人们身体怎么样，饭菜可不可口，每天要交多少伙食费，并祝老人们健康长寿。离开社区前，习近平总书记提出了"如何让群众生活和办事更方便，如何让群众表达诉求的渠道更畅通，如何让群众感觉更平安、更幸福"这三个新时代社区工作命题，再次叮嘱在场的社区干部，一定要把社区居民的愿望了解透、关切回应好。当时的场景，真的非常让人感动。总书记日理万机，但是仍然记住到军门社区来看一看群众，指导社区工作，没有忘记军门群众，现在想想，更加深切地理解和领悟总书记说的，人民就是江山，江山就是人民。

林丹接着说，习近平总书记提出的三个"如何"命题，让她在后来的工作中越来越感到这应该就是社区工作进入新时代要尽全力破解的"密码"。这么多年在社区工作，她再次深深感到，虽然社区事小，但尽全力去做好，也是为人民，为国家。"我们肩上的担子，实际上更重了。"

这几年来，军门社区将原来的老人活动中心改造提升为2000平方米的养老服务照料中心，实现24小时全天候为社区老人服务；为给社区"双职工"居民解决孩子放学早、回家无人照顾的后顾之忧，继在全省首创社区"四点钟学校"后，又创办了"阳光朵朵"，结合社区居民孩子午托、晚托需求，提升打造了少儿托管服务中心，设围棋、书法、珠心算等兴趣班，切实解决了社区双职工家庭接送孩子的烦恼；为方便群众，军门社区还搭建了一个智慧社区平台，通过社区幸福通APP，实行一号申请、一窗受理、一网办通，提供健康、家政、养老、便利店等服务，居民足不出户就能用手机解决生活中许多大小事情；通过启动二期改造，社区面貌焕然一新，智能垃圾分类箱有序排放，居民刷脸进出小区，已成为一个智慧社区。小区的党建工作已有了更进一步的发展，现设有 15 个党支部，党员 300 多人。

从贴心服务，到智慧小区；从关心群众冷暖，到党建引领治理，林丹通过 50 年的坚持不懈、坚守爱岗、坚定为民，在一个小社区的岗位上，做出了一个新时代的大民生。

林丹今年已经 73 岁了，我问林丹，有没想过退下来休息？林丹仍是笑着说，怎么没想过？想了几次了，但是一到选举，居民总是要选我，我最大的心愿就是永远做居民的服务员！

采访结束，我再次与林丹握手。我知道林丹的这双手很不简单。这双手与好几届党和国家领导人紧握过，这双手更是与万千普通的群众紧握过。这双手，托着叮嘱和重托；这双手，也带给了许多人温暖和幸福。这是一双普通的手，也是一双奋斗和充满了希望的手！

现在的林丹，更加觉得新时代新征程的社区工作大有可为。我也十分期待，她的那双手，能够掀开新征程上社区工作的新篇章！

华 林 坊

林 焱

　　近日，网络上热传一首歌曲《镇海楼》："坐标闽东，屏山顶峰，止步狂风，每当海面敲响警钟，飞阁临空，玉树临风，守护的 Hood Chill 这土地卧虎藏龙……"全曲 2 分 50 秒，属 RAP 说唱风格。节奏紧促，副歌多次重复"在镇海楼 Chilling，再大的台风我们都不怕"，很生动地表现福州民众抵御台风的一种豪壮的情感。

　　2021 年 7 月 22 日左右，气象部门发布 2021 年第 6 号台风"烟花"逼近福州的通知。全市各小区都加急通知居民们收好阳台上摆放悬挂的物品。结果，没风。26 日，有市民向福州市 12345 便民网投诉，称今年缺少有效降雨。从"龙王"台风之后，此地闷热无比，缺乏适时的台风影响带来降水降温，福州已不再是宜居城市——建议拆除镇海楼，让台风重新光临福州。便民网很快给予回复意见："相信科学，反对迷信。"这是拿镇海楼说事的又一例。

　　这不是荒谬的笑话，而是很典型的民间话题，跟 RAP《镇海楼》相互印证，可以成为社会学研究的一个很具典型意义的个案——而且这种话题不是偶发的，已有相当的流传时间和范围。最典型的事例是 2018 年 7 月上旬，气象预报台风"玛莉亚"将在霞浦与福清之间登陆，11 日上午 9 点，气象部门通知，台风已经在连江沿海登陆，登陆风力达 15 级强台风，将正面袭击福州。各种防台防汛部门都达到临战状态。

吃晚饭时，屏山上镇海楼的灯光亮起来了，或许是为了增加些照明或鼓舞士气吧。结果，一丝风也没有。

镇海楼把台风吓跑的"趣话"成了民间热门话题。当然，只是"趣话"，大家自得其乐而已。但毕竟这话题流传面很广，"玛莉亚"台风过后，《海峡都市报》就组织了一次关于镇海楼与台风的沙龙式漫谈。请了镇海楼管理负责人等，也把我叫上了。座谈会在三坊七巷一个会所举行，参加者蛮多，全是自发来的。大家对这话题都很感兴趣。会上几位文化人介绍了镇海楼几度兴衰起落的历史和建筑的一些特点。我家世代在华林坊居住，早先在自家院子里抬头就能看到镇海楼。我就介绍这一带居民中的一些见闻和民间话题，也回顾了1970年拆镇海楼的情形。那时，省政府机关（省革委会）刚从鼓楼的省府路搬到屏山原福州军区炮兵司令部的位置。战备形势紧张，就把镇海楼拆了。也不单是拆镇海楼，全市大兴防空工程，城中几座山都打通防空洞，预期达到全体市民可以都住进防空洞的规模。于山防空洞现在是越洋图书城，乌山防空洞现在是大型文化活动场所。鼓屏路整个挖开，修了可以通过汽车的地下通道，再把路面覆盖上。后来修地铁时，我还想去看看，但地铁是在地下挖隧道，看不着原先的战备通道。最显眼的战备工程是整条五一路两旁的楼都刷成黑乎乎的，不让敌机发现目标。在这样紧张的战备气氛中，拆镇海楼没引起太多关注。只有我家周边邻居因为一直与镇海楼相伴，所以格外关心拆楼的事。

在沙龙式座谈会上，我跟听众们聊了镇海楼的轶闻，没想到拆镇海楼时守卫大院的警卫连连长王×锋也到场了。他们警卫连曾经一度就住在镇海楼。我正好有机会跟王×锋交谈了对那时的屏山上情形的回忆，得到基本一致的印象，我还趁机打听到周边邻居关心的大院里华林寺保护修建的一些情况。

镇海楼1970年拆得只剩下地基。25年后，2005年10月2日，移民海外恰好回乡探亲的老朋友、诗人王性初跟我一起到屏山小咖啡店见面，就在华林路口。聊闲天聊到 10 点多，王诗人回省府路的山水宾馆住宿。我步行 300 米回家，没觉得有什么异常。殊不知那正是"龙王"台风狂袭福州的时刻。后来，王性初告诉我，那天他几乎没法回宾馆，路上水淹到大腿以上。我们都觉得不解，在屏山喝咖啡时，居然没怎么觉得有风有雨。当然，也可能是咖啡室比较密闭，不知道外面出大事了。"龙王"台风造成巨大的经济损失和惨重的人员伤亡，亚太经济社会世界气象组织下属的台风委员会在第 38 届会议上决定将"龙王"退出台风名册，不再用"龙王"台风这个词了。

"龙王"台风过去不久，镇海楼重建工程项目于 2006 年 11 月 18 日开工，2008 年 4 月 28 日竣工。

关于屏山这一带的自然地理条件，还得说说"龙脉"。我的乡邻们经常说到屏山"龙脉"。这当然不是居民们发明的，历代福州地方志书中常有这样提法。最早的明朝万历年间的《福州府志》就说道：屏山"山麓至巅后样楼而下，一望周遭皆属布政司，禁居民，无种植其上，涸伤龙脉"。王应山的《闽都记》说得更确切："龙腰山，即越王山半蟠城外者。闽时，尝议浚凿通城外壕，有言：'此龙脉，不可断。'遂止。"

"龙腰"的地名一直沿用到现在，早先福飞南路和铜盘路交汇口就叫龙腰，现在龙腰新村、龙腰高架桥那一带正好就是屏山的西侧。"龙"身往屏山上延伸，龙头自然是朝向东边。这一带为什么有"龙脉"？这有点难考证了，但水文情况确是很特别的。

屏山是全市至高点。汉朝时整个"冶城"只有屏山欧冶池这一块和大庙山越王台露出海面（见华东理工学院测绘《汉朝福州地貌及冶城位置图》）。20 世纪末鼓屏路北端修永辉超市时，还发现码头拴船缆的石柱子，跟地貌图上标注的数据吻合。后来逐年地壳上升、水位不断降低，到唐朝时，鼓楼这一片成陆地了。东街口虎节巷是当时航运的港口。杨桥路不是路，是杨桥河、护城河，可见福州历史上的水位是什么个情况。屏山一带是福州市区最高处，而地下水位却始终很高。我老家院子里有一口井，井水始终满满。华林坊这一带挨家挨户都有井，有时不用绳桶打水，直接用勺到井里舀水。我家旁边、现今教育厅宿舍区的位置，原先是三四口池，那是著名的越王饮马池。池水面的海拔等高线应该相当于山的山顶。那几口池里始终水满满，是龙腰一带村民养鱼的鱼池。就算 20 世纪 60 年代初旱灾严重的那些年，我家这一带水井和那几口池的水位从来没降低过。一下雨，天井就积水。小孩们折了纸船在满天井里漂。谁能想到，这是山顶的位置呀。这样想来，"龙脉"是不是包含有水文的意义？

镇海楼的南坡有华林寺，是我国长江以南现存最古老的木结构建筑，意义非常重大。华林寺大殿面积有 574 平方米，整个庭院面积约 15800 平方米，空阔规整，环境幽静，处在城市显要的地理位置上。

我国史学博大精深、史著丰赡。但福建、福州属"蛮夷之地、化外之境"，文明史发展较晚，史著资料甚少，尤其是地方政权更替频繁混乱，历史发展的记述有太多空白缺漏。现存华林寺的主要建筑部件经放射性碳-14 测定，距今有 1300 多年。也就是说，这些巨大梁柱是公元 700 年左右就已经备料待制。这是谁备的木料，准备建的是什么楼？唐朝初年，福建称为"建州"，州治（省会）几次迁移，一会儿迁去建安（今建瓯）、一会儿迁回闽县（今福州）。唐朝后期，更是"獠蛮啸乱"，直到陈元光率军平定南方这一大片，景云二年（711）建立管辖全省的闽州都督府，到了开元十三年（725）改称福州都督府，这才有了"福州"这地名。按这条线索推论，华林寺恰好是跟"福州"这个地名同时问世的。

与"福州"同时面世的这座楼是什么建筑？有史料上称这建的是闽王宫。我根据史料推论，觉得此说欠妥确。唐朝末年两路义军南下，一路是黄巢，一度攻进福州，用意在假道以攻粤，驻闽只有一个多月，就拔队南行去了。另一路是王潮攻占泉州。福建观察使陈岩基于王潮军队"招怀离散，均赋缮兵"的事实，表疏朝廷，王潮被敕授（转正）为泉州刺史，后又任福建观察使。乾宁四年（897）王潮去世，弟弟王审知接任福建节度使。王审知为福州做了诸多实事，修筑罗城、建定光塔等。而这时，唐朝已经国力衰竭殆尽，天祐四年（907）十五六岁的末代唐哀帝禅退，朱全忠当了皇帝，改国号为梁，史称后梁。后梁开平三年（909），梁太祖封王审知为闽王，这才有了"闽王"这个称谓。王审知"闽王"的职务、职称不是唐朝封的，而是后梁封的。虽然后梁一共才存在16年，但继位的皇帝也都承认王审知延续"闽王"的称号与职权。

王审知非常崇信佛教，在福州一带大建寺庙。据《十国春秋》统计，增建佛寺267座。屏山附近规模特别大的有开元寺、乾元寺。天复二年（982）王审知在开元寺设戒坛，度僧人三千。天祐四年（907）在开元寺设20万人斋。乾元寺，唐乾元三年（760）赐名，据记载规模也很大，但存在时间不长。"乾元寺，州北无诸旧城处也。晋太康三年，既筑新城，遂以为绍因寺。唐乾元三年，防御使董玠奏赐今名。"位置就是在钱塘巷。据书上明确记载，钱塘巷即是乾元巷讹称。福州地名太多是这样"官话"与"平话"之讹读。

王审知盖了这么多寺庙，史料中却从没提到过华林寺，也没提到有闽王宫。只知道《淳熙三山志》记载："越山吉祥禅院，乾元寺之东北。无诸旧城处也。晋太康三年，既迁新城，其地遂虚。隋、唐间，以越王故，禁樵采。钱氏十八年，其臣鲍修让为郡守，遂诛秽夷岖为佛庙。"此处在改建成"越山吉祥禅院"之前，是"秽夷岖"；改成佛庙后还是称"吉祥禅院"，而不跟周边几处一样称"寺"。此处到底曾经有些什么秽物或秽迹，以至于史书连提也不便提？

与华林寺相关的历史，还可以顺带说到两件事，一是办学、二是慈善事业。《闽县乡土志》里说："华林坊有福州两等学堂在华林寺。"我国古代学校有"府学""庙学""乡学"等，学校跟地方政府、跟寺庙在一起是很常有的。这个"两等学堂"办在华林寺里是遵循惯例。其特别之处在于，它还是跟慈善机构在一起。《福州府志》（乾隆本）中很翔实地写道："普济堂……设在华林寺内，共计堂房一百三十九间，以收孤贫老病。能爨者日给米八合；不能爨者日给饭两餐，病给医药，寒给布绵。筹经费，酌规条，至周至详焉。"扶贫条例订得很具体。原先华林寺很大，房间很多，所以能拿出100多间给无家可归的穷人住，起码能住三五百号人。自己能做饭的，给米，一天八合（0.8升约等于1市斤），不能动手做饭的每天供两餐。这样的济贫措施，常态化地接济穷人，在历史资料中似乎还真不多见。还有一点也颇为特别的，此处还专门设有"育婴堂"，"巡抚黄国材捐置田五百四十余亩，又拨盐耗银两，充为堂中乳哺衣药之需。布政使赵国麟复拨公费银五百两，以备不足。"接济力度如此，可知堂中所收养的弃婴相当多。另外很特别的是，在东门外设"养济院"，"为屋三十七间，以处有疯疾者。月有米，岁有衣，禁其入城。"此处"疯疾"不是指疯子，而是麻风。古代福州一带曾流行麻风病，传染性很强，而且染上后就终生不愈。福州民间方言称"孤老"，一些史书称为"过癞"。

1999年出版的《福州市志》中收录有关福州地区麻风病的史料："宋熙宁年间（1069—1094），福州设有养济院、孤癞院、普济堂收留麻风病人。"此处把麻风称为"孤癞"，把福州方言跟史著书面表达结合起来。据专业的学术考证，历史上最早出现这个词是在宋代周密《癸辛杂识》一书中，记述的就是福州一带的轶闻："闽中有所谓过癞者。盖女子多有此疾，凡觉面色如桃花，即此证之发见也。或男子不知，而误与合，即男染其疾而女瘥。土人既皆知其说，则多方诡作，以误往来之客。"《癸辛杂识》中讲述的故事是，一个浙江来的男性，在途中搭上一个美女。不料这是设陷的美女，"交际"一次之后，女的"孤癞"病就好了，男的"坠耳、塌鼻、断手足而殂"。我们小时候也常听说此类事，而且总用来嘲笑学校中有早恋动向的同学，说女生

"孤癞"，她喜欢男生只是想把"孤癞"传染给男生，她自己能治愈，男生则一辈子都没治了。这种传染病"自带"戏剧化叙事的成分，在民间成为使用频率很高、含义多样的词汇。比如女生攀比打扮，就把衣着花式多的说成"孤癞包臭"。比如形容吝啬的人，就称他"孤癞有进没出"。

古代在华林寺及附近就已经开展济贫、扶婴、收留"孤癞"传染病患者的慈善工作，这很值得大书一笔。这些工作还奠定了长期持续开展救济工作的基础。

资料记载，清光绪二十四年（1898），英国"官维贤等在福州北门柴井铺建立小医馆"，"翌年，附设护士学校。1929年，医院定名：福州柴井基督医院"，接着，开展一项重点的带有试验性的业务"设麻风科收治麻风病人"。中国进入维新变革时期，西风东渐。为什么洋人选择在北门华林坊柴井这个地点办医院、收治麻风病人？因为这里已经有过养济院，已经有收治"孤癞"的基础。

这些西医的医院，真正被福州人所接受，需要经过很曲折的一个过程，一个很大的障碍就是语言不通。这种情况延续的时间相当长，到西医医院就诊的福州人很少。在语言交流方面，别说是外国人了，就是北方来的，在福州也会有语言上的障碍。福州话，被称为"鸟语"，连近在邻省的浙江人，都说福州人说话是鸟叫——这种说法在鲁迅文章里也可以看到。

所以，后来福州成为东西文化交流一个"窗口"，不应该忽略的一本书是150年前出版的《闽英大字典》。这本辞典的编撰者是美国人麦利和。他于1848年来到福州，在福州生活了20多年后，学会了福州话，收集了大量福州方言的词汇，开始编写这部辞典。经过多年努力，1870年6月，这本辞典在福州仓山的美华印刷局出版。我们都知道，编一本福州话与普通话对照的辞典，都是何等艰难的工作，何况是英语和福州话对照的辞典。

据说，这本辞典对外国医生的帮助特别大，医生们就是靠着这本辞典，逐渐可以跟福州病人交流。我们想一想，别说不会讲普通话的病人，就是会讲普通话的年纪较大的福州人，到医院去看病，满口福州腔，还是会遇到很大的障碍。这事真的让人佩服，当年靠着一本辞典来跟福州人交流的外国医生们，是多么需要语言上的耐心呀。

《闽英大字典》全书共1900页，每页约35条词汇，总共收录7万多个福州方言词语。随手翻翻，读到一些福州地方习惯用语的翻译，真的是不得不服。比如"卷龙宫"，现在问本地人，十有七八没听过了，书中翻译是 arch wall（拱形墙壁）。很 OK！再随手翻一个词"现世"，两条解释，一条是 modern world（现代世界）、一条是 the vicious going rapidly to ruin（邪恶迅速走向毁灭）。举例造句：大家如果不注意做好疾情防控措施，会"现世"。太生动、太到位了。

这本词典出版后30年左右，还出了一本中英对照的福州话盲文辞典。这跟华林坊的柴井医院也密切相关。1903年，柴井医院院长威尔金森（Dr. G. Wilkinson）先生结婚，娶了英籍澳大利亚人岳爱美小姐。他们在柴井医院西侧购了一块地，办了一所盲童学校"灵光男童学校"。岳爱美还编了本"榕腔盲文"以供盲童教学之用。很遗憾找不到这本书，当然，找到了也摸不懂。

这学校办得挺有声有色的，1910年入学盲校的五个同学，编了竹篮、草席，织了毛衣等，参加了在南京举办的一个展览会，获得清政府的奖章和奖状。岳爱美还组建了盲童学校的铜管乐队，到厦门、泉州、汕头等地演出，还到英国巡回演出，受到领导接见。这位岳爱美还是个摄影高手，她把盲童学校的很多活动都拍摄了下来。毫不夸张地说，那一张张都是摄影艺术作品。盲童在学校场地上活动的照片，一看，就是20世纪五六十年代华林小学的场地。

华林路，始称华林坊。从东头华林寺门口往西到三角井，就是现今西湖宾馆的北大门前。三角井是华林路、北大路、龙腰路的三条路交叉口，并不是三角形的。三角井在 20 世纪 80 年代初道路扩建时填没。原先华林路大约长十五丈。现在的华林路，往西出了三角井、北门兜，下龙腰经左海公园大门直到福飞南路与铜盘路交接的那个路口；往东边翻过屏山的东坡，经树兜、斗门，一直延伸到火车站前，全长3600 多米。

西安：中国都城之最

施晓宇

引　子

西安，曾经是"大汉盛唐"的首都，很多人都知道。

福州，曾经是"中华共和国"的首都，很多人都不知道。

而西安，曾经是中国历史上13个朝代的首都，很多人也不知道。

下面就让我一一道来。

福州曾经作为国家首都两个月，是因为"福建事变"。这一史实，很多人都不知道。即便福州人也没有多少人知道。我们先从福州于山由原"补山精舍"装修而成的"福建事变展厅"说起。

1932年1月28日，日寇进犯上海，仅有3.3万人的驻沪十九路军不顾蒋介石的不抵抗禁令，用极为简陋的武器与装备精良的3个精锐师团与9.5万日军激战两个多月，迫使日军四易主帅：盐泽幸一少将、野村吉三郎中将、植田谦吉中将、白川义则大将，最终赢得"英雄之师"的美名。5月5日，国民党政府与日本政府签订丧权辱国的《淞沪停战协定》，日军进驻上海。蒋介石却命令十九路军退入福建"剿共"。

1933年10月26日，进入福建半年，十九路军和红军签订停战协定。11月秋，在于山"补山精舍"里，蔡廷锴、蒋光鼐等爱国将领，不满不抵抗日寇入侵、一心剿共的蒋介石，召开秘密会议，策划抗日反蒋事变。

1933 年 11 月 20 日，在福州南门兜公共体育场，十九路军领导人蒋光鼐、蔡廷锴联合国民党元老李济深、陈铭枢等召开"中国人民临时代表大会"，宣布成立联合红军、抗日反蒋的中华共和国人民革命政府，定都福州。可惜中共领导博古等人执行极"左"路线，没有同意与十九路军的联合。致使 1934 年 1 月 15 日，蒋介石军队攻陷福州，"福建事变"宣告失败。福州作为"中华共和国"首都只有短短两个月（53 天）。

而西安，不仅是"大汉盛唐"的首都，还是中国历史上 13 个朝代的首都，很多人也不知道。事实是，西安，古称丰京、镐京、丰镐（丰鄗）、长安、西京、大兴。都说今天的西安是中国建都最多、建都时间最长、都城面积最大的城市，这话听起来似乎有些夸张，却是名副其实，一点不假。毕竟中国历史上有 13 个朝代在西安建都。即：

西周（前 1111—前 771）；

秦朝（前 221—前 206）；

西汉（前 206—9）；

新朝（9—23）；

东汉（190—195）；

西晋（313—316）；

前赵（318—329）；

前秦（351—385）；

后秦（386—417）；

西魏（534—557）；

北周（557—581）；

隋朝（581—618）；

唐朝（618—907）。

如果加上：西汉末年由绿林军扶持汉景帝刘启之子刘发之后刘玄建立的更始政权；由赤眉军扶持汉高祖刘邦之孙刘章之后刘盆子建立的建世政权；唐朝末年由农民起义领袖黄巢建立的大齐政权；明朝末年由农民起义领袖李自成建立的大顺政权——无论"寿命"长短，一共有17个朝代建都西安。这使西安当之无愧地成为中国历史上建都最多的城市，中国历史上建都面积最大的城市，也是中国历史上建都时间最早的城市，还是中国历史上建都时间最久的城市——累计长达1200多年。

一、西周丰京镐京

前1059年，周文王姬昌伐灭商纣王帝辛的重要党羽——中国有文字以来第一个"告密者"崇侯虎后，在今天西安西南方的沣水西岸营建起丰京，将都城从岐周（今陕西省岐山县岐山下）迁至丰京。

前1056年，周文王姬昌病逝。虽然伯邑考是长子，但次子姬发"德重才高"，所以姬昌让姬发继位，伯邑考赞同。第二年周武王姬发在沣水东岸又建立了新都镐京，但丰京还是宗庙和国都花园的所在地，镐京则是周武王姬发居住和办公的中心，两地合称丰镐。而且丰、镐两城虽然分处沣河东西两岸，但有舟桥相通，交通便捷，可以算作一个都城的两个分区。所以《诗经·大雅·文王有声》记载："考卜维王，宅是镐京。"说的是："占卜我王求吉祥，定都镐京好。"

丰镐是严格意义上中国历史第一座规模宏大、布局齐整的城市，成为后来城市总体布局的典范和样本。需要强调的是，丰镐也是周礼的诞生之地。

前771年，野蛮强悍的犬戎族攻破镐京。西周第12任国君周幽王姬宫湦（shēng，古人名用字），因为烽火戏诸侯——为博美女褒姒一笑，进而失信于民，沉湎酒色的周幽王在骊山下被杀，他的宠妃褒姒被掳，都城被占。强盛一时的西周灭亡了，丰镐京城成为遗址，之前丰镐一直是西周王朝政治、经济、文化中心，存续了340年。

1961年3月4日，经国务院批准，陕西省西安市人民政府立碑公布：丰镐遗址（包括车马坑）为全国第一批重点文物保护单位。

二、秦都咸阳

前221年，秦王嬴政兼并赵、韩、魏、楚、燕、齐六国后，建立中国5000年以来第一个中央集权制的多民族政权：秦王朝。嬴政自称始皇帝，是为秦始皇。国号秦。

因为秦孝公嬴渠梁下求贤令，得到并重用商鞅实行变法，以法治国，重农抑商，奖励耕战，使国力增强，便在公元前350年将国都从栎（yuè）阳（今陕西省西安市阎良区武屯镇）迁到咸阳，所以秦始皇也定都咸阳，亦名秦都，面积3.6平方公里。秦都既指的是今天的陕西省咸阳市，也指的是咸阳市秦都区。秦都于2016年划归新成立的陕西省西咸新区管辖："一河：渭河，两带：五陵塬遗址、周秦汉都城遗址。"

从此，秦都咸阳，以及西安咸阳国际机场等，都归西咸新区管辖，所以秦都归属西安属实。

咸阳位于陕西省八百里秦川的腹地："渭水穿南，宗山亘北，山水俱阳，故称咸阳。"咸阳东邻省会西安，北与甘肃接壤，是古丝绸之路的第一站。凡乘飞机造访西安以及附近地区者，第一站必定落地咸阳。

1974年至1975年，考古人员在咸阳市东15公里的牛羊村北塬（东西长60米，南北宽45米）高达6米的台地上，把秦都咸阳宫一号宫观建筑群的基址、墙体挖掘出来了。咸阳宫是秦始皇在位执政时"听事"的办公场所，面积比明清时期的故宫大5倍，足见气派非凡。正因为咸阳宫是中国历史上规模空前绝后，气势恢宏而壮丽的著名宫殿，因此修建过程中耗费巨大，包括修建秦直道和秦始皇陵，皆举国之力，过度浪费全国民力财力，这是从秦始皇嬴政到秦二世嬴胡亥治下的秦国仅仅存世 14 年——公元前 207 年就灭亡的关键原因之一。

三、西汉都城长安

西汉都城长安的遗址位于今天陕西省西安市西北约 3 公里处。说起西汉都城长安，必须先说到娄敬这个人，是他改变刘邦想要定都洛阳的想法。娄敬原本是齐国一个普通的戍边士兵，却足智多谋与众不同。他因为有话要说，就请同乡虞将军引荐，拜见刘邦，条分缕析地讲述汉朝都城不应建在洛阳而应建在关中的道理：如果陛下进入关中建都，既据险可守，又控制秦国原有丰饶的土地，也就掐住天下的咽喉而可击打它的后背。

刘邦犹豫不决，大臣多数反对，幸亏军师张良赞同娄敬的观点，强调建都关中的便利和优势，说服刘邦定都关中。事后证明娄敬的建议完全正确，刘邦就赐娄敬姓刘，拜为郎中，号奉春君。因此，娄敬后来改名刘敬。

前 200 年，也就是汉高祖七年，刘邦下令营建未央宫，同年将国都由栎阳（今陕西省西安市阎良区武屯镇）迁至关中。由于国都具体位于长安乡，故名长安城。西汉长安城充分利用关中龙首原以北的大片平整土地，修建起高大雄伟、长达 36 公里的城墙，使长安城既是西汉王朝理想的首都，到了汉武帝刘彻时代，更成为当时世界上人口最多、面积最大的城市——人口多达 120 万（亦说 140 万），面积达 36 平方公里。还是在汉武帝刘彻时代，中国的国土面积达到有史以来最大，广达 666 万平方公里，全国人口 6000 万（秦始皇时代国土面积为 355 万平方公里，全国人口 3000 万）。

西汉自公元前 202 年刘邦称帝起，到公元 8 年王莽篡汉，废汉孺子刘婴止，共历 12 帝，历时 210 年。

四、新朝都城常安

新朝是继西汉之后由汉元帝刘奭皇后王政君的侄儿王莽建立的朝代，典型的外戚专权的产物，典型的短命的王朝，15年就完蛋了。王政君倒是中国历史上寿命最长的皇后之一。身为皇后、太皇后61年的王政君一生辅佐了四个皇帝：汉元帝刘奭、汉成帝刘骜、汉哀帝刘欣、汉平帝刘衎。她虽然扶持侄儿王莽专权，却不允许王莽篡汉。当王莽派人来索取传国玉玺时，王政君大怒不给，还将玉玺砸在地上，致使传国玉玺崩碎一角。不久84岁的王政君就气死了，与汉元帝刘奭合葬于渭陵。

9年1月15日（农历八年十二月十九日），王莽废汉孺子刘婴为安定公，自立为帝，即"新始祖"，简称新帝。亦改国号为"新"。改长安为"常安"，建都常安，史称"新莽"。王莽之所以称刘婴为孺子，是因为汉宣帝刘询的玄孙刘婴只在五岁时当过三年的皇太子，尚未当上皇帝。

王莽新朝开创了中国历史上通过禅让称帝成功的一项新纪录，但因为传统史观认为除了子承父业或通过战争手段取得政权才算"正宗"，反而瞧不起禅位这种和平转移政权的方式，所以王莽一直被骂作是篡位的"伪君子"，班固在《汉书》里更是将王莽定为逆臣贼子。但公道地说，王莽当上皇帝后，眼见汉末政治腐败，经济凋敝，百姓生活困苦，就想恢复孔子主张的礼治时代，实现政通人和。于是王莽仿照周朝制度推行新政，史称"王莽改制"。王莽一上台就宣布将天下田地改名"王田"，以王田制为名恢复井田制；奴婢则改称"私属"，与"王田"一样不得买卖。接着屡次改变币制，更改官制与官名，把盐、铁、酒、铸钱及山林川泽统一收归国有。王莽的治国理念无疑是正确的，但由于操之过急，豪强和平民"未蒙其利，先受其害"，加上各项原本正确的政策朝令夕改，使百姓官吏无所适从，因此导致"王莽改制"的失败。

23 年 10 月 6 日，69 岁的能人王莽在赤眉军和绿林军的农民造反中，被商人杜吴趁乱杀死在未央宫的渐台，结束了新莽政权短暂的 14 年统治。需要记住的是，王莽把首都改名常安，其实就是长安。

五、东汉都城洛阳、长安

25 年 8 月 5 日（农历六月廿日），30 岁的刘秀在河北鄗城（今河北省邢台市柏乡县）称帝，即东汉的开国皇帝——光武帝，定都洛阳（今河南省洛阳市）。刘秀在位 33 年，大兴儒学、轻徭薄赋、兴修水利、发展农业、精简官员、罢免贪官污吏，开创了"光武中兴"的盛世。

57 年 2 月 5 日，汉光武帝刘秀病逝，享年 62 岁。刘秀"驾崩"前特意下遗诏要求丧事从俭，外地官员不要"奔丧"，真是一切为民着想的好皇帝。

汉光武帝刘秀去世后，传位给他的第四个儿子刘庄（原名刘阳），是为汉明帝。至于刘庄为什么能够在刘秀的 11 个儿子中继承"大统"，是因为刘庄是光武帝刘秀与最爱的皇后阴丽华所生的长子，而阴丽华是东汉著名的大美人。刘秀与第一任皇后郭圣通生下了刘疆、刘辅、刘康、刘延、刘焉五个儿子；刘秀与第二任皇后阴丽华又生下了刘庄、刘苍、刘荆、刘衡、刘京五个儿子；最后是刘秀与许美人生下了儿子刘英。所以说，刘庄的运气真好。

东汉的都城是洛阳无疑。但是，到了汉献帝刘协的时候，东汉首都又迁回长安，所以长安也是东汉的都城无疑。

东汉最后一个皇帝——汉献帝刘协是汉灵帝刘宏的第三个儿子。荒淫无度的汉灵帝刘宏由于纵欲过度所以只活了 34 岁就"翘辫子"

了。刘宏生前生下的好多个儿子也大都夭折了，只剩下三个儿子。在汉献帝刘协之前，还有一个大哥刘辩，汉灵帝刘宏死后继位，刘协被封为陈留王。可刘辩在位不足半年，就被太师董卓给废了，后干脆毒杀了，年仅15岁。由于中国史学界有一个约定俗成的规定，在位不足一年的皇帝，原则上都不单独列传，所以刘辩就成了汉少帝。

又好比16岁的唐少帝（又称唐殇帝）李重茂，仅仅在位17天，就被临淄王李隆基和太平公主李令月逼迫退位，拥立武则天的儿子李旦登基，是为唐睿宗。要知道，李隆基是李旦的儿子，太平公主是李旦的妹妹——武则天最疼爱的小女儿，而李隆基同时是李重茂的堂兄，太平公主则是李重茂的姑妈。权力之争，尤其皇权之争，从来不讲父子之情，更不论手足之情。譬如，李隆基事后又威逼父亲李旦早早去当太上皇，自己提前接班，是为唐玄宗。最后唐玄宗更是以谋反罪将自己的姑妈——帮助自己登基的太平公主赐死于家中。到此，话题还要回到汉献帝刘协迁都长安上来。

190年2月，大权独揽的太师董卓（字仲颖）眼见反对自己的以袁绍为盟主的关东军气势如虹，对洛阳形成很大威胁，遂决定迁都长安。董卓是凉州（今甘肃省岷县）人，他觉得洛阳是别人的地盘，没有安全感，回长安比较好，因为长安靠近他的老家凉州。凉州是董卓经营几十年的大本营，在长安依托凉州才有安全感。所以，说是汉献帝刘协迁都，其实是挟天子以令诸侯的太师董卓要迁都。

迁都之前，董卓先鸩杀了已贬为弘农王（即前汉少帝）的刘辩；后因袁绍带头反对董卓，故又对袁绍家族大开杀戒，从袁绍的叔父——太傅袁隗杀起，一共杀了袁氏家族50多人。然后董卓裹挟汉献帝刘协迁都长安，同时威逼几百万的洛阳及周边百姓一路同行，后定居长安。离开洛阳时，董卓把所有的宝贝财物都带走，还命令部下将洛阳的所有建筑，包括宫殿、官府、商店、民房一律烧毁："方圆二百里化成一片灰烬。"坚壁清野的目的是不给反对董卓的联盟留下丁点物资。

192 年 5 月 22 日，迁都长安两年多后，董卓被义子吕布所杀。众所周知的是，司徒王允设反间计，挑拨董卓的头牌大将吕布杀死了董卓。因为王允是一个忠臣，为了刘氏汉家的天下着想，用计除掉了挟天子以令诸侯的董卓。至于王允利用美女貂蝉挑拨董卓与吕布的父子关系，借刀杀人成功，纯属子虚乌有。中国古代四大美女：西施、王昭君、貂蝉、杨玉环，只有西施、王昭君、杨玉环确有其人，貂蝉则是罗贯中（原名罗本，字贯中）在创作长篇小说《三国演义》时杜撰的一个美女，并非真有其人。由于罗贯中塑造人物成功，致使陕西省米脂县、甘肃省临洮县、山西省忻州市至今都争说是貂蝉故里，也算趣事一桩。

从 25 年，汉光武帝刘秀登基，创建东汉王朝（因国都洛阳在西汉国都长安的东面，史家称之为东汉，以区别于西汉）起，到 220 年，魏文帝曹丕废掉汉献帝刘协取而代之止，东汉历 14 帝，历时 195 年。东汉与西汉合称汉朝，共历时 405 年。是中国历史上存世最长久的王朝。

六、西晋都城洛阳、长安

265 年，司马懿的孙子、司马昭的长子司马炎，逼迫曹操的孙子、燕王曹宇的儿子魏元帝曹奂（原名曹璜）禅让帝位给自己，取代曹魏政权建立西晋王朝，是为晋武帝，定都洛阳。

290 年，55 岁的晋武帝司马炎"驾崩"，31 岁的次子司马衷作为太子继位，是为晋惠帝。司马衷是个傻瓜，在位 17 年非常信任皇后贾南风，导致贾氏专权，杀太宰司马亮，杀皇太后杨芷（口碑极佳），又杀太子司马遹（yù），从而引发了争权夺位的"八王之乱"，历时 16 年——致使西晋政权自乱阵脚，让北方匈奴有机可乘。

307 年 1 月 8 日，48 岁的傻瓜皇帝——晋惠帝司马衷在首都洛阳显阳殿"驾崩"，23 岁的弟弟司马炽继位，是为晋怀帝。

308 年 10 月，十六国时期前赵开国皇帝刘渊登基称帝，是为汉光文帝，定都平阳（今山西省临汾市西北）。

310 年，刘聪（原名刘载），新兴郡虑虒县（今山西省五台县）人，是刘渊的第四个儿子，作为匈奴中的佼佼者，刘聪博览经史，文武双全，通过政变手段杀死了亲哥哥——刚刚登基七天的皇帝刘和，自己取而代之，在这一年成为前赵的第三位皇帝——汉昭武帝。借着西晋的"八王之乱"，刘聪登基才三个月，就派车骑大将军刘曜（刘渊的养子）和刘聪的长子——河内王刘粲领兵攻打西晋首都洛阳，试图李代桃僵。

311 年 6 月，刘曜和刘粲攻陷洛阳，俘虏了西晋第三个皇帝——晋武帝司马炎的第 25 个儿子晋怀帝司马炽，还有一班老臣，押到前赵首都平阳。历史上惨烈的"永嘉之乱"由此发生。

311 年（永嘉五年）6 月，刘聪派石勒、王弥、刘曜等率大军攻晋，在今天河南省鹿邑县西南歼灭十万晋军主力，杀死太尉王衍及诸王公。继而攻入首都洛阳，俘虏晋怀帝司马炽，杀害王公百姓三万多人。"永嘉之乱"后，晋朝统治集团南迁，定都建康（今南京），建立东晋，史称"衣冠南渡"。

311 年 9 月，晋惠帝司马衷和晋怀帝司马炽的侄儿，12 岁的秦王司马邺（司马炎的孙子）在长安被拥立为太子，并在长安建立行台，以此号令天下，继续抵抗匈奴的刘聪政权。

313 年正月，汉昭武帝刘聪在首都平阳大宴宾客，借机杀害了晋怀帝司马炽和庾珉等十多名晋朝老臣。晋怀帝司马炽死时，年仅 29 岁。消息传到长安，13 岁的司马邺被群臣拥立继位，是为晋愍帝，定都长安。可怜的晋愍帝司马邺小小年纪，虽然贵为天子，却因为长安城不断被匈奴车骑大将军刘曜洗劫，人祸加上天灾，司马邺想吃顿饱饭都是奢侈之念。《晋书·卷37》真实描述了当时长安城的惨状：

> 关西饥馑，白骨蔽野，士民存者百无一二。

北宋司马光主编的《资治通鉴》记载得更加翔实：

> （刘）曜攻陷长安外城，曲允、索琳退保小城以自固。内外断绝，城中饥甚。斗米值金二两，人相食，死者大半，亡逃不可制。唯凉州义众千人守死不移。太仓有曲数十饼，曲允屑之为粥以供帝（晋愍帝），既而亦尽。

316年8月，刘聪又派刘曜率军第三次攻打长安。匈奴攻破西晋新设的首都长安外城，西晋第四个皇帝，也是末代皇帝晋愍帝司马邺不得不退缩到内城躲藏。由于外城攻破，内城被围，晋愍帝再次忍饥挨饿，仅靠二十几块酒曲碾碎了熬粥充饥。

转眼到了11月，天寒地冻，不见炊烟，长安城内一片号寒啼饥之声。晋愍帝司马邺实在受不了了，叹道："今穷厄如此，外无救援，当忍耻出降，以活士民。"（《资治通鉴》）

316年12月11日，晋愍帝司马邺在群臣的号啕哭泣声中，坐上羊车，袒露肩膀，嘴里衔着玉璧、大臣抬着棺材，悲悲戚戚地来到长安城东门外，向刘曜投降，西晋就此灭亡了。北宋司马光主编的《资治通鉴》这样记载：

> 帝乘羊车，肉袒、衔璧、舆梓出东门降。群臣号泣，攀车执帝手，帝亦悲不自胜。御史中丞冯翊吉朗叹曰："吾智不能谋，勇不能死，何忍君臣相随，北面事贼虏乎！"乃自杀。

因为饿得受不了而献城投降匈奴的晋愍帝司马邺，就此成为屈辱的中国历史上第一个饿肚皮投降的皇帝。晋愍帝司马邺被押送到匈奴的首都平阳后，表面上被汉昭武帝刘聪封为光禄大夫、怀安侯，实际上堂堂一国之君，做过执戟郎（卫士），当过服务员（内侍），甚至给出恭的刘聪拿马桶盖。

317 年 12 月，受尽各种屈辱折磨的晋愍帝司马邺在平阳被刘聪毒死，年仅 18 岁。

318 年 8 月 31 日，汉昭武帝刘聪也在平阳宫宣光殿"驾崩"了。由于不知道刘聪何时出生，也就不知道刘聪的具体年龄。只知道刘聪死后，也像汉人一样，由长子刘粲继位，是为汉赵灵帝。

七、前赵都城平阳、长安

前赵是十六国时期北方少数民族建立的第一个政权。308 年，前赵开国皇帝刘渊登基称帝，是为汉光文帝，定都平阳（今山西省临汾市西北）。前赵一共有 5 个皇帝。

第一任皇帝：汉光文帝刘渊；

第二任皇帝：太子刘和（登基 17 天被杀）；

第三任皇帝：汉昭武帝刘聪；

第四任皇帝：汉赵灵帝刘粲；

第五任皇帝：秦王刘曜。

318 年 8 月 31 日，汉昭武皇帝刘聪"驾崩"，长子刘粲继位。由于刘粲在首都平阳登基后沉湎酒色，滥杀诸王，凡事都委任匈奴贵族、大将军靳准。仅仅上台一个月，刘粲就被篡权的靳准所杀。这时镇守长安的刘渊养子刘曜听闻政变的消息，迅速发兵攻打靳准。

318 年 11 月，在从长安进军平阳的途中，刘曜自立为皇帝，并很快消灭了弑君的靳准，封有功的石勒为赵公。

319 年，刘曜迁都长安，改国号汉为赵，史称前赵。同年，拥兵自重的石勒自称赵王，建都襄国（今河北省邢台市），史称后赵。就此刘曜与石勒两军对垒，中原战乱不已。

328 年 9 月，石勒在永丰小城（今河北省邢台市附近）杀掉刘曜，建立后赵政权。短短 20 年，历五帝，前赵灭亡。

八、前秦都城长安

还是十六国时期，西北氐族出了一个强人苻洪。从先秦到魏晋南北朝，氐族主要分布在今天的甘肃、陕西、四川等省交界处，大部分族群集中于甘肃的陇南地区。285 年出生的苻洪，字广世，略阳郡临渭县（今甘肃省秦安县陇城镇）人。苻洪原本姓蒲，后占卜时谶文中出现"草付应王"等字，遂改姓苻。苻洪的历代先祖都当过西戎的酋长，故苻洪素以头脑灵活、善谋略、好施舍、深谙笼络人心之术著称。苻洪先是投降刘渊所建前赵政权（刘曜当政时），后是投降石勒所建后赵政权（石虎当政时），再是投到东晋的晋穆帝司马聃（dān）门下——经过三次投降自保而壮大实力，最终占据关中，自称大将军、大单于、三秦王，根本不把东晋皇室放在眼里。

也算聪明反被聪明误，从始至终依靠投降起家的苻洪，在 350 年却被后赵降将——苻洪封为军师的麻秋设宴毒死了，老天的这个玩笑开得有点大，有点酷。65 岁的苻洪死后，317 年出生的第三个儿子苻健称帝，时年 33 岁，是为景明帝，追谥苻洪为惠武帝。

苻健，原名苻罴，字建业（亦世建），略阳临渭（今甘肃省秦安县）人。苻罴为避后赵皇帝石虎外祖父张罴之讳，改名苻健，哪知后来一不小心成为前秦的开国皇帝。

350 年，苻健统率众将入关，定都长安。

351 年，苻健建国。年号皇始，国号大秦，史称前秦。这一年，苻健在长安修建宗庙社稷，设置百官，立妻子强氏为天王皇后，儿子苻苌（cháng）为天王皇太子，命弟弟苻雄为丞相。

352 年（皇始二年），苻健称帝——在太极前殿即皇帝位。苻健在位四年，治国颇具水准：与老百姓约法三章，薄征赋税不大修宫殿，专心于政事，优待礼遇老年人，崇尚儒学，关右可算获得复苏生息的时机。

355 年（皇始五年）6 月 15 日，39 岁的苻健去世了。由于前一年东晋桓温入关攻打前秦时，太子苻苌与桓温交战中，不幸被流箭射中而亡，故立苻苌的大弟苻生为太子。至此就由苻生继位称帝，改年号寿光。偏偏苻生是一个"独眼龙"，还是一个大暴君，祖父苻洪在世时，就"曾狂言触忤苻洪，苻洪命苻健杀之，为苻雄谏止"。总之这个太子选错了。

357 年，龙骧将军苻坚与哥哥苻法发动宫廷政变，率亲兵将正在睡梦中的苻生斩首。苻坚推举哥哥苻法继位，苻法自知不够格，不敢当。由于苻坚是惠武帝苻洪的孙子，景明帝苻健的侄儿，丞相苻雄的儿子，群臣就公推 20 岁的苻坚当上前秦第三个皇帝，即宣昭帝。改年号永兴。所以《晋书·苻坚传》记载：

> 生既残虐无度，臣僚巫以为言。坚遂弑生，以位让其兄法。法自以庶孽，不敢当。法自以庶孽，不敢当。坚及母并虑众心未服，难居大位，群僚固请，乃从之。

作为西北边陲的小国前秦，苻坚是前秦六个皇帝中，最有能力的一个。苻坚通过自己的努力收服了多个政权：平燕定蜀，灭代吞凉，大致完成了北方的一统——连成都都占领了。地处西域的车师等一些弹丸之地的国君，眼看苻坚的实力庞大难敌，生怕被消灭，就主动请求苻坚收并了西域。这其中，苻坚倚仗无坚不摧、攻无不克的将军吕光最力。吕光长得非常高大——身高八尺，非常强壮——四肢发达，在 20 岁时就当上将军。经历 20 多年的征战，苻坚终于将北方甚至西南的一部分都统一了。

功亏一篑的是符坚野心太大，居然想西南通吃，在吕光将军出征西域的同时，符坚不听一贯尊重的宰相王猛的力劝，自己亲自率领大军攻打东晋，导致全军覆没。这就是著名的淝水之战。

符坚兵败回国后就被羌族首领姚苌杀害了。巧合的是，令符坚身败名裂的东晋中兴名臣谢安和符坚死在了同年同月：385 年 8 月。

383 年 11 月，淝水之战是北方前秦吞并南方东晋发起的又一个决定生死存亡的战役。前秦苻坚以 80 多万（号称百万）大军于淝水——今安徽省寿县东南方与掌握东晋军政最高权力的谢安派出谢石、谢玄（谢安侄儿）率领的区区 8 万晋军交战，结果却是东晋以少胜多，大败前秦将士。于是就有了使用至今的东山再起、投鞭断流、草木皆兵、风声鹤唳等成语产生。

但不管怎么说，符坚领导的前秦是中国历史上第一个统一北方的非汉民族政权。因此浙江工商大学教授孙功达在《氐族研究》一书中肯定了"（氐族）最早尝试由少数民族来统一全国"的历史政权。前秦强盛时疆域辽阔：东至东海，西抵葱岭，南控越巂（yuè xī，郡名，今四川省西昌市），北及大漠，东南以淮、汉与东晋为界。

前秦历六帝，历时 44 年。

九、后秦都城长安

后秦是十六国时期，羌人首领姚苌取代氐人首领符坚而建立的又一个非汉民族政权。仅仅传三世共三帝，历经 34 年——比前赵政权存世的时间长而比前秦政权存世的时间短。

383 年 11 月，自符坚于淝水之战大败而归后，原降于前秦的姚苌立即背叛了前秦，自称"万年秦王"，建都于北地（今陕西省铜川市耀州区）。

385 年，55 岁的姚苌迫不及待地下令缢杀了 47 岁的苻坚。

386 年 4 月，56 岁的姚苌称帝于长安，是为武昭帝，命迁都长安。登基后的姚苌仍取国号秦，史称后秦。改年号建初。统治地区包括今天的陕西省、甘肃省东部和河南省部分地区，面积比前秦小得多。

329 年出生的姚苌，字景茂，南安郡赤亭县（今甘肃省陇西县西梁家营村）人。姚苌乃羌族首领姚弋仲的第 24 个儿子，魏武王姚襄的弟弟。姚苌从小就聪明智慧，经常跟随哥哥姚襄出征，所出计谋皆"大谋"。

357 年 5 月，姚襄在与前秦军队的一次交战中被俘杀死，28 岁的姚苌被迫投降前秦，颇受苻坚信任。待到苻坚继位后，多次派姚苌领兵出战，姚苌都不辱使命，屡建战功。哪里晓得苻坚征伐东晋兵败淝水，姚苌立刻翻脸不认人，活活勒死了苻坚。所以在评价姚苌时，尽管姚苌也确确实实算是一个具有雄才大略的君主，后人总是称他为无耻之徒。

393 年，姚苌病逝，享年 52 岁。长子姚兴继位，是为文桓帝。就在姚苌病逝时，正是前秦第五个皇帝苻登攻打后秦的紧急关头。苻登，字文高，乃苻坚的族孙。苻登能征善战，还是南安王时，就曾大败姚苌于秦州（甘肃境内）。为报姚苌残杀苻坚之仇，50 岁的苻登所率前秦军队，个个杀声震天，也个个哭声震天——正所谓哀兵必胜，所向披靡。因此，姚兴密不发丧，也不急于继位。直至第二年（394），打败了苻登并杀之，28 岁的姚兴这才登基即帝位，改年号皇初。

399 年夏，后秦国内天灾频发，百姓涂炭，姚兴自愧不已，自降帝号。这是十六国的众多残暴帝王中，极少有的一位被史书记载的"仁德之君"。

401 年，姚兴率领"仁义之师"攻灭苻坚手下大将吕光所建的后凉，并亲自迎接大德高僧鸠摩罗什从凉州来到首都长安。鸠摩罗什是天竺人（父亲鸠摩罗炎是印度婆罗门宰相），与玄奘、不空、真谛并称中国佛教四大译经家——鸠摩罗什位列四大译经家之首。早在384年，后凉太祖吕光请西域高僧鸠摩罗什到后凉首都姑臧（今甘肃省武威市凉州区）著书讲经，学习汉文。鸠摩罗什在甘肃凉州一待就是17年，直到401年又被后秦皇帝姚兴迎往长安弘扬佛法，翻译佛经，一待又是12年。

413年四月十三日（农历），鸠摩罗什于西安草堂寺圆寂，享年69岁。

416年，姚兴"驾崩"，享年50岁。姚兴在位22年，这位罕见的"仁德之君"一生：勤于政事，治国安民。重视发展经济，兴修水利，关心农事。提倡佛教和儒学，广建寺院。还扩大了疆域。

姚兴一死，太子——也是长子姚泓继位。由于姚泓生性懦弱，姚兴偏爱的儿子姚弼又骄横无礼，其他儿子也对皇位虎视眈眈，相煎何太急，致使国内许多原本归降后秦的外族势力趁机反叛。

416年8月，雪上加霜，东晋太尉刘裕率领大军，兵分四路北伐后秦，一路攻克许昌，收复洛阳。

417年，刘裕大军乘势又一举拿下潼关，继而围攻无险可守的长安。四面楚歌，懦弱的姚泓也像父亲姚兴一样，是一位仁义之君，为免百姓生灵涂炭，只好自受其辱，在长安委屈投降。经历三世三帝，历时34年的后秦政权就此灭亡。

十、西魏都城长安

说西魏都城长安，先要说到北魏都城盛乐、平城、洛阳，因为西魏政权是从北魏政权分裂出去的，而北魏政权是由鲜卑人拓跋珪建立的。

386年正月，出生于371年8月4日的拓跋珪，已经脱离母亲贺兰氏的怀抱，长大了，15岁了，沿袭祖父什翼犍——原代国代王王位，改年号国登，一心复兴代国。2月，拓跋珪定代国故都——定襄郡盛乐（今呼和浩特市和林格尔县盛乐镇）为都城。4月，拓跋珪改称魏王，改国号魏。

398年，27岁的拓跋珪将国都从盛乐迁到平城（今山西省大同市），并且在平城称帝。由此，雄心勃勃、知人善任、开拓大片疆域的拓跋珪成为北魏的开国皇帝。不幸后期拓跋珪沉迷女色，不理国事，还刚愎自用，滥杀功臣，搞得众叛亲离，兄弟不和。

409年11月6日，拓跋珪在第二个儿子、清河王拓跋绍带领发动的宫廷政变中，被宦官直刺身亡，年仅39岁。而16岁的拓跋绍之所以要趁夜铤而走险，是为了救出自己的母亲——因为父亲拓跋珪第二天要杀死犯了小过的妾贺夫人（拓跋珪的母亲贺兰氏的妹妹）。很快，小小少年的拓跋绍也被同父异母的哥哥、齐王拓跋嗣杀掉了。同年，拓跋珪的长子拓跋嗣即位。改年号永兴，成为北魏第二个皇帝，追谥拓跋珪为宣武帝，后改道武帝。历时159年，历任11个皇帝的北魏政权，后面的故事还很长，我们回过头来说西魏。

534年12月底，强盛一时的北魏政权已成强弩之末，就在北魏最后一个皇帝——孝武帝元修任内，鲜卑能人宇文泰借口元修不喜欢皇后——宰相高欢的长女，却与三个堂姊妹姘居（元修最爱元明月），有伤大雅为由，杀死了孝武帝元修与公主元明月。

535年正月初一，宇文泰拥立北魏孝文帝拓跋宏（又名元宏）的孙子、京兆王元愉的儿子元宝炬（元明月的哥哥）登基称帝，是为文帝，建立西魏政权。年号大同，定都长安。

而更早一年——534年，另一个鲜卑强人元善见撇开北魏，在高欢的把持下，创立东魏政权，是为孝静帝。定都邺城（今河北省临漳县邺镇），陪都洛阳。东魏只出了一个皇帝元善见，历短短16年。

西魏存世稍长些，虽然也是中国南北朝时期由北魏硬生生分裂出来的一个非汉民族割据政权，但在整个西魏统治时期，一直都由大权独揽的权臣宇文泰一手控制国家政权，坚持与高欢所掌控的东魏政权对立。在宇文泰的个人努力下，北方脱离战争，经济逐渐恢复，人民安居乐业，而且国力一直胜过东魏。

556年10月，宇文泰去世。临死前，宇文泰将第三个儿子宇文觉以嫡子立为世子——让儿子有了爵位，再拜为大将军。宇文泰死后，15岁的宇文觉继承父位：太师、大冢宰，宇文泰还遗命骠骑大将军——侄子宇文护公开扶持宇文觉。可知再有思想和能力的人，不分汉族和少数民族，都是有私心的，宇文泰也不例外。

557年正月，握有军权的骠骑大将军宇文护强行逼迫西魏恭帝拓跋廓把皇位禅让给宇文觉。16岁的宇文觉欣然接受"禅让"，登基成为孝闵帝后，立即改国号大周。定都长安，史称北周，是为北周的开始。西魏就此灭亡。

需要强调一句的是，作为东魏、西魏的母体——北魏，曾经的第六位皇帝——孝文帝拓跋宏（鲜卑名第豆胤）被列为"中国古代十大贤君"之一。他在位期间，大力推行汉化改革：打破层层阻力，于495年从平城迁都洛阳。

467年10月13日，拓跋宏出生在平城；改鲜卑姓氏为汉姓，借以改变鲜卑风俗、语言、服饰；鼓励鲜卑族和汉族通婚；评定士族门第，加强鲜卑贵族和汉人士族的联合统治；这些汉化措施使落后的鲜卑族群迅速崛起。令人惋惜的是，孝文帝拓跋宏于499年4月26日暴病而亡，只活了33岁。

西魏也像后秦一样，传三世共三帝：文帝元宝炬、废帝元钦（元宝炬长子）、恭帝拓跋廓。历时22年。

十一、北周都城长安

北周，又称后周，宇文周。前面讲过了，北周是由鲜卑能人、西魏权臣宇文泰奠定的国家基础，由他的第三个儿子宇文觉在掌握军权的侄子宇文护拥立下，正式建立的南北朝时期的北方少数民族政权。北周的都城与西魏一样，仍是长安。北周的孝闵帝宇文觉虽然以"禅让"的名义，篡夺了西魏恭帝拓跋廓的皇权，但是首都没有变，还是长安。

可是，在握有军权的堂兄宇文护虎视眈眈的监视之下，坐在皇位之上的堂弟宇文觉能有安生日子过吗？

557年正月，16岁的宇文觉登基成为孝闵帝刚刚7个月，就被44岁的堂兄宇文护逼迫退位。一个月后宇文护干脆派人暗杀了堂弟宇文觉。

557年9月，宇文护拥立23岁的宇文毓为帝，是为明帝。改年号永定。出生于534年的宇文毓，是宇文泰的妾生长子，母亲是姚夫人。史载：宇文毓宽明仁厚，博览群书。作为华州刺史，迁大将军，镇守陇右时，宇文毓治理地方，政绩突出，深受百姓爱戴。登基后，宇文毓又励精图治，整顿吏治，号召官员和百姓崇尚节俭，主持修撰典籍，不过三年时间，朝野上下出现一派喜人的新气象。这就不能见容于已是大冢宰的宇文护了。

560年5月30日，在一次国宴上，宇文护指使太监李安在宇文毓吃的糖饼里下了毒，毒死了深得民心的当朝天子宇文毓。心知肚明的宇文毓在临死之前，当着群臣的面，拼尽所有力气大声发布遗诏，传位于自己信任的四弟宇文邕。宇文毓咽气时，年仅27岁。因是当众宣布的先帝遗诏，宇文护也无可奈何。

560年6月，宇文护改立18岁的大司空、鲁国公宇文邕为帝，是为武帝。改年号保定。就是在宇文邕登基后，虽然大权仍然掌握在堂兄宇文护的手中，但是宇文邕已经不甘继续充当提线木偶而时时都有丧命的危险。他小心翼翼，隐忍了整整12年，572年，就在宇文邕改年号建德元年这一年，终于杀掉了把持北周朝政16年的宇文护，30岁的宇文邕这才得以亲政，并且大有作为。可见同父异母的宇文毓哥哥没有看走眼。1999年版《辞海》（缩印本）第1205页"宇文邕"词条这样写道：

> 宇文邕（543—578）即北周武帝。560—578年在位。鲜卑族。宇文泰子。即位后，堂兄宇文护专权。天和七年（572）杀护，始亲政。禁止佛道两教，使寺院占有的大量人口还俗，向国家纳税服役。建德六年（577），蔑北齐，拥有黄河流域和长江上游。为后来隋的统一奠定了基础。

577年（建德六年）正月，聪明有远见的宇文邕领兵七路攻下北齐首都邺城（今河北省临漳县邺镇），生俘北齐后主父子高纬和高恒，灭掉了北齐，再次统一了北方，为后来隋的统一奠定了基础。

北周历五帝，历时24年。

十二、隋朝都城大兴城

581年2月，杨坚接受北周最后一个皇帝宇文阐（原名宇文衍）禅让，代周称帝，是为隋文帝。改国号隋，年号开皇，定都大兴城（唐长安城前身）。北周灭亡。

表面上看，是杨坚兵不血刃，取代了北周，但也可以说是人家一家子内部的事情。573年出生，时年不足8岁的北周静帝宇文阐是什么人？是北周武帝宇文邕的孙子，北周宣帝宇文赟的长子，隋国公、丞相杨坚的亲外孙——杨坚的长女杨丽华是宇文阐的母亲。乳臭未干的小外孙宇文阐坐龙庭，全靠外祖父杨坚的用心辅政。而小外孙情愿也好，不情愿也罢，如果外祖父想当皇帝，哪有不"禅让"的道理？

另外一种说法是，汉人杨坚为人忠义正直，坚定回绝了官员们要他登基的请求，可经不住连鲜卑族的亲戚们也劝说杨坚接受禅让——其时胡汉一家已成大势。在这种情况之下，杨坚才迫不得已，同意取代外孙宇文阐称帝的。

不管怎么说，隋朝是中国历史上非常短暂却又非常重要的一个朝代。隋朝是上承南北朝下启唐朝的一个大一统朝代——结束了魏晋南北朝到隋朝总计265年的四分五裂。虽然隋朝仅仅只有杨坚、杨广父子两代交接，存世17年就灭亡了，但是如果没有隋朝打下的坚固的政治、经济、文化、教育、吏治基础，以及宽广的疆域，可能就没有后面的大唐盛世了，因此史学家习惯把隋朝与唐朝合称隋唐。

以隋朝都城为例。隋朝首都大兴城（即唐代首都长安城），始建于隋开皇元年，即581年，是当时世界上规模最大的城市，号称"天下第一城"。人口25万人（一说60万人）。到唐朝又新建了大明宫、西内苑、东内苑。著名的电视连续剧《大明宫词》的名称就是由此而来。

说起父子都是华阴（今陕西省华阴市）人的杨坚、杨广的功绩，中国科举制就是由杨坚打下雏形，杨广完善而成的。

581年，隋文帝杨坚即位后，逐步废除了魏晋时期选拔人才的方式——由世家大族垄断的九品中正制。

587年（开皇七年），隋文帝杨坚首设志行修谨、清平干济两科，首次实行从全国的寒门子弟中选拔人才。

605年（大业元年），隋炀帝杨广首设进士科，正式以试策的方法取士，一张试卷面前，人人平等，进一步规范了中国的封建科举取士制度，使得在科举考试面前，贫富人家子弟一律平等——制止了千百年来贵族士大夫阶层独霸朝纲的局面。中国今天仍在实行的较为公平的选拔人才的高考制度就是以此为基础发展而来的。至少，隋炀帝开科取士，为初唐留下了大批人才。中国封建科举制从 605 年开始实行，到 1905 年（清光绪三十一年）废止，一共实行了 1300 年。

604 年 7 月，63 岁的隋文帝杨坚"驾崩"，35 岁的杨广作为次子，如愿以偿继承了皇位。而原本作为太子的杨勇——杨广的哥哥却在 600 年被父亲杨坚废掉，杨广当了太子。

杨广登基后，是为隋炀帝，改年号大业。龙袍加身的杨广立马借父亲之名，假拟隋文帝诏书，赐死了哥哥杨勇，以绝后患。

继承皇位的杨广倒是有心大干一番振兴国家的事业。他把原已存在的京杭大运河疏浚、加长、联通起来，极大方便了中国的南北交通，一用就是 1500 年，实属前无古人后无来者、居功至伟的壮举。甚至有人说，隋朝灭亡以后，单单隋炀帝杨广积存下来的粮食，就让唐朝上下吃了 40 年。这话肯定是夸张了，却可知杨广之功。

另外，隋炀帝杨广西巡，扩大了疆域，打败了契丹，阻止了契丹势力在西北的扩张。同时在西北边陲原吐谷浑领地设置了四郡：西海、河源、善鄯、且末，大举屯田，还纳入了辽阔的青海、新疆南部、甘南川西一带，再次联通了陆上丝绸之路。为此，一生爱写诗的杨广写下 30 行《饮马长城窟行》抒怀，最后四句是：

释兵仍振旅，要荒事万举。
饮至告言旋，功归清庙前。

这还不算，隋炀帝杨广还在东南降服了琉球，讨伐了占城，征服了安南、高句丽等。而琉球，就是今天的日本冲绳。中国后来的不肖子孙让琉球丢失了，真是愧对祖先。

但是，荒淫无度、残暴不仁等字眼，也是一直跟随隋炀帝杨广的标签。而且为了修通世界第一长的京杭大运河，杨广浩浩荡荡三下江南巡游。单是营建东都洛阳，每月役使男丁多达 200 万人。加之杨广频繁发动周边战争（譬如三征高丽），也是劳民伤财，提前透支了国力财力，遂激起民变——隋末农民大起义。

618 年 4 月 11 日，隋炀帝杨广在第三次巡游江南、逗留扬州两年后，被手下宇文化及等人活活勒死于扬州江都宫。至此，共二世二帝、历 17 年，隋朝就迅速灭亡了。这使得隋朝与共二世二帝、历 14 年的秦朝一样，成为中国历史上最短命却无比重要的两个王朝。

十三、唐朝都城长安

纵观前述，这将近 300 年的动乱不安，带给中国的损失是巨大的，教训是惨痛的，影响是深远的。这个深远影响一直持续到唐朝。唐朝前期边疆问题依然非常严重，就此埋下导致大唐盛世覆灭的伏笔。"安史之乱"则直接将鼎盛繁荣的大唐王朝带入深渊，追本溯源，皆因西北游牧民族不断骚扰、劫掠汉民族的缘故。用今天的观点来看，则是中国多民族之间磨合、交融——由杀伐征战变为和睦相处的艰难融合过程。唐朝的诞生，就是又一个实例。

617 年 5 月 15 日，51 岁的唐国公李渊趁乱于晋阳（今山西省太原市晋源区）起兵，加入反隋大军，很快就以摧枯拉朽之势，成为压垮隋朝的最后一根稻草。

618 年 6 月 12 日，李渊在长安接受隋恭帝杨侑（yòu）的禅让——其实是逼迫杨侑退位，称帝建立唐朝，是为唐高祖——唐朝开国皇帝。年号武德，定都长安。唐朝都城长安是在隋大兴城基础上改建扩建而成的，而且与隋朝都城大兴城一样，是当时世界上规模最大的城市，也是世界上人口最多的城市——拥有人口 120 万（一说 185 万），还是中国古代面积最大的都城。唐朝都城长安由外郭城、宫城和皇城组成，面积约 84 平方公里，是明代西安城的 7 倍，汉长安城的 2.4 倍，明清北京城的 1.4 倍。

不过我们还是要接着上面的话题说下去。说到隋朝，只有隋文帝杨坚和隋炀帝杨广两个皇帝，怎么又跑出一个皇帝杨侑来？

605 年出生的杨侑是隋炀帝杨广之孙，太子杨昭的第三个儿子。公元 617 年底，正值北方大乱，隋炀帝杨广偏安扬州，不肯回首都大兴城"办公"，还命人到南京建造"丹阳宫"，准备终老于南京。可是国中不可一日无君，于是攻占了长安的李渊就假惺惺地上演了一出闹剧。

617 年 12 月 18 日，李渊煞有介事地率众拜向南方，遥尊隋炀帝杨广为太上皇，借机拥立杨侑为皇帝，当场扶着 12 岁的杨侑在大兴殿正式登基，改年号义宁。其实小小少年杨侑名义上是皇帝，实际上不过是李渊扶持的一个傀儡。这不，熬不到半年，李渊就把杨侑赶下金銮殿，自己取而代之了。

618 年，不到 15 岁的杨侑就吓得病死了（一说是李渊派人害死的）。草草葬入庄陵——今陕西省乾县阳洪乡乳台村南 500 米处。顺便一说：唐高宗李治和妻子武则天（中国唯一女皇帝）的合葬墓——乾陵也在乾县。从李渊逼迫杨侑"禅让"一事来看，历史似乎是一个爱开玩笑的老人，这个老人似乎更讲究因果报应。仅仅九年之后，李渊就被自己最欣赏的第二个儿子李世民赶下了金銮殿，屈尊为太上皇。抢班夺权的真实过程是这样的：

626 年（武德九年）7 月 2 日，秦王李世民在首都长安城宫城的玄武门附近，埋伏杀手射杀了大哥、太子李建成，大弟、齐王李元吉（小弟李元霸不在场），史称"玄武门之变"。事后李世民为了斩草除根，还下令杀死了兄弟李建成、李元吉的所有儿子。9 月 4 日，出于恐惧和无奈，唐高祖李渊很不情愿地退位当了太上皇，禅位于次子李世民。李世民就此毫不客气地登基，是为唐太宗。次年改年号贞观。

635 年（贞观九年）6 月 25 日，太上皇李渊因病"驾崩"于长安皇宫的垂拱前殿，享年 71 岁。李渊，字叔德，陇西成纪（今甘肃省天水市秦安县）人。祖籍邢州尧山（今河北省邢台市隆尧县）。需要说明的是，唐高祖李渊与隋炀帝杨广是一对表兄弟。

566 年，李渊出生；569 年，杨广出生。李渊年长杨广 3 岁。杨广的母亲是隋文帝杨坚的妻子独孤皇后，李渊的母亲则是独孤皇后的姐姐。因此，李渊和杨广是很亲的姨表兄弟。也就是说，李渊和杨广都有少数民族——鲜卑族的血统。可知前面所说的魏晋南北朝时期的民族大融合是不争的事实，进入唐朝，这种多民族的大融合更加广泛。

649 年 7 月 10 日，在位 23 年的唐太宗李世民"暴病驾崩"于皇宫含风殿，享年 52 岁。李世民得的是什么病？为何史书都讳莫如深？原来是他服下所谓的"长生不老药"之后，暴病而亡。照理说，李世民原本很清醒，登基后，一再对曾经大有作为的秦始皇和汉武帝追求长生不老的天真做法表示荒唐可笑，甚至认为汉武帝为了自己能够长生不老而不惜将女儿下嫁道家术士是十分有辱家门的事情。637 年（贞观十一年），唐太宗李世民还专门在诏书中强调：生必有终，皆不能免。可是人到晚年，李世民的思想改变了，开始迷信一个叫那罗迩娑婆寐的番僧，把"永生"的希望寄托在这个"洋和尚"炼制的灵丹妙药上。结果他刚吃下丹药就感觉到身体不适，很快咽气了。真是一世英名毁于一旦。

最后还是要说一说唐太宗李世民成功的"贞观之治"。

唐太宗李世民自己是跟随父亲李渊从隋末农民起义中拼杀出来的，深刻认识到农民群众的力量，切实了解到民间的疾苦。所以登基后，他非常重视底层百姓的生活状况。他专心吏治，选拔贤能，知人善任，注重听进不同意见，特别重用魏征等一批敢言的诤臣。北宋司马光主编的《资治通鉴》记载了这一著名论断：

以人为镜，可以正衣冠。以古为镜，可以见兴替。以人为镜，可以知得失。

总之，唐太宗李世民在位的627年到649年间，出现的政治清明、经济发展、社会安定、武功兴盛的大好形势，史称"贞观之治"。这既是唐朝的第一个盛世，也为后来唐玄宗李隆基在位时出现的"开元盛世"奠定了坚实的基础。如果没有唐末安禄山主导的"安史之乱"祸害全国，大唐盛世何止延续289年？

从618年唐高祖李渊建国、登基为开国皇帝，至905年13岁的唐哀帝李柷登基，到907年，朱温废唐，唐哀帝李柷成为唐朝的末代皇帝（次年即遭鸩杀）。唐朝享国祚289年，历14世，传21帝。

大唐盛世确实是被唐玄宗李隆基和杨贵妃宠幸的安禄山（父亲为胡人，母亲阿史德氏乃突厥族巫婆）一手葬送了。如果不是757年肥胖如桶的安禄山被自己长子安庆绪杀死，大唐盛世早就完结了。虽然唐朝随后又延续了150年，却从此进入颓势，苟延残喘一步步走向衰亡。

但是，世界第一的大唐都城长安遗址今犹在。站在西安市东南方辽阔无边的唐长安城遗址之上，脚下是芳草萋萋，眼前则山色空蒙。时隔1000多年历史的风风雨雨，不能不让人发思古之幽情，缅怀一代代先人的丰功伟绩，心潮逐浪高！

东岱的印记

缪　华

　　南方的水系和北方的水系相比，似乎在称呼上更喜欢叫"江"而不叫"河"，其实两者之间并没有太大的分界，谁宽谁窄，谁长谁短，谁深谁浅，不好一概而论。谁能说清长江和黄河有什么本质上的区别。因此，我接下来就要提到老家连江的一条江：岱江。岱江亦称鳌江，为福建省第六大河流，是闽东的独立水系，发源于古田县东北部鹫峰山脉，流经罗源至连江，在浦口与东岱口注入东海。这条江两岸的风光很美，在我小的时候就有了这个印象。岱江边的村庄一个接一个，其中一个叫东岱，那就是我的故乡。

　　父亲早年出去工作，在外地娶了我母亲。我们兄弟是外地生外地长，对故乡并没有太多太深的眷恋。只是一到寒暑假，父母就把我们送回了故乡，差不多年年如此。现在想来，其中的一个目的就是让我们记住自己的老家、自己的祖宗。来往次数多了，就变得熟门熟路。因此，我在读小学时就敢在相距几百里的福安和连江之间独来独往。一般是先在城关的外婆家住上一段时间后，然后再去东岱。

　　那时的东岱不通汽车，往来全靠船运。那船也只是小客船，仅能容纳一百多人，乡村间的交通规模也只能是小打小闹。上了船找个靠窗的位子坐下，等着开船。这行船的时间不准时，得凭潮水的涨落来决定开船的时间。不一会儿，人们陆续来了，有挑担的、有拎包的；

有抱孩子的、有扶老人的。江风徐徐，江水悠悠，随着一声沙哑的汽笛声，船启航了。沿途两岸筑有江堤，拱卫着堤内的黎民百姓。江堤的护坡上是整片的草地，时不时可见牛羊悠闲地吃草，叶笛声声，吹出了清脆和悠扬。到几个大一点的村庄，比如山堂、塔头、浦口，船便靠了上去。人们上船下船，然后，船又沿江而下。盈盈一水间，船成了江中游动的风景，而人则是风景中的点缀。大约在水上行走了一个半小时，船到达东岱。

那时的东岱还只是一个行政村，归浦口公社管辖。当时村不叫村而叫大队。东岱大队与东水大队紧紧相挨，两地有着密切的联系。东水大队一个陈姓青年后来就成了我的堂姐夫。船到东岱，泊在东水的地界，我提着为数不多的行李下了船，去了我伯伯的家。其实那儿也曾是我父亲的家，只不过他早年出去工作，在老家没有什么财产。那年代久远的老宅是土木结构的，伯母去世得早，家中除伯伯外，还有堂姐堂哥以及在这搭铺的外甥。本来我一个小孩，随便在哪个地方摆张床都可以睡的，但伯伯总是喊我和他一块睡，睡在全家那张最好的床上。那床如果让搞古董买卖的看上，一定能出个好价钱。床像是一个特大的柜子，做工精致考究，到处雕花刻字，木雕处还用漆着一层薄薄的金粉。床里还有一排的小柜子，晚上起夜，迷迷糊糊时爬起来就碰头了。因此，我宁愿和堂哥挤，也决不愿睡那张大床。

回老家的时间多是寒暑假，大人白天都在田间忙碌，是没空管教小孩的。不过，农村的孩子很少受管教，他们自由自在地享受着大自然带来的生机和活力。今天上山摘野果，明天下河捕鱼虾，乐得我整天跟在堂哥的身后屁颠屁颠地跳。不过，他也有不让我跟的时候。他要下河去扒河蚬，总会想方设法让堂姐哄住我，然后和几个伙伴悄悄地溜走了。上当的我一下子觉得到处空荡荡的，无聊至极，只好坐在屋外的石凳上看四处信步的鸡在觅食，心里愤恨不已。

堂哥还是够哥们的，回来时，总忘不了给我带礼物，或是几只活踹乱跳的鱼虾，或是一堆五彩缤纷的贝壳。这的确是一个好策略。有了这些东西，我的怨恨立即烟消云散。兴高采烈地和堂哥一道把河蚬按大小分开，然后提到街上去卖。那时人的口袋里没多少钱，河蚬也就卖几分钱一斤。在街上蹲到太阳落山，卖不完拎回家让堂姐煮了，当菜吃。

伯伯的老宅还有个阁楼，是不让人上去的。我好奇，瞧准了放钥匙的位置，趁他不在家时潜入其中。原来这是他的书房，一两千册的图书分门别类地藏在不同的箱子里。那年月搞"运动"，书成了"封资修"的东西，被通知统统销毁。我父亲也不管我的情绪如何，把我珍藏的诸如《三国演义》《水浒传》《西游记》等连环画统统销毁。那时的我正处在对书如饥似渴的状态，突然在一个村庄的一个老农民家中发现这么多书籍，那种幸福感就像是老鼠掉进了米缸。于是，我软磨硬缠，终于取得伯伯的同意，得以常常独自躲在阁楼上囫囵吞枣地看书。一个小学生其实也懂不了多少字，但看着看着慢慢就有了收获。随着年龄的增长，能读懂的部分也越来越多。每回离去，总是很用心地巴结伯伯，求他借几本让我带回去看。他也知道这借其实就是送，所以总是很抠门地给个三两本。我呢，也不嫌少，积少成多嘛。至今这些书还保存在我的书架上，像《林海雪原》《青春之歌》《中华活页文选》等。这个阁楼，后来成了对我去东岱最有吸引力的地方。如今我也写了些文章出了几本书，很大程度上还是得益于这些书的启蒙作用。

家住江边的男孩没几个不会游泳的。暑假里，很多乡村小子都在岱江中像蛟龙似的上下翻滚。我是和堂哥一块去的。为安全起见，他特意为我准备了救生圈。浪不大但水流急，我一下水就有被冲走的感觉。加上我的游泳技术只限于"狗刨式"，很快就出现了险情。好在堂哥警觉，立即施救。事后，他也害怕，就带我去池塘里游，等我练得有模有样，才敢下岱江。在浅水处，他对我说了扒河蚬的事。那是用一个像漏斗似的大笆子，在河底不停地拖动着，水流冲走了河沙，留住了河蚬。后来他带我去扒河蚬，我此时才真正体验到这事不容易，人在水中慢慢地走，让笆子缓缓移动，然后提起来，把笆子中的河蚬倒进竹篓。一直不停地重复着同样的动作，直到凉风劲吹才上岸。

千万别因为这么多的乐趣就把乡村看成天堂，其实农村的日子是很艰难的。它不像城里设有许多保障人们基本生活的专业单位，什么自来水厂、电厂、医院、电影院等。吃水要到村后的山上去挑，那儿有个很清的水塘，是山泉汇流于此。堂哥堂姐每天早早就挑着水桶上山去了。肩膀除了挑水还得挑柴。劳作的辛苦只有亲身经历了才会有直接的感受。晚上则让我感到极大的不适，在昏暗的煤油灯下无所事事（那时连城里也没有普及电视），那就看一阵子书吧。蚊子摸黑到处乱咬，我实在受不了，赶紧往床上钻。如果蚊帐里钻进一只蚊子，那就惨了。蚊帐是藏青色的布做的，不透气不说，还根本看不到蚊子趴在哪儿。只得点艾草，蚊子是熏跑了，可人也熏得差不多晕了。最可怕的是在乡村里生病。有一回，我晚饭后突然觉得肚子难受得厉害，伯伯赶紧让堂哥堂姐把我背到村卫生所。那时村里的医生叫"赤脚医生"，医术只限于打打针量量体温之类，害得我一晚上疼得到处翻滚，全家人都跟着受罪，第二天赶紧送我上县城的医院。那种痛感至今仍记忆犹新。

尽管如此，我还是常常回东岱的。至于是什么吸引我，当时年纪小，想不了那么深刻的事。现在回想一下，其原因除了能从伯伯那儿讨几本书外，更重要的还在于可以逃避父母严格的管教。而在乡村潜移默化养成的平民意识和吃苦精神，于我日后的成长大有裨益。同时，乡村的许多民俗风情也让我大开眼界，对现在的文学创作提供了不可多得的创作素材。早早晚晚，门口的青石小巷总有叫卖声不时响起。东岱有一种用米做成的面，很好吃，煮时加一些海鲜，味道更佳。我每次回老家，左邻右舍都会端来一碗米面，上面卧着两枚鸡蛋，这是乡村接待客人最高的礼节。那时人们的家境不富裕，这米面成了珍品，平时舍不得吃，只有逢年过节才吃。不过，东岱从来不缺好吃的东西，它位于江海交接处，水产极为丰富，人们去讨个小海，就能尝个鲜。吃不完就晒成了干，有蛏干、虾干、鱼干等。我每次离开东岱，亲戚们总会准备很多各种"干"让我带回城里。

乡村最热闹、也最有趣的当数过年。日子再艰难，人们也还是要想方设法过好年的。所有长辈都在忙碌，准备吃的、张罗穿的、打点送礼的。不过，和城里相比，乡村的孩子直接受益就差多了。本来大人的手头就没多少钱，自然不会像城里的大人那样慷慨解囊给小子们发压岁钱的。乡村的孩子们也不在乎，抓一块年糕摸一把蚕豆就兴高采烈地出门去了。一直玩到日落时分才回来。我父母差不多在每年的春节都会回到东岱。然后，带着我到左邻右舍给许多上了年龄的人拜年，并介绍说这是什么人、应该称呼什么的。后来我长大成人，再回东岱时看到这些老人坐在自家的门槛前，目光呆滞，表情木讷，心中就产生对人的生存环境和文化教育之差异的感叹。

每年回去，自然是"一岁一枯荣"。乡村有个习俗，那就是早早地为儿女订亲。有一天，大堂姐很神秘地喊我跟她一块去山上的菜地锄草施肥，说二堂哥的对象今天也会上山来劳动，让我给未来的嫂嫂打打分。我对这种事还处于朦胧状态，当然说不出个所以然。不过，第一眼的印象还是不错。她见到我们姐弟，一下子脸就红了。我在回家的路上对大堂姐说，她像你一样，很会干活。大堂姐曾被评为县劳动模范，同时在家里也是一把好手。大姐夫在单位工作，她除了忙农活外，还得照料四个孩子，每天都能听见她站在巷口扯着嗓子叫着子女们的声音。那时乡村的女子经未来婆家人一看，那就是关系明确了。我想二嫂那时也不过十八九岁，在城里正是撒娇的年龄。可乡村毕竟是乡村。

乡村从来是等级森严、讲究辈分的地方。伯伯比我父亲大6岁，是长子。奶奶在我父亲五岁时就仙逝了。因此，我爷爷在我伯伯 16 岁的时候就为他娶了媳妇成了家，早早生儿育女。同样是长子，大堂姐就比我大了将近 20 岁，而她的大儿子仅比我小 5 岁。当自己还是少年时，最怕的就是被人喊大了。倒是我这人从小就喜欢做大，下面有几个外甥和外甥女，难免有些得意忘形。乡村的传统规矩是很多的，辈分就像军队的军衔，谁大谁小含糊不得。摇篮里的是叔叔这样的事并不鲜见。正因为如此，乡村才有很多保留完整的传统文化，这对生长在那块土地上的人们起着潜移默化的作用。尽管在"十年浩劫"期间，这些统统被当作封建迷信给扫荡了。而一旦拨乱反正、正本清源，这一切很快都得到了恢复。

东岱和很多乡村一样，真诚、纯朴、友善，但同时也带着一点愚顽和固执。只是我在少年时期不懂得、也没有能力从社会学的角度去看待、去分析，正因为如此，才使我对乡村有一种深深的眷恋。参加工作后，我去过不少乡村，也写过不少乡村。迄今，坐在沙发上面对着电视机播放的乡愁乡味节目，想想自己祖辈的乡村，竟发现记忆里的东岱是那么的富有精神，那么的拥有快乐，并在我的脑海里像那条岱江水永远流淌。

玉石岭探幽

邵永裕

永泰山水是多情的。一不小心，隆起一座山，流成一道洞，便成了风景。

永泰石头是风情的。站着的，是凝眸双峰；挂着的，是状元晒靴；坐着的，是柴郎盼归；铺着的，是仙人展画。大自然的鬼斧神工，石头的天造地设，给永阳大地留下了许多梦幻般的神奇。

大渭口位于大樟溪畔，203省道丘演至百漈沟景区之间，距县城32公里，隶属梧桐镇三富行政村，因境内巍峨起伏的大渭山脉而得名。大渭山的山岭，花岗岩巨石垒叠，又称玉石岭。

大渭口的石头，以斜躺的姿态呈现。它躺出了阶的高度、洞的神奇。我怀疑造物主举棋不定，恍惚间，用错了石头，铺路嫌太大，造洞又嫌小，形成了洞径兼具的特点。上山的道没铺成，巨石垒叠的空间，构成了众多的洞，石与石间隙又成了上山的路。

千百年来，这亦洞亦径的地方，众人皆喜探幽猎奇。惊叹者有之，迷恋者有之。上山的洞口距203省道七八十米远。洞口为岭的起点，厚实的石门，给予探幽者庄重的仪式感。石门周围长满绿色植物和藤蔓，高大的古树枝干虬曲苍劲，黑黑地缠满了岁月的皱纹，枝柯交错，浓绿如云，给洞口周围描上一层深幽的意境。葱茏的底色，掩盖了许多本该裸露的"岩"色，但在门顶上，被岁月染成黛褐的"宿于"二字，依然可辨。右前方十多米，褐红洁净的崖壁上，题写着"玉石岭"行楷三字，遒劲丰满。有人说，摩崖石刻是明朝正德帝巡游江南时留题。也有人说，清嘉庆年间才题刻于此。至于确切之说尚待考究。"宿于"，按字面解释，该是名人留宿所题，否则，谁敢刻字玷污摩崖壁石？若是官家或文人，又是谁？走访村里老者、文人，无人能说得清。

玉石岭洞奇径曲向天去。洞由巨石垒叠、支撑而成，面积有大有小。洞之间隔，形成一道道石门，互联互通，幽若迷宫。上山的路径，在巨石间穿梭，洞中穿行，洞洞相连，忽明忽暗，忽左忽右，疑是无路时，穿过一道石门，又是一番天地。头顶巨石，层层叠架，百户千门，闭合无常。上攀下爬，侧身挤步，狭处过人，匍匐前行，惊魂摄魄。内洞外景，静动呼应。洞内多奇石：一线天、一片瓦、天门、天台、仙釜岩、听水岩、象鼻岩、熊掌岩、海豚岩、神龙臂、石锣、石鼓、木鱼石、沉香扇、元宝石、钟乳石、金石盖、老鹰岩等惟妙惟肖、奇美慑人。我被小小的钟乳石所震撼。它挂满岩壁，在光线的折射下，仿佛万千水底冒出的气泡，蔚为壮观。不少游客喜欢刺激、猎奇，玉石岭便成了寻奇、探幽打卡地。

玉石岭石洞，又名张公洞。张公洞何来之说？这须由口口相传的"张公移石填海平月洲"传说讲起。张公即张圣君，出生于嵩口月洲，距离大渭口约20里地。他因吃了太上老君的半粒苦桃，法力无边，成为半佛半道的仙人。传说，他为了平月洲，要把大山里的石头赶到海里去，便念咒发功，把月洲石头当作一群牛羊来赶，赶到大渭口时，因被人点破，留下了一岭的石头。传说寄托着人们美好的心愿，后人便乐此不疲地把它当作茶余饭后的谈资，不停地说着这个故事。不管真假如何，丝毫不影响人们对张公洞奇观的啧叹。

这里树木特别茂盛。古榕树，洞内盘根错节，洞外冠茂枝粗，尤为壮观。扁担藤宽约15厘米，横缠竖挂，极为罕见。洞内可见国家二级保护濒危植物荷叶铁线蕨。动物中蝙蝠最多，蝙蝠归洞是一道亮丽的景观。

玉石岭流传着许多传说："十子十媳撬金盖""观音推塔""金锣金鼓"等流传甚广。不知是幽境衍生了传说，还是传说迎合了猎奇，去过玉石岭的游客，都听过当地人讲"十子十媳撬金盖"的故事。传说在"玉石岭"摩崖石刻的顶部藏着"金席""金被"。想拥有它，须有十子十媳的人家，方可撬开藏宝的石盖。有户九子九媳，还有一个女儿，凑上女婿敲开了盖子，就在看见"金席""金被"闪光之际，有人喊道"姐夫出力点"，话音未落，开启的盖子又合了起来。有人说，喊声道破了天机。故事也许荒诞，却给生活留下警示和启迪：做人做事要规矩，不能弄虚作假。藏宝遗址，巉岩陡壁，无法到达。听者只好发挥想象，感悟故事留给我们的思考。

出洞顶，豁然开朗。古木参天、绿植遍野，玉石岭掩映在绿丛中，成了一道生态岭。沿着山峰往上攀，一座"大会岩"矗立在两块巨石间，寺外岩壁上，左右两幅坐禅佛像雕刻栩栩如生。左雕像旁写有×××朱十二郎。右边雕像为一个画框两个人物，旁注"朱七娘为先妣、杜十二娘生界"，其为何人，何故刻于此，乡人语焉不详。村里相传，古时大渭口山魈盛行，扰乱村民，自从雕像刻成，村里山魈消失，平安相随。寺内供有泰山君、张圣君、上天显帝塑像，寄托着村民耕读传家、平安吉祥的美好愿望。

沿着另一边山脊而下，村民林武坦带我去看出太子的后垄厝。还没走到后垄，一块惟妙惟肖的元宝石映入眼帘。出太子的后垄只是传说，我无兴趣便往回走。走到一棵大树底下，道路下方岩洞里的三具棺材，让我感到惊悚。带队的人说，这是无主的棺材。"文革"期间，村里小孩无知无畏，开棺取走尸骨当玩具。这不禁让我联想起《永泰县志》里的一段记载："1918年11月6日，北洋军阀孙传芳部与粤军参谋长蒋介石在白杜相遇，两军交战，孙部退。"实际战斗地点还有白湾、丘演等地。这三地与大渭口都在一条线上，距离远则几公里，近则千余米。战斗是移动的，会不会大渭口就是一个伏击点，只是史志没有详载？这里的无主棺材，是否是牺牲的战士草草收埋于此？我心头充满着各种疑问。来历不明的东西，放在此如此之久，给幽静的大渭口增添了无尽的猜想和神秘。

周边有锦屏山，山麓有千年古刹教忠寺和南宋（1169）状元祁国公郑侨墓等古迹。据载，教忠寺原名香泉院，唐景福二年（892）置。郑侨父亲祈国公宋禧、母亲秦国夫人黄氏，因子贵获封。后合葬于香泉院后左畔，宋孝宗为表彰其"教子以忠"，敕改香泉院为教忠寺。郑侨在教忠寺读过书。当时教忠寺规模宏大，寺内有9座建筑，又称九座寺。香火旺盛，僧侣最多时达200多人。清初寺毁于火，未重建。现在教忠寺遗址，仍可见到不少散落构件，如数墩莲花底座、数个柱础、数件浮雕等。郑侨对少时读书的教忠寺怀有感情，逝后归葬于此。

郑侨墓位于教忠寺后山坡上，20世纪90年代末，由福建省文物局和永泰县人民政府联合修茸。墓碑刻有"宋太师郓国公郑侨之墓"字样，第三层石碑壁还镌刻着宋光宗对爱卿郑侨的赞语："朝野臣僚能如侨卿之爱民，则天下安矣！"墓几浮雕完好，花、物鲜明，散居各地的郑侨后裔常来祭祀。

玉石岭上连大渭山，下临大樟溪，南界石柱擎天，北际瀑布挂玉百漈沟，旭日东升，漫江尽红，晚霞夕照，群峦披金，属永泰116处旅游资源之一，尚待开发。景点核心面积25公顷，海拔223.8米、相对高差100米，主要分为樟溪沙滩竹林重钓区、岩巷洞登山寻幽风光区、古树山庄溪涧休息区、梯田果园远景参与区，还有南岸峡谷断壁百漈沟瀑布区等。玉石岭是摄影爱好者的乐园。多角度构图可以呈现出异彩纷呈的美丽。

穿行在迷离交错的岩洞，你不必猜测哪条路径会有更绝美的风景，因为任何一处都收藏着山与石、人与事点化的神奇。只要你轻轻走近，便会触碰一片美景。而玉石岭故事就是落入人间杯盏的陈酿，它落在山村的梦里，撩动了无数探幽者最易感的那根弦。玉石岭以它深幽的风韵，镶嵌在大渭山麓民众的瓦檐、窗户之上，在大渭口的每一处巷陌与柴垛里。

老 街 往 事

郭永仙

题记：为了还原当年生活，文中所有人物与地名都沿用过去的称呼与叫法，不一定准确，也没有贬意，特此说明。

随着岁月流逝，许多记忆像穿洞的树叶，残缺不堪，一些人和事，像年代久远的黑白照片，模糊不清。而岁月总是有情，在一些人的记忆中，留下难以忘怀的印记，让人感动，叫人唏嘘不已……

去年退休，已是花甲之年，常常想起一些过去的人和事，特别是梧桐旧街的人和事。每每在晚间散步中，碰见梧桐老乡，说起往事，都有一种深情。在闲谈中，大家一起回忆，一些久远的人和事，就那样渐渐清晰起来，浮现在眼前。在回忆中，慢慢修复了记忆……

一、东奋先生

梧桐街不长，从街头到街尾，每户人家我基本都还记得。可惜的是过去清一色的木板门面房子大都被拆了重盖。没有规划，整条街已面目全非，老街的味道尽失。

不久前跟东奋先生聊天，说起梧桐旧事，他深有感触。他 1943 年正月出生于梧桐街，少年时代都在梧桐街度过。还记得当时街道清一色的溪卵石，中间部位用大的溪石铺设，一到下雨天，被几代人踩得溜溜光的卵石，闪出米黄色的光芒，十分好看。那时梧桐街极为热闹，莆田仙游的生意人很多，还有德化、尤溪、闽清的生意人。长乐人多是挑货郎担的，一边卖针头线脑等日常小物品，一边收鸡毛鸭毛牙膏皮等。东奋先生的父亲早年从仙游到梧桐做生意，慢慢置下房产，定居梧桐街。他在梧桐读完小学，后来就到县城一中读书。之后考入福州工艺美术学校，因崇拜老师陈子奋先生，便将原名栋富改为东奋，用莆田话读也是谐音。子奋先生还为他刻了一枚印章。

他1964年毕业后分配到尤溪县文化馆工作，直到1981年离开，到三明师专任教，后又到闽江学院。几乎都在外，平时少回梧桐，梧桐街知道他的人并不多。街头的一些老人可能还有印象。

吴东奋有一门手艺，那就是画画。他是工笔花鸟画家，首创"冲水法"与"撞水法"技法，独步画坛。他的一幅大画可买一套100多平方米的商品房。

他是勤奋的，在工笔花鸟画的道路上一直探索创新。早在1985年美术新潮过后，东奋先生就对中国花鸟画历史发展过程反思，得出结论："意笔花鸟画是从水墨开始，走向以浓艳色彩与水墨相结合的新的彩墨意笔花鸟画。不管是陈淳、徐渭、朱耷的纯水墨意笔花鸟画，还是任伯年、吴昌硕、齐白石、潘天寿的浓艳色彩意笔彩色花鸟画，都已达到极致的境地，都是难以超越的艺术高峰。工笔花鸟画从五彩缤纷的色彩开始，发展到元代的水墨工笔花鸟画。宋代的工笔重彩花鸟画在艺术上已达到登峰造极的地步。但元代的墨花墨禽（即水墨工笔花鸟画）由于发展时间短，又缺少独立表现手法，尚有许多薄弱环节，有待进一步完善。这是一条前人没有走完的艺术道路，值得当代画家去研究、探索。于是我二十多年来，一直从事当代水墨工笔花鸟画的艺术探索和实践。"

东奋先生在探索中，成功地进行了"撞水法"与"冲水法"的尝试。在绘制过程中，先以写意笔法进行水墨的勾勒，发挥水墨线条的浓、淡、干、湿的特性，再用"冲水法"与"撞水法"，使水墨线条在保持一定力度和美感的同时，产生某种变化，呈现出一种斑斑驳驳、非常拙朴的机理气质，使画面产生出富有新意的水墨工笔花鸟画的雏形，再用勾勒渲染等工笔花鸟画技法描绘花卉、禽鸟，使严谨规矩的工笔画与水墨画的写意精神揉合，应用泼墨、撞水等大写意手法处理，使画面产生立体效果，特别是老树枝干苍劲有力，充满生机，形成别具一格，古拙、苍茫，既有古意、又有新意的水墨工笔花鸟画。东奋先生退休后居于榕城，后顿悟，走出福州，走上了北漂之路，在北京、山东等地开辟了自己的艺术天地。已近耄耋之年的东奋先生，依然保持旺盛的创作势头。我开玩笑说：你的手是梧桐街最值钱的手！

2022 年 1 月，东奋先生因病也走了，享年 80 岁！

二、春子

春子在梧桐街也算是个人物。他是东奋先生的外甥，一个鬼才！天妒鬼才，48 岁辞世，令人扼腕……

他在中学时代就显现出极高的写作天赋，特别是小说。他的文字充满温情，专写爱情小说。他说：人生如果没有爱情还怎么活呀！

我们从穿开裆裤起就在一起玩耍。他的家一直在街头，工作几年之后，在街尾盖了房子，成立了家庭，结婚那天竟喝得大醉。其实他没酒量，却有胆量。记得学先扶着他上楼，走到一半，两人都滚了下来，躺在地上哈哈大笑，那时轻狂啊！

青少年时代，我们俩是梧桐街的坏小子。打架打不过人家，但敢拼命，被打得鼻青脸肿，心里记着仇。到了晚上把人家炸蛎饼用的铁皮筒做的灶滚到溪里，用竹篾做引子，烧了人家菜园的篱笆。当年街上女孩喜欢踢毽子，做毽子需要公鸡尾毛，那时街头人家公鸡漂亮的尾毛都被人拔光，这事我们两人也没少干。在梧桐街，干尽坏事，真是"罄竹难书"……

秋天晚上闲聊，肚子饿得慌，就去他家边上砻厝园坪偷挖番薯，路过菜园，顺手再拔几兜芹菜。到家，几个人生火的生火，用番薯礤将薯皮擦干净，芹菜洗好切断备用。这时鼎也烧热了。倒入茶油，过泡后，再放入姜末、大蒜瓣，煸炒出香味，放入适量的水。水烧快开时，再将番薯切成一块一块入鼎，盖上鼎盖。番薯快熟时，再放点粉干碎。那时他家里卖粉干切面，楼上有很多粉干碎。一会儿工夫，一鼎番薯汤就好了！装碗前投入芹菜段，香喷喷的。吃上一大碗，扛饿！20世纪70年代，番薯汤是最容易煮的美味。

1980年之前，图书市场还在闹"饥荒"。1972年至1976年之间，"手抄本"小说流行一时。当年春子写了篇爱情小说《小白的故事》，在梧桐中学流传后，社会上青年也在传抄传看。那时他非常狂地说：谈一次恋爱，就要写一篇小说。还是中学生的他，意气风发，才华横溢。他的小说以爱情见长。在嵩口林业站工作时，写了一篇一万多字的爱情小说《死神吻吻我》，爱情故事感人，风格诙谐幽默，也曾流传一时……

他是一个当得起大爷，也能当孙子的人。他从永泰来福州闯荡后，干过多种职业，给别人干活，自己当老板，都干得像模像样。他到福州的第一份工作，就是在华福旅行社跑业务，学到旅行社一套运作功夫后，就自己办旅行社。公司招收的清一色是女孩，当时也搞得十分火热。他搞交际很有一套，那些年流行公费旅游，一到暑假就是学校老师旅游的黄金期，永泰不少学校的生意都是他做。他的员工大多是刚出校门的女孩，天真无邪，其中有两个还赖在他那吃住。反正他租了一套房子，就一人住，不浪费资源。这俩小姑娘天天叫他老头，高兴时也叫他老爹。他公司的员工也都叫他老头，没人叫他叶总。面对如此"无赖"的员工，他说你们俩都是我的奶奶。他虽是老板，却每天都要买菜做饭给她们吃。在公司里，他成了打杂的，常常被几个女孩支使去买零食什么的。有什么办法呢？他人太"好痛"了！大家都叫他暖男。

他的人生大起大落。曾有一段时间，拼凑了几个人成立了保洁公司，专门清洗高楼外墙。叫不到从事高空作业的四川工时，他自己绑着安全带吊在外墙干活。这时他就像个孙子。却也干得乐呵呵的。

一起在福州的几年，我们总一起看电影或上歌厅唱歌。我们常去白马河边上一家叫"月光卡拉OK"的歌厅唱歌。那时点歌都是叫场内小姐点。这家歌厅很小，没有包厢，只有大厅。歌厅没有服务人员，都由女老板自己干。春子最爱唱的是梅艳芳的《女人花》、邓丽君的《月亮代表我的心》。来得经常，就熟了，老板一看到他来，就会为他点上这两首歌。他唱着唱着，常常会泪流满面，十分投入。他是一个多愁善感的人，内心柔软，情感丰富。这些在他的小说里都能看到。

2007年9月3日凌晨一点多，他在我QQ留言板留言，就几个字：去我空间看看。我知道，他又开始写东西了！

在他的QQ空间里有一则短文，有着他一贯的幽默。

我有一块表

前些时候我拿了一块手表送女儿的朋友，前几天才给老板钱。她又拿一个给我看，打好低的折，我试一试就不舍得还老板了。

我有了一块新手表。晚上同朋友吃饭，我动静很大地看了若干次时间，没有一个人看见我的新手表。我只好在小花眼前晃了又晃，她很冷淡地呵了一声。连惊讶的表情都没有，我知道她是存心不给我的虚荣心一点点满足。想想还要我买单，我觉得做人没有意义。

晚上要睡觉了，我问女儿，我能不能戴着手表睡？女儿很坚决地告诉我：不行！我只好把手表放到床头。我的手表是卡西欧的。

2009年4月，他重操旧业，开始在QQ空间上写小说。他告诉我题目叫《西河》，准备写30万字，已经连载了4000多字。这时他的小说风格依然幽默风趣，但成熟了很多，特别是人物对话，那是绝了！想不到，2009年7月11日，他走了，像风一样……

是的，这一走已经12年了，还有谁还记得他？

在他走后的这些年，还有人在他空间留言板上留言，自言自语，充满情感，对他倾诉，叫人感叹不已！

留言板上的留言：

会发芽的丫丫：打开你的QQ，我忍不住的眼泪往外流。今天你走了，我不知你走得痛不痛苦。当阿猫告诉我时，我不敢相信，我一直以为你能过挺过这关的。天不怜你，终是不让你过了这关。我不敢去见你，我也不想见你。因为我一直希望你能活下去，我一直坚信你能慢慢地好起来。我不敢见到你，冷冰冰的，让我无法忍受你离去的事实。我还一直记得你的音容笑貌，还一直记得那天我去看你，你对我说的每一句话。你真的就这样走了？离开了阿猫，还有这个美丽的世界。我知道你太苦了，太累了，可是为什么要选择离开我们呢？你放心吧，阿猫从今往后，我会代你好好照顾，我会像姐姐一样爱护她。原谅我不去送你最后一程，我真的无法面对。我只能以这种方式凭吊你，祝你一路走好！我写的这些话，你能看见吗？人是有灵魂的，我相信你一定能看见的。2009-07-11 20：53

渔歌子：你再也看不到这些留言了，如果有灵魂多好，那个世界里你一定要开心。可是我还是好希望你仍活着，只要你活着。

2009-07-15 21：16

萧萧悦和：你还那么年轻，为什么要走那么快呢？你种下的那片樱花都还没有等到灿烂呀，生命是如此的脆弱和无情，我真不敢相信这是真的……就让我难过的泪水一直往下流吧……我的朋友，我们都不会忘记你的！2009-07-21 21：59

风和子：你在天堂还好吗？老头。你一定要偷着笑吧。2009-10-27 00：53

水中虹：老头想你了，经常在路上看见前面瘦弱的背影恍惚看见你，幻想那是你，觉得你还在，你在那边好吗？天冷了多加件衣服。2010-12-10 20：29

屠刀刀：老头，还是你好，什么不开心都没有了！2012-08-11 20：15

看着这些留言，你能看到吗？你会躲着云后面暗暗得意吗？是呵，走了几年了，还有人给你留言，说心里话，人生不过如此……

三、行群

每一次回梧桐，从街头走到街尾，心中总有淡淡惆怅。街两旁闼板式的店面已不复存在，眼前是一个全新的梧桐，参差不齐、高低不同的钢筋水泥房取代了过去清一色的瓦屋，已经找不到一丝梧桐旧街的印记。走在街道上，还能遇见一些相识的人，也都是八九十岁的老人了……

20世纪70年代，行群无疑是梧桐街最帅的男孩，我想没有人敢说自己比行群帅。按时下的说法，那是真正的男神！如果要说梧桐街还有谁能与他一拼，只能是忠燕老师的弟弟忠祥了。长得白净加上一对漂亮的酒窝，硬是迷死人，迷死人不偿命的！

行群与我同龄，只是月份比我大。那时我在梧桐街，按照现今说法，就是个熊孩子。而虽是同龄人，行群却是少年老成，比一般孩子稳重。他从不参与街上一帮孩子干的坏事。他家在坂中街，白天基本都在梧桐旧街玩，旧街热闹。他的父母都在旧街这边上班，所以他大部分时间都在旧街。

　　他的父亲礼宝伯在供销社日杂店上班，母亲礼宝嫂（街上人都这么叫）在饮食店上班，与阿基嫂一起做包子馒头。饮食店掌勺师傅是街尾新厝下的元营伯，卖签的是城关人依灿。那时饮食店是国营单位，炒菜的少，客人最常吃是肉糊（即滑肉，但比滑肉更稠），最大众化的是海带豆腐汤。一般一碗海带豆腐汤加上两个馒头，足以吃饱。

　　后来，行群妈妈换了工作，到供销社食堂当炊事员。食堂大厅很大，放六张八仙桌，椅子是连体的，将桌子套在中间。记得食堂常常做肉包和馒头，行群妈妈乘工作之便，都会留四五个给我吃。在食堂边上，有一间房间，包子用大搪瓷盆装着，藏在房间，行群就会叫我到食堂吃包子。

　　食堂外面围墙内有一口水井，靠墙边搭了四间澡房，供职工洗澡。那时单位几乎没有专门洗澡的地方，供销社算好了。到了冬天，我也沾了行群的光，常到供销社澡房洗澡。食堂有两口大铁鼎，前鼎作饭后鼎热汤，一整天都有热水。在20世纪70年代，冬天都很冷，能有地方洗热水澡，是个幸福事。

　　高中毕业，礼宝伯退休，行群补员也到供销社上班，后来就到了县供销社，没几年就当了上果品公司经理，日子过得安稳，讨了老婆也做了父亲。

　　1982年，我从部队退伍回来，分配在葛岭卫生院工作。有一年临近过年，县供销社有供应冰冻海产品，主要是带鱼、黄瓜鱼、螃蟹等，但都要凭票购买。有一年要回家过年，到了县城，就找行群帮忙，找他岳父批了五斤带鱼两斤切段的海鳗。他依然热情，没有因为当了经理忘了老朋友。中午，带我到供销社食堂吃了午饭。

20世纪90年代，下海潮席卷全国，许多人辞职或停薪留职经商创业，这是个体经济的先行者。1991年，行群也下海了，到武汉搞贸易，主营钢筋，那是因为武汉有个武钢，云集了全国不少专搞钢筋生意的人。在武汉，行群的生意也搞得红火。

天有不测风云，生意正搞得如火如荼的时候，与合伙人之间的矛盾，让他命殒武汉！这是1994年的事了，那时小城里关于这件事的各种传闻都有……

前不久在街上碰到行群的哥哥行美，谈起弟弟的事，依然唏嘘不已。

玉树临风的行群，永远消失在人世间了……

四、老清

梧桐街最具传奇色彩的人物，那肯定是老清。

梧桐街没有当大官的人，也没有很有钱的人。21世纪初，老清应该算梧桐街有史以来最有钱的人，第一位身家上亿之人！

老清是书官小儿子，虽然兄弟姐妹不少，但因家里开了一家旅社，书官又在公社上班，日子过得还是比较富裕。老清少时顽皮，五六岁，在自家三楼弹玻璃珠，玩着玩着，一个珠珠掉到了后座露台外的屋顶上。老清不知深浅，爬出去捡珠珠，瓦片碎了。他从三楼摔到了二楼，人没多大问题，家人也没在意。直到有一天尾爹（小叔）从县城回来，觉得老清眼睛异常，就说：老清一边眼睛怎么不会动了？这下引起家人注意，仔细一看，果然左眼不会动！这下紧张了！带到梧桐卫生院找当时眼科很著名的国宝医生看。国宝说：已过最佳诊疗期，不能复明了。至此，老清一只眼睛失明了。

20世纪80年代，流行退休补员，书官怕政策有变，便提前退休，让初中刚毕业的老清补员。那时老清才 15 岁，年龄不够，就去公社党政办改了年龄，改成 17 岁，勉强补员。补员后分配到嵩口供销社三峰供销处当营业员。

老清从来好客，朋友来了必定是好酒招待。1982 年的某一天，我到嵩口春仔处玩，便想去长庆看看我妹妹。那时妹妹在长庆卫生院工作。当时我不会骑自行车，林业站有一部 28 吋的永久大自行车。他骑车，我坐在后面。到东坡时，他说我们先去三峰看看老清吧。

骑到三峰供销处，春仔把自行车停在路边。我们两人先不作声，悄悄靠近大门，看到老清戴着袖套，正用竹夹子夹着咸带鱼，很认真地秤着，柜台外站着一位戴斗笠的农民。喜欢恶作剧的春仔猛叫一声：吓来俤！老清抬头一看，咧嘴笑了笑，叫一声春仔，你怎么有时间来三峰？

老清为什么外号叫吓来俤呢？这有一段故事。

过去有一位大洋的残疾人叫吓来俤。除了脚有点跛，眼睛也是独眼，卖艺为生。他来梧桐都住在书官饭店。吓来俤有什么本事呢？他一人会多种乐器，几近一个民乐队。他的面前有一个多功能架子，中间是一面鼓，架子上还挂着锣钹，脚上还绑着快板，手上能拉二胡，也算是奇人了！他一人表演，就像是指挥一个乐队，常来梧桐街卖艺，因老清与他一样，独眼，后来街上小孩子给他起了外号就叫吓来俤。这个外号，后来就少有人叫，慢慢就忘了。

再说那天到三峰，玩到中午，老清就留我们吃饭。那时也简单，老清到店里桶惶抓了五片切面，同时叫供销处后面的农户杀了一只鸡，煮了切面，又煮了鸡，打了三斤青红酒，三个人也吃得火热。老清就是这样一个热情好客的人。后来有钱了，更是大方，有朋友去昆山玩，他必是好酒好菜招呼，开上档次的宾馆住。每年政协开会，回永泰都要请过去的同学吃饭。

老清在三峰待了几年后，也下海了！跟许多梧桐人一样，去闯荡上海。在上海，先买了辆三轮车，白天骑着走街串巷卖香菇木耳等干货。因没资金，只能做这种小本生意。在上海的梧桐乡亲，打拼几年之后，开始有人往上海周边县市发展。老清当时也很迷惘，便跟着他人来到了昆山，那时叫昆山县。

到了昆山，他干起了老本行，搞供销。在人民路租了一幢两层楼的旧供销社，经营百货，批零兼营。两层楼的供销社，年租金要75万！这是非常沉重的负担。

在昆山，他遇到了贵人。是一个叫老戴的南下干部，官不大，在昆山很有人脉资源。曾因租在老戴家，关系特别好，后来，老清就认老戴做干爹。老戴看老清是个实在人，就帮他出主意，跑有关单位，老清贷款买下了那座两层楼的供销社，还贷款每年只还25万，比75万租金合算多了。

在昆山，老清慢慢地可以呼风唤雨了，事业做得顺风顺水，在靠近上海的花桥镇，耗资上亿，盖了一座名叫永泰大厦的大楼，县里许多领导都参加了剪彩活动。老清的成功是一段传奇，他并没有读多少书，是机遇与昆山的发展，还有他的厚道与热情成全了他。

回忆与记录老街的人和事，我觉得是我的一个使命。老街虽然没有出过大人物，但平常人的故事，有着一分生活的纯真与本色。

知否知否

朱慧彬

一

一首词，一首歌，如果值得你为之读、写、背、说、弹、唱，说明你是喜欢上了；若是必须披挂上阵，郑重其事地分享到微信朋友圈、微视频，再转"抖音""火山""快手"，拉人围观，求人点赞，且如此这般仍不解瘾，最后余情未了地上"小红书""知乎"吐槽，那么说明你是真的爱了。

《知否知否》是歌，是词，也是诗，它有让你忍不住想读想听想爱的理由。

初次相遇，是在前往深圳的路上。《知否知否》从宝马车无损的音箱里一飘出来，我就被捉住了。接着一路反复听，听得车主都想哭。其实不是我想虐车主，是一颗心被击中了，一如春草被晨露击中。

这首歌曲根据南宋易安居士李清照的少作《如梦令·昨夜雨疏风骤》改编。该曲被现代金石之器天籁之音演绎得柔情深种、隽永缠绵、清新绮丽、催情催泪，颇有几分李易安本尊的遗音余韵。

不过，古词今唱绝非孤例。1983年，邓丽君发行宋词唱片《淡淡幽情》12首，其中便有李煜的《相见欢·无言独上西楼》；1995年，天后王菲翻唱苏轼词《水调歌头·明月几时有》；2006 年，歌手曹颖推出陆游词《钗头凤》；2015 年，慕寒与汐音社合唱柳咏《雨霖铃》等。

邓丽君唱如加了糖的酒，温绵哀怨，晴柔多情；王菲唱如掠谷之音，空灵幽独，一尘不染；曹颖唱有邓风，偏蜜软；慕寒唱有吟咏之味，偏激越。可谓诸路大仙各有千秋。然而，胡夏、郁可唯组合推出的作品《知否知否》与上述风格颇有不同。胡夏的俊逸儒雅之风，郁可唯知性清雅之色，古今风雅相和，沉郁顿挫，幽寂绵密，赋予了《漱玉词》乐理上起伏、转承、回环、深邃与浓丽之美，不失为一绝。沉睡千年的绝世才女易安居士呼之欲出。

后来，在酷狗上找到《知否知否》MV，这首古风今曲，一观一听，穿越时空，别有一番滋味。

过场音乐一出来，大舞台的长镜头一拉，接着一个大特写——那是一张妙龄少女光鲜靓丽的脸，那张温婉清丽的脸庞就如一首漱玉词，含情脉脉，盈盈欲泪；然后，镜头又切换给了一名阳光又鲜活的女生——那是一张托着腮，顾盼生辉的俏脸。她们的一颗心都陷落在缓缓流淌着的大宋国乐之中。

场景、人设、音乐融为一体，看是随意，却是"比兴"手法的巧妙引用。

接下来的场景便是一袭长裙套薄纱的郁可唯缓缓入镜。她轻盈飘逸，翩若惊鸿，穿越而来。带着江南女子的骨感与仙气，带着大宋名媛的高贵与矜持，优雅与妩媚。她一启朱唇便刮起一股端庄婉约的国潮风，全然颠覆了"超级女声"时期的青涩，以及"舞林大会"中的狂野。

有人说这首歌的成功在于 15 句歌词中那经典的"八句补缺"。特别是开篇"一朝花开傍柳"，不仅揭示出剧中人、词中仙的生活年代、背景与处境，更是将词中人物的性格与命运展露无遗，可见填词人费尽思量。

《知否知否》虽然是为电视剧《知否知否应是绿肥红瘦》配的主题曲，但句句皆有易安居士的身影。从"一朝花开傍柳"开始，李清照就不是凡尘俗物，而是"人间富贵花"。她在官宦家庭的庇护下长大，成年便嫁与士族赵明臣为妻，郎情妾意，情投意合。此节曲调舒缓平和，沉静轻柔。既言了娇花，也道了蒲柳。

　　"一朝花开傍柳"之后一句"寻香误觅亭侯"补得更妙，是前一句之后的完美过渡，表达了词中女主寻归觅宿终得良缘的个中惊喜，在曲中却不露声色，徐徐道来。

　　"纵饮朝霞半日晖，风雨着不透。"这两句承接与转合，揭示了词中人物多舛的命运：对半日晖的留恋，对不可知的未来风雨的担忧，内心满是焦虑不安，却又必须故作镇定，既活化了人物个性，丰满了人物形象，又为音乐描情写意增添了亮色。

　　此节中，女声中低音加长尾音结合，拉伸了词境的长度与广度，攒足了过剩过刚的富裕激情，压制住奔向副歌部分的冲动，为副歌部分一唱三叹做足了气量与能量的安排。

　　"一任宫长骁瘦，台高冰泪难流，锦书送罢蓦回首，无余岁可偷。"这四句依旧从"一"开始，并无刻意的应和，且全用低音部来完成。声线暗哑、深沉、浑厚，将宫墙深锁的闺怨，高处不胜寒的孤独，青春逝去的感伤，饱尝分离聚合之苦娓娓道来。那一"瘦"一"流"一"偷"将人物体态、神态、动态勾勒得丰满传神。

二

　　"昨夜雨疏风骤，浓睡不消残酒，试问卷帘人，却道海棠依旧……"这是《知否知否》歌曲的下半部分的前四句，也是易安居士李清照最为经典的小令起兴句，原作短短33字，写足了春夏之交的闺中女子在酒后伤春惜时的情态。

此诗据说是李清照随父居于东京汴梁（开封）时闺中所写。那可是养在深闺的青春美少女，千娇百媚，活力十足。本来少女时代的李清照就诗名在外，此词一出，名动京师，名士击节，大夫扼腕，未有能道之者。

先说前四句的造景。暮春之夜，风雨交合，雨细风狂，朱户深院，玉楼高阁，回廊小窗，罗帐低垂，凤床锦被，烛残炉温，佳人高卧，蛾眉轻锁，梨窝含春，腮红眼媚，人面桃花，娇软无力，没准小脚上还半挂着一只绣花鞋，手里还拽着一只长脚的小酒杯……而清晨那醉眼蒙眬的一问一答，惜墨如金，轻描淡写，却慵懒俏皮，造诣高妙，诗意横出。

追忆与追问，醉酒与醒酒；昨夜今晨，一黑一白，一风一雨，一详一略，一主一仆，一问一答；一个心焦，一个轻慢，儿女惜春伤春争春之态，呼之欲出。

唐代杜甫《三绝句》诗："不如醉里风吹尽，可忍醒时雨打稀。"五代冯延巳的词作《长相思》："红满枝，绿满枝，宿雨厌厌睡起迟。"北宋周邦彦词《少年游》："一夕东风，海棠花谢，楼上卷帘看。"

用心品味，这首《如梦令》的前四句皆有出处，只是李清照这位善饮的奇女子"青出于蓝"，秒杀了她的前辈们。连苏轼的大弟子晁补之都大为称赞。

据说词作者问话时未曾更衣，醉意未消，可见前夜愁肠百结，壶倾杯倒。再往下思量，900多年前的词人当时可是一位14岁至16岁待字闺中的少女，女戒还是要遵守的，怕是偷饮贪杯，侍女久劝不听，肯定是恼的。后世的《弟子规》云："年方少，勿饮酒。饮酒醉，最为丑。"可见对书香传家，理学兴起的宋代而言，中国的文脉正值鼎盛时期。侍女担心小姐醉酒被老爷太太发现训诫，许是一夜未眠，天亮便早早来探视。那刻，窗外应是雨住风歇，蝶舞蜂飞，春和景明。

而酒意初醒的小姐拥衾偎枕，想必头上还敷着热毛巾吧。听闻响动，便急急发问。所以才有侍女略显敷衍的应答——心疼之极，由爱生恼不是？

有学者对此词的创作时间产生怀疑，主要起于对"卷帘人"身份的研判。认为词中答问者关系为恋人或伴侣。并且，认为此词系李清照嫁赵明诚后新婚宴尔，两位才子才女斗酒斗词而作，依据是李清照性好强，爱斗。饭毕，连饮茶的排序也要斗一斗（见《金石录后序》），而堪与其一斗的自然不会是侍女，应是诗词高手的官人夫君。是非曲直，暂且不论。

同样是李清照的词，同样是李清照的小令，同样写女儿醉酒，同样名传千古，《如梦令·常记溪亭日暮》却没有那么好运。《如梦令》未被创作改编，郑重其事地搬上荧幕，也不曾发现它被今人谱曲与传唱。想必，在以词立国的大宋，有"千古第一才女"之称的易安居士词作自然是被谱过曲的，只是那曲子今人不得而知。

《知否知否》这首小令，没有分上、下阕，但结构精细缜密，音律谐婉清峻，意境幽深明净，以至于胡夏与郁可唯在演绎这首词曲时，在韵味的表达上颇费心思，既非《稼轩词》唱得刚烈，也不像苏词唱得苍凉过头，仙气满满，更不似柳词唱得太过柔软。

三

宋代填一阕词是比较严格的。词有定调，调有定格，句有定数，字有定声，韵有定位。李清照的这首小令最为精妙的便是最后三句——"知否，知否？应是绿肥红瘦。"

一连两句"知否"，从表面看，是少女急切的申辩，内藏主仆二人深厚的情感：有嗔怪，有埋怨，有揶揄，也有一怀情意；往深了说，像自问自答。前一句"知否"是设问，后一句"知否"是判定，是已知，深藏强烈的感叹与忧伤。

宋代奇女子辈出。北宋初年有花蕊夫人，中期有魏夫人；南宋则有易安居士李清照，幽情才女朱淑贞。

"不忍卷帘看，寂寞梨花落"（《生查子·寒食不多时》）；以及"恼烟撩露，留我须臾住。携手藕花湖上路，一霎黄梅细雨。娇痴不怕人猜，和衣睡倒人怀……"（《清平乐·夏日游湖》）

有人说，上面两首堪比李清照的《如梦令》，其实不然。朱淑贞是个坦率的女子，情绪放纵，酣畅淋漓。尽管也写闺怨，但一个重在体现孤独女子的痴恋情，一个则描绘少女恋春惜花的纯真意。

"知否，知否"乃此词之眼之魂。在音律上，比"争渡，争渡"更真切，更感伤，更刻人画骨，更富诗情画意，更富女性与生俱来的悲天悯人与万缕柔肠。

作为词曲副歌部分，胡夏嗓音的弹性，郁可唯声线的细腻，无疑是最为契合的。他俩对词曲情感节奏的把握，一唱一和，一引一应，一平一仄，一俯一仰，还原了词人李清照描绘的《如梦令》原风景，将听者缓缓带入人类文明历史上第一个千年——那个经济繁荣、文化灿烂的泱泱大宋。那源自大宋国音的诗意旋律，汩汩流淌，汹涌澎湃。今夕何夕，同频共振，让人感喟历史长河里悠悠逝去的异彩流光，以及中华文化万古留香的人性温暖。

种　子

庄梅玲

　　相传那棵榕树明清时期便种下了，两三百年来它吸纳天地精华，长得枝繁叶茂，精神抖擞。只要你愿意，在那树下坐上几分钟，定然会神清气爽、困倦消弭。你看，每天不论晨昏，这里总会三五成群地聚集着村里的男女老少，他们要么拉家常，要么斗棋，要么嬉闹，要么安静地坐着。这似乎是他们代代相传的习惯——习惯了享受古榕树的护荫，习惯了在这棵树下度过各自的童年、少年、青年……甚至老去的那一天，也习惯性地选择在这儿举办一场追悼会，与人间以及故交做最后的告别。

　　打从我有记忆开始，古榕树便成为我的玩伴：树下打弹珠、跳皮筋、闯关，上树荡秋千、掏鸟蛋、捉迷藏，偶尔还会扯下几根细长的"胡须"，扎一个环儿戴在头上……不管我怎样的调皮捣蛋，这棵腰杆直挺的参天大树全然没有脾气，顶多在你跷起二郎腿倚靠树干时，发出"沙——沙——沙"的声响。

　　很多时候，我很羡慕风。只有它的手拂过时，古榕树才会给予积极的回应，才会哼唱出或宁静悠远或婉转低沉的旋律，才会悄悄摇落那爬上树梢的月亮，撒下一地的碎银。

　　小时候常听阿姐说：古榕下的银子是月亮留给人间的种子，不管你相中哪一颗，把它握在手心，都能开出娇艳的花朵、结出梦一样的果子。某个月夜，我还真的一个人偷偷地跑到古榕树下，逮住一颗，小心翼翼地捧在手心。可待我合上手掌，它却迅速地逃脱，轻巧地落在指尖，只有我的手掌再次摊开，它才会乖乖地回落……如此三番五次，我没了耐性，隔天向阿姐抱怨。阿姐笑笑说：等哪天我们家玲丫头不再毛躁了，那些银子便是你的了，愿望也就实现了。我问阿姐：那你逮住了几颗，实现了多少愿望？阿姐还是笑笑，闪着明亮亮的眸子不予回答。

都说美丽的女人是月亮的化身。在我们家，阿姐便像那月亮，而且总是有意无意地隐藏着阴缺，将盈满向着我们。

阿姐是我的大伯母，是我姑奶奶的女儿，不到10岁便来到我们家，被指给大伯父当童养媳。阿姐本性纯良，又有长姐、长嫂的担当，年纪轻轻的便成为兄弟姐妹们的依赖。母亲说，她刚嫁给父亲那会儿，奶奶身体状况不是很好，都是阿姐带着她理清家长里短、柴米油盐。

从小生长在鱼米之乡的母亲，从未接触过海，更别提海上的相关作业。每次到海边收割紫菜、海带时，阿姐不仅手把手地教，还偷偷地帮着母亲完成当天的任务。

母亲性子耿直，有一说一，难免得罪妯娌。偶遇揪着母亲不放的，阿姐总会挺身而出，替母亲挡去口舌之争。后来我家因事业失败而困顿，父母亲不得不起早贪黑做点小生意还债。那两年，还是阿姐，主动分担母亲的家务。每天一早，母亲前脚刚出门，阿姐后脚便来帮着收拾碗筷、打扫卫生、清洗衣服。遇到生意忙时，阿姐还会叫上嫂子、堂姐到父母的摊位上帮忙。

阿姐的好是里子、面子都一样的，不分人前人后，不论亲疏远近。家族里的、村上的，经阿姐开导过的，受过阿姐身体力行帮助过的人不在少数，我也就不一一列举了。

阿姐五音不全，却喜欢哼唱民谣；阿姐大字未识，却能给我讲嫦娥奔月的故事。弟弟出生后，我夜里经常跟着阿姐睡。每每晚饭过后，我便躺在阿姐柔软的怀抱里，听她的歌谣、听她的故事入梦。梦里，月亮在天上走着，阿姐在我身边守着。那一刻，她便是我人间的月亮，在夜里铺下皎洁无瑕的光芒。

然而，在这束光里，我只顾幸福地行走，哪里会想过有一天它也会暗淡，甚至消失？又或许，它曾经暗淡过，只是我没能留意。也难怪，那时候的我太小太小了，小到只懂得索取，却不知道付出；小到面对阿姐不经意流下的眼泪，却只道：是不是把沙子弄进眼睛里了？小到惟妙惟肖地模仿着阿姐的叹息声还到处邀功自赏——哎，那时候的我，真的是幼稚又可笑。

可幼稚总是要付出代价的。在我小学毕业的那个暑假，一场疾病带走了我的阿姐。出殡那天，天没有阴沉着脸，太阳火辣辣地烧。我同家人一道扶着阿姐的棺椁，一路护送着她绕过村庄，在古榕树下稍事等待片刻后穿过田野，晃晃悠悠地朝她最终安歇处走去。下葬时，阿姐的棺椁上腾起一只彩色的蝴蝶，他们激动地说那是阿姐。我说：不，阿姐是月亮，再不济也会是一只萤火虫，在漆黑的夜晚，她一定会飞来，给我们的光足以照亮回家的路。

但我清楚地知道，从那天起，阿姐再也回不了家了。即便门前的青石凳上还有她拂袖的影子，穿过厅堂还能寻得她朗朗的笑声，但这一切却是稍纵即逝的，就像月亮曾经摇落的碎银：闭上眼睛，它们满满当当，大珠小珠落玉盘似的响亮；可一睁开眼睛，我的面前徒留一声叹息——月亮还挂在天空，阿姐却不知所踪。

"人生便是这样的无常。"提及阿姐，母亲便这般感慨。但转头看到我沉思的模样，又自圆其说，"可那又怎样呢？月亮缺了不还有圆的时候？燕子去了不还有回来的时候？"我笑笑不语，目光却转向窗外，寻找着月亮的影子。

是呀，月亮还是那轮月亮，未曾改变。它曾经照着我和阿姐，现如今照着我和我的家人，将来还会照着我子孙的子孙。只是，几年前因为白蚁啃食，村口的那棵古榕轰然倒地，再也无力回春。人生哪，遗憾总是在所难免的。就说现在，无论如何我是不能再带着我的孩子在那树下捕捉月亮摇落的种子，更不用说要将它们种在手心，静候花期如梦了——记忆里的那棵古榕树俨然成为唯一，就像阿姐，无人能复制、粘贴、重塑。可即便这样，我们还是要学会在一场又一场的路过与别离当中，微笑面对，阔步向前，期待未知。

某天，我拿出一张 1965 年的全家福，指着那个梳着麻花辫子、面庞圆润、身材高挑的女子，向我的孩子介绍说："她就是阿姐。"孩子啧啧称道："跟嫦娥似的。"我推了推眼镜，满脸的自豪："不，她比嫦娥善良、本分，她是我人间的阿姐。"

阿姐曾经在人间，摇落的种子，我接捧过，种植心田。它们发过芽、抽过枝，如果能够结出满树果实，我定然会诚恳地邀请路过的人儿，一起摇动树枝，共享四溢的果香。

现如今，我还是会时常地梦见阿姐，梦见她挽着髻子，一袭青色斜襟布衫，立在古榕树下，捧着一束月光，向我点头微笑。

东 岭 散 记

张华灿

    随着年龄增长，我很想到小时候种田的地方看看，这念头一天浓似一天，像潮湿的土地长出一根野草，在和风细雨里，一个劲蓬蓬生长。

    这地方叫东岭，离家二三十里。一个周末，我独自骑车去，绕过弯曲的山路，有一小时路程，再走一小时路程，才会到东岭。我眼里、眉间、心底充盈着这块土地，它曾让我吃过苦、流过汗，有过欢乐、有过酸楚。而今，它更像清清的流水，在我心中静静流淌。山一程，水一程，我远远望见那块地，一大片杂草疯长，几丛灌木星星点点占着山垄。20多年了，一切改变，变得让我措手不及。眼前熟悉而又陌生，亲切而又疏远的地方，就是我劳作过的土地吗？没路了，我只能返回，心里空空荡荡，思绪却似潮水般汹涌袭来，心中泛起一股浓浓的伤感。

    小时候，我家有一片水田在东岭，我们走小路去田里，小路近。在朦胧的曙色中，母亲准备好午饭，几团白米饭，掺和几粒盐巴，在锅里烙过，一小碗酸菜，几块豆腐干，就是午饭的全部，简单得一如我们身上衣服那样素净。催促中，父子俩上路了。山里雾大，万物为露水所浸润，行走在山道上，仿佛泡在牛奶浴里，四周雾气浓得散不开，细密的水汽沾湿了我的头发；踏着濡湿的红土地，滑滑的、沙沙的，一股清凉爬满全身；一树檵木花开正旺，几只山雀在桑树枝头鸣叫，空气里飘散着各种草木的花香，有野蔷薇、有刺槐、有泡桐，似乎这热闹的季节专为我们准备。父亲不停叮嘱我要看路，一块石头可能踢伤脚趾，一根葛藤会把人绊倒。我走走停停，停停走走，仿佛山间装满乐趣：一个蛛网缀着露珠，一串串，一点点，在微风中颤动，明灿灿的宛如一条条水晶项链；草丛"哗"一声引起我的注意，一只灰背鹧鸪摇摇晃晃、蹦蹦跳跳地跑过，粉红冠子，金色脚丫，鱼鳞般羽毛片片合拢，尾巴一翘一翘；一条蚯蚓偷偷溜出地面，它原本只是歇歇凉，不想被一群饥饿的黑蚂蚁撞上，蚂蚁咬住不放，疼得它弓着身子打滚，一伸一缩爬动；我的心悬悬的，想帮，看它黑芝麻糊似的，只好作罢……

太阳像硕大的蘑菇从东岭山头悄悄长出，红亮亮地斜照下来，掠过树冠，漫泻到地面。雾气飘飘然扶摇而上，林子渐渐明亮。这时，一阵阵或浓或淡的香味扑鼻而来，勾起我的食欲，是蘑菇，没错！"蘑菇香赛过鸡肉味"，大家都这么说。蘑菇只长在松林里，一长就是四五棵、十多棵。我在林间寻找，扒开草丛，草是湿的，地是湿的，冒着热气，光光溜溜，什么也没有。我的心还是像笼子里的小鸟飞上飞下、撞来撞去，扑闪好一阵子，直听到父亲的喊声，我才止住。

父亲告诉我，采蘑菇有门道，它一般只生长在去年长过的松林下，漫山乱找，十有八九空手而归。蘑菇要看颜色，白色菌伞略带青黑色，才是真蘑菇；若看见鲜鲜亮亮、通体透白的，千万别碰，那是毒白蘑，可毒倒一头大水牛。一场暴雨过后，太阳钻出云层，火球似的炙烤着大地，乡里人叫"出菇天"，这时的林子，蘑菇会蓬蓬勃勃地生长。林间乱走很危险：马蜂常在里面做窝，惊动了马蜂，蜂群像轰炸机一般倾巢而出，人跑得越快，它们追得越凶，往后脑、脸部、背上，一阵狂叮乱咬；最怕遇上肥身细腰、体格健硕的"土匪蜂"，光名字足以吓退一队野战排。据说，被它叮上三次，人就会头昏眼花、嘴唇乌黑，继而口吐白沫、腿脚抽搐，严重时危及性命。碰到蜂群，最好站着别动或就地躺下，蜂群扫荡一阵，优哉游哉归巢了。灌木丛，尤其是茂密的野竹林，要先用木棍探路，预防"赤尾蛇"埋伏其间。这种小蛇，三角头，红眼绿身，干焦焦的尾部像被大火烧过，最喜欢在竹林吐丝缠绕，一旦有东西触网，它傻乎乎地猛扑上来，见什么咬什么，毒性很强。我不禁吐了一下舌头，才明白采蘑菇竟有这么多学问，山里生存竟有这么多智慧。

山坡上有几块巨石，寂寞地躺在林间不知多少年，有的状如馒头堆叠，有的如两只青蛙，一大一小紧紧拥抱。仰望，石头高过树冠；俯视，底部有一凹处，容得下一张方桌，可挡风雨。我想，中午要是在此用饭，该是件十分惬意的事，但在那时只是奢望。一株柯树孤寂地陪伴着巨石，微风轻拂，树叶与石头摩挲着，发出沙沙声，像情意绵绵的絮语；几根扁担藤攀住石缝，曲折地向上生长，撑出一抹浓绿。传说，道师张圣君驱赶一群水牛路过这里，看见五鬼在作恶，便施起法术，牛群顷刻间化作岿然不动的巨石挡住它们去路。听说这些石头是水牛变成的，我仿佛觉得它们有了生命。

东岭下有一山涧，涧水透亮，时缓时急，有一处深潭，潭边杂树环生。每到这里，父亲总会歇歇脚，剪下几段"插秧绳"，一端绑在树枝，另一端放上钓饵沉入水中。我兴奋地翻动浅水区的石块，一只受惊的棘胸蛙跃出丈许，潜一会儿，露出水面，再潜一会儿，贴在湿漉漉的岩壁，眨巴着溜圆的眼珠子，下巴一舒一展，懵头懵脑不知谁扰了它的清梦；岩壁上有几只油亮亮的小螺，我抓起碎石用力砸去，螺没砸着，那只大蛙窜到岸上，没在草丛间去了。父亲示意我别动，我停住了，知道不能因小失大，惊扰潭底的乌龟，父亲正是从这口深潭钓些龟，不时给我们这个缺肉少油的家改善一下生活。开始忙钓龟的事，父亲挑选几根小木棍插入潭底。我很好奇，想问个究竟，父亲笑了笑说要等回去再告诉我。钓龟这事灌满一脑子，我期盼能钓到大龟。

蹚过山涧，就到水田。禾苗被父亲侍弄得很好，高过我大腿。我要薅草了，手腕泡在田里，草汁不经意间在手心、手背上镀上一层金色，洗不净，搓不掉。长时间薅草，指尖起倒刺，皮肤干缩，有些干脆脱落，变得非常柔嫩，好像风吹即破，扎到田埂边尖利的茅草根，血水滴滴流；禾叶随着手的摆动，犹如一个个武士有板有眼地挥动着绿色的长枪短剑，刺入眼里、鼻孔，划过手腕、脸庞，麻辣辣地疼。清水倒映中，看到脸被划得乱七八糟，我吓了一跳。

水蛭是最不要脸的家伙，尖头圆尾，鬼魅般的在水田里游荡。一有动静，它就偷偷潜近，麦芽糖似的粘腿就吸血，还不能用力拔出，担心它的头断在肌肉里。有人说，断头的水蛭，会沿着血液流遍人的全身，最后在头皮下安家。有一天，人会大把大把脱发，用力一扯，整张头皮掉落，蠕动着一条条丑陋的水蛭。这种景象我从未见过，我倒是看过，老人们用烟焦油把躲在邻居阿三鼻孔深处的水蛭熏出，重重一踩，"吧嗒"一声，肉糊糊一团。阿三口渴难忍，喝了田里的脏水，不要脸的水蛭趁机爬到他鼻孔里，赖着不出，血水不时地往下流。阿三看了好几个村医，都查不出毛病，是有经验的阿三爷发现的。我把裤子卷得老高，薅一段，停一阵，左瞧右看，才放心。

烂泥里还有一种叫"虫钻"的蛹，很像蛆，头不住地摆动，叮到腿上，立即鼓起一个小包，又痛又痒，好在不久，痛感就自然消失。

田里也不尽是让人厌恶的东西，偶尔会踩到硬硬的，一摸，一颗大田螺。俗话说："一碗田螺九碗汤"，肥美的田螺味道好，尝一口，舌头都鲜掉了；还有细长的黄鳝，从指缝间滑过，尾巴轻轻一甩就不见了；还有琥珀色的水甲虫，模样可爱，按住它，几只小腿有力的屈伸；还有野荸荠，状如黑豆，脆甜可口……

大老远到东岭，光走路就去了三四个钟头。我们从不午休，午饭就在田垄边上的一棵老枫树下狼吞虎咽吃上几口，就着凉丝丝的涧水。虽然这样的午餐简单而又寒酸，日子过得清贫而又艰辛，但可以在树荫下坐着吃饭、喝水、暂歇，我心里更多的是一种满足。

我们继续薅草，灼灼艳阳将我的根根毛孔烘开，不住地散发热气，汗水把前胸后背全都打湿了，热汗与冷汗交替而出，直至无汗可流，衣服被汗盐染成一圈一圈，一摸，细细的盐粉沙拉沙拉往下掉。皮肤火辣辣的，白的变红，红了变黑，黑了过些天开始脱皮。水田十分明亮，温度迅速升高，踩到田里，有点滚烫，沼气嘟嘟地冒着白泡，刺激我的嗅觉，熏得我晕头昏脑，迷迷糊糊，每迈开一步都要重重叹一口气。很长时间，似乎我嘴里呵出的气也有沼气恶臭味。我多么渴望天边飘过一朵云彩，遮住太阳一角。云朵像与我作对，轻悠悠浮在山头，一动不动。

种田人也不空手回家，每人都要挑柴，我也不例外。酸软的身子像快散架的风车。起先不觉得累，一段路后，我就大口喘息。我惦记潭里的乌龟，步子迈得快些，结果一场空欢喜，等我拉上钓绳，上面悬着拇指大小的水蛇，钓龟得蛇，任由它去吧；原先放在潭里的木棍，爬着一嘟噜一嘟噜小螺，收齐了，竟满满一兜，我才明白来的时候父亲放木棍的用意。

有几回，行走在冰凉凉的树林里，林间有一种不知名的黑色怪鸟。每到黄昏，如孤舟上怨妇在凄凉的寒风里夜哭，听了令人毛骨悚然，仿佛有一只毛毛的冷手在我背后上下抚摸，似乎还听到隐隐的啜泣声。

有几回，我饿得肚皮薄如煎饼，看到露出地面白嫩嫩的芦根，真想咬上几口。冷剩饭、酸菜根，全成了美味，我大口大口吞咽。

有几回，闪电像条鞭子猛烈地抽打着天空，留下道道裂痕，又很快合拢，像张着大嘴，卷着蓝舌的怪兽，要将我吞没。滂沱急雨像巨大的幕布横在山野之间，茫然中，我四下寻觅避雨的地方，山林间竟无处藏身。

有几回，涧水暴涨，山洪如奔腾野马，左冲右撞，发出轰轰巨响。我战战兢兢地伏在父亲背上，恐惧而又无奈……

这就是东岭，给我欢乐，让我心酸的地方；欢乐固然值得歌唱，谁说酸楚就不值得回味呢？

高山之巅的诱惑

赖 华

　　黄昏，我终于站在高山之巅的草甸上，放眼四周，众山如丸，伸手可触天穹。兴奋之情未及雀跃，视线沿着层层叠叠的群山探进深暮色的天际，竟生出几许无处着落的惶惑；回眸山窝里的小村庄，依傍着静谧的斗湖，不见炊烟，无声无息；不知年岁的水杉林，兀自笔直地立在村外，守着村庄兴衰颓败、生死轮回的岁月，说不出的倔强。"念天地之悠悠，独怆然而涕下"的感触瞬间盘绕上心头，挥之不去。恍然明白，高山之巅的一眼湖泊，诱惑着一波又一波的山外之人奔它而来，也许不仅仅因为它的美色。

　　两年来，常听郭老师说一定要在斗湖被开发之前，去见一见天然未雕琢的斗湖的绝色美艳。今年夏末，他终于决定带大家从莆田大洋上斗湖，一条通往人间胜地的最友好的古道。斗湖古道偶有残破不堪的石阶，其余的都是土路，因年久失修，常年在雨水的冲刷下，路面凹凸不平，有的几不成路。

　　峰回路转，我们逐渐走进深山，似闯入一个古老的植物世界。漫山遍野的树木郁郁葱葱，在起伏的山峦间温婉着，遮山庇野，一绿千里。山外是盛夏酷暑，林间滑动着的清风，却透着丝丝凉意。行至山与山的交接处，与一条小山涧不期而遇。涧水清澈透亮，将手伸进水里，冰凉之意从指尖漫上心头，隐藏在心底的纷乱烦躁悄悄退却，神志说不出的清明，原来禅在山水间。目光顺水而下，看似柔弱无骨的水流将山体冲出一道沟，洗净沙土砾石，露出一条光滑的石道。偏有几丛"不假日色，不资寸土"的菖蒲不识眼色，伸出根须紧抓石缝，非要在石道上争一席之地。水似调皮的孩童，滑下石道，遇菖蒲，无比欢畅地扬起白而透明的水花。菖蒲则逆流而立，一副不屈不挠的模样。"一尘不许渭幽雅，百草谁能并洁娟。"一介荒草，几许倔骨，自古深受文人雅士的喜爱，将它与兰花、水仙、菊花并称为"花草四雅"。凝望幽涧中的菖蒲，恍然明白，或许，唯有将自己置于死地，才得以脱胎换骨。

　　夏末山间，天气阴晴不定。一会儿艳阳高照，一会儿飘过一片乌云，兜头兜脑地泼下一阵雨，令人措手不及。然而，农民却极爱这种天气，谓之："出菇天"。林间的菌菇像得了集结令，疯狂地冒出来，这儿一丛那儿一簇，有的洁白如雪、有的灰头土脸、有的红而不妖……还有的不长菇脚，无法在山间行走，那就借着大树爬向高处。耳状菌菇用红黄相间的绚丽波纹装点自己，一路攀爬至树梢。它们也懂得站的高看的远的道理吗？它们像山林里众妖精的耳朵，爬上高处，凝神谛听凡世间的心思：是否有人觊觎着这片山林？是否扛着斧头向此磨刀霍霍？

　　不知是否因我们的闯入太过冒昧了，最后的一场山雨，对我们不依不饶。在我们手脚并用、筋疲力尽地爬至距离山顶500米处，雨从对面山头追了过来。大而密集的雨点，令崎岖的山路更加湿滑。看我们没有退却，山雨落地汇集成流，沿着山路，自上而下，向着我们怒冲而来，一副誓将我们冲向爪哇国的模样；阴沉幽谧的水杉林配合着山雨，氤氲起白茫茫的雾气，模糊着我们的视线，羁绊着我们的脚步；闪电似追在我们的脚后跟，一道接一道地劈下来；雷声怒气冲冲，由远及近。在山里兜兜转转近四个小时，体力已消耗到极致，说不出的无助和恐惧从心底滋生。然而，"天意从来高难问"。所有人都沉默不语，低着头，弯着腰，踩着流水，一步一喘地向斗湖进发。当身处绝境，退无可退时，唯有逆境前行，方能摆脱困境。人生何尝不是如此？

我们一行10人，下午两点多到达斗湖之畔的小村落，浑身湿冷，饥饿难耐，决定在此住上一晚。隐隐期待太阳落下山巅之时的绝色暮光，邂逅晨起金乌跃出天际、光芒四射的曙光。明早若天气晴好，可见难得一现的云海雾涛。

斗湖是亿万年前火山爆发后的死火山口，由一大两小的湖泊组成，镶嵌在海拔高达千米的山巅万亩草甸中，常年不涸。大湖浑圆如斗，方圆60多亩，因而得名斗湖。位于永泰、福清、莆田三地交界处，有"华东第一天湖"之称。斗湖之畔的自然村分为上斗湖和下斗湖。上斗湖住着黄姓人家，下斗湖是官姓，

据永泰明万历《永福县志》记载："斗湖山与陈山并峙，上有四湖，寓民张仕荣于湖畔垦为田，稻熟辄鹿豕食；又山高风猛，劳而无获。万历三十一年，知县徐嘉言买施方广岩，岩僧真湖躬自开辟，鹿豕远遁，风不为灾。"一个充满传奇色彩的地方。上斗湖的原住民小黄说，他的先祖是在清乾隆年间搬来此地，官姓先祖则更早，两姓皆由莆田搬迁至此。

我想不明白古人为何择此荒僻之地而居。他们何以谋生？小黄说，他们的祖先靠种植山中盛产的可制染料的菁草、山棕及烧木炭为生。《永泰县志》的大事志里记载，从明洪武四年（1371）以来，山寇抄掠乡里不断，倭寇从海上而来，侵扰乡民。官黄两姓从沿海而来，穿过深山老林，远避斗湖山巅求生存，在常理之中。

晚上落脚在唯一留守村庄的小黄和他的叔叔家。房屋高两层，为了防潮，底层为青石块砌墙，青石条为柱，二层起土木结构，人字青瓦顶，典型的20世纪农村民居建筑。午后4点，雨依旧不停不歇。我靠在二楼走廊的栏杆上，听雨，看屋前雨中的佛手瓜恣意蓬勃；再往下，村子中央的山谷中，一群白鸭在觅食；黄牛毛色油亮，肚子浑圆，

随意地游荡在各家的房前屋后。十几栋民居，依山谷地势而建，虽错落有致，却门窗紧闭，了无声息，有的仅余残垣断壁。牛羊鸡鸭倒是为空寂的村庄平添了几许生气。

然而，从前的村子充满了人间烟火味。两个村子的人口发展到20世纪七八十年代最鼎盛时期，两姓共有二三十户，近200人，孩子有20多个。村庄不大，炊烟袅袅，鸡犬相闻。村子里到处都是声音，对面山头梯田上赶牛犁田的吆喝声，林中的对歌声，学校课堂里的读书声，母亲唤儿声，间或夹杂着水牛的哞哞声。村子里随处可见人们忙碌的身影，女人穿梭在房前屋后的菜园里，种瓜点豆、挑水浇肥；男人在山间劳作，春播秋收；孩子们在课外如山中的猴子，上蹿下跳，嬉笑打闹，满山遍野地找野果子。

山中曾有过的静好岁月，令我陷入无限遐想。山外的日子匆忙而疲惫，面对新冠病毒时时紧逼，作为基层医务工作者步步为营的紧张，此时通通按下暂停键。手机没有网络信号，什么都不想，慵懒地凭栏听雨，说不出的闲适。适时地放空自己，才能更好地迎接生活的压力。道理谁都懂，真正能做到的又有几人？或许，还得有天时、地利。

曾经，山里的日子比山外的安定，虽不富足却能让族人赖以生存。然而，村子仅有山间古道与外界相连，几乎与世隔绝，随着时代的发展，自给自足的农耕模式已大大地落后于平原地区，生活中的诸多问题慢慢凸显。首先是婚嫁，村里的女孩嫁出去稍容易，男孩娶妻就困难了，山高林密，少有女孩愿意嫁进山里。有男孩的家庭，大部分早早地抱养个女孩，当童养媳。最揪心的还是疾病，小病痛靠村里的老中医，当老中医也无能为力的时候，只好用竹躺椅加两根棍子绑成简易担架，由村里的男人帮着抬到山下的医院。山高路远，未抬到医院，人就没了的事情，时有发生。然后是教育，村里孩子不多，小学只办到三年级，几间土房子，一个民办教师。三年级之后，大都将孩子送往莆田大洋寄读。

1996年，整个村子搬迁。一半人家搬到葛岭镇，另一半搬到福清、永泰城关、莆田大洋。从此，村子空了。如果不是山里的生活太困苦，谁愿抛弃故园迁徙他乡呢？他们离开家园后，由于大部分农民没有一技之长，走出大山谋生，或重操旧业，上山栽种果树；或贩卖力气打零工。小黄和他的叔叔则怀念曾经在山里自由自在的日子，他们决定回村，以放牧牛羊为生。他们已重回老家十多年，几经折腾，收入却也不俗。近年因斗湖被驴友发现，吸引着人来人往，他们兼营民宿，为驴友提供帐篷炊具食物。我们的到来，令房屋瞬间热闹了起来，叔侄俩话不多，总是憨憨地面露微笑。他们在老虎灶前忙忙碌碌，用大铁锅为我们烹煮青红酒酿羊肉，爆炒佛手瓜，清煮南瓜粥。

　　傍晚，雨歇。我们也已稍事休整，决定造访慕名已久的斗湖。终于见到了，我以为自己会欢呼尖叫。面对亿万年的"大地之眸"汪着一泓清澈至极的盈盈秋水，我瞬间无法言语。它一眼望不到底，却将阴郁的天空、翻滚的流云、草场、灌木丛，以及湖边啃着草的两只黄牛，装进心里。它包容着美的、丑的、无私的、贪婪的、暴虐的世间万象，却波澜不惊。亿万年了，它早已看尽世间蝇营狗苟，看遍人间形形色色，还有什么能让它感到惊诧？我似与高深的智者对视，似乎从它的眼眸中看到自己深藏在心底的软弱、不安、焦躁与无奈。逃离湖畔，站上山巅，看鹅舌草将万亩山峦牵绊着、覆盖着、包裹着，而后悄悄地蔓向最高峰的那一眼湖泊，而后将一腔绿意从高低起伏的山峦、从四面八方涌向湖水，把一湖的柔波都染绿了。风带着湖水的清凉撩起我鬓边的发丝，抚上脸颊，我的心莫名地安宁而妥帖。

　　三顶色彩鲜丽的帐篷像牵牛花一样开在湖畔，令原本暗沉的暮色瞬间鲜活。帐篷里各自外放着轻音乐，三个男孩在便携式的气炉上煮晚餐，为高山之巅的空灵而寂静的湖泊平添几许烟火气。闲聊中，得知三个男孩已成家，在IT行业，996工作制，加班熬夜是常态。一个偶然的机会，三好友一起到此露营，便爱上了这样暂时远离尘世喧嚣，自我放松的休闲方式。谁说如今年轻人面对生活压力，选择的只是"躺平"？他们寻找不同的方式，积极面对，一一克服。这浑厚而深沉的山脉，宁静而清灵的湖水，一定给予了他们无穷的力量，那么"少年强则中国强"。

终因漫天的乌云不散，直到沉沉的暮色笼罩四野，我们也未能守候到落日熔金的辉煌。然而，第二天，我们却邂逅了奇妙的云涛雾海，感受到了太阳喷薄而出的新生力量与无限希望。果然鱼和熊掌不可兼得呀。

凌晨5点多，太阳从重重叠叠的山那边一点一点地升起，将金红的光线投向天际、群山、湖泊，投向万物生灵。栖息于山野间的仙客精灵也好，世间三千红尘也罢，皆在此时睁开了惺忪的睡眼，欣欣然伸了个懒腰。"竹杖草鞋轻胜马，谁怕？一蓑风雨任平生。"我站在高山之巅，在曙光的沐浴下，从山外带来的消沉黯淡的情绪一扫而光，顿生豪气万丈。

顺着断崖式的山体，向下望，云雾不知何时将脚下的山谷填满，直至半山腰，而后漫过矮的山头，如瀑般奔涌向另一山谷。看着洁白的云海在脚下堆积着、推挤着、涌动着，似海般波澜壮阔，似无声的大瀑布却更显生命的浑厚。面对至柔的云雾演绎出至刚的生命力量，我惊叹不已。云雾化形滋养万物，尘埃聚集成山养育众生，或许世间万物皆有生命、有灵性。作为人类，是否该好好地思考何为"道法自然"？

我将目光投向斗湖。在初升太阳的触摸下，矜持的斗湖露出了喜上眉梢的欢畅，波纹微微地滑向岸边，似要将金色的阳光调入湖中深浅不一的蓝绿色中。对面山脊上几只黄牛列队缓缓向前，如一组动态剪影。蓝天、白云、阳光、山川、湖泊、草甸、黄牛，让我想起《荀子·天论》里的一句话："天地合而万物生，阴阳接而变化起。"我的心明媚舒朗。我对着初升的太阳默默地祈祷：人类收敛起向自然无限索取的贪婪欲念，与自然和谐共处，还山河无恙，与万千生灵共生共荣。

当太阳将山峦、草甸、湖泊、沟壑都涂上一层金光，伸出清亮的脚穿行在林间之时，我们也该下山了。恋恋不舍地离开高山之巅的草甸，离开伏卧在草甸中的"大地之眸"。回到村子，意想不到的事情发生了。

乳白色的雾岚从村外丛林里钻出来，快速地漫上村庄，一波一波地涌向我们，最后将我们及所在的村庄、山头团团裹住。昨天它羁绊我们的脚步，不让上山，今天它用如此质朴而热烈的举动留客我们。只见群山、房子、牛羊、村中水塘上的白鸭皆被困入其中，影影绰绰，如置身于扯不开、冲不破的混沌而洁白的世界。

尘世间诱惑太多，唯有大山的诱惑最是不显山不露水。真正爱上它的人，爱着它的沉稳浑厚，爱它的绝处美艳，也爱它翻云覆雨的善变，更爱它在某个山坳处藏匿的一缕温情。正如恋上一个人，那个人的笑、嗔、痴、闹，都是美好。

线面往事

林丽云

面食忆，最忆是线面。那些线面往事，是岁月，是人情，是情深意浓的人间烟火味。

<h2 style="text-align:center">一</h2>

日头闲照天井台，舂米、磨粉、蒸年糕，扫尘、除灰、贴春联，一到腊月底，年味就愈发浓起来。当家的母亲们在筹办着各种年货时，决计不会落了一个东西——线面。隔壁村庄有个做线面的老人，大约是头长得比较扁，所以，大家都叫他扁头师傅。一到腊月年底，扁头师傅准会挑着线面担子到我们六合院的天井里来。装线面的箩筐是用细藤条编的，比农家人干活用的粗篾条编的大箩筐好看多了。师傅腰间系一块粗布围裙，粗布围裙的底色是白的，似乎要与他筐里的线面相映成趣。他一放下担子，当家的母亲们就从各房聚拢到六合院的天井里。大竹匾摆在地上，扁头师傅把线面从箩筐里拿出来，帮大家捆扎。一根细捻绳前后左右打横捆，系活字结，一扎五斤、三斤不等。线面上下方必定用贴春联的红纸包得方方正正的。过年嘛，讨个吉利色。

线面置办清楚了，母亲才放心了。年底正月亲友走动，一碗线面可是招待客人的排头兵。再说了，我们这边有习俗，大年初一早上，家家户户都得吃线面，寓意一年平安、和美、吉祥。这家里要是没有备几斤线面，能行吗？故而，新年的第一天清晨，我们都是被厨房飘出的线面特有的香味唤醒的。穿上簇新的衣服，坐在饭桌上，面前早已摆好了一碗碗香浓四溢的线面了，新年的第一天就打这开始了。回忆起来，那都是岁月深处最悠长醇厚的滋味。

二

以一碗线面为新年第一天的起始，足见这线面不单是面食的一种，它承载着太多的乡俗生活的寓意。

确实如此，这线面起源于南宋，是闽地传统小吃。说是一种小吃，其实它见证了我们这边人一生中很多重要的时刻，诸如待客、远行、婚嫁、添丁、祝寿等民间习俗，无不以线面为载体。家里来客人了，一碗线面招待客人是必不可少的。现如今流行泡茶请客，那时节，没有一碗线面待客，那是礼数不周的表现。

倘若过生日，不吃一碗生日线面，那简直不算过生日。我生日是在农历正月头，而且顶有趣的是与六合院的一位堂叔同一天过生日。当堂叔的灶间传出线面高汤的香味时，一向在家务方面大大咧咧的母亲也会从厨房里拾掇出一碗生日线面犒劳我——刚过完年，厨房里稍微整一整就有煮线面的高汤与浇头了。

见过太多的生日吃蛋糕的场面，也吃过各种风味的生日蛋糕，我却始终固执地认为，任何一种生日蛋糕的味道，都不如生日线面的味浓、味真、味醇。孩子小时候过生日总嚷着要吃生日蛋糕，我总是坚持让孩子先吃完生日线面，哪怕是一小碗，然后再去吃蛋糕。我坚信，吃食里边就包含着我们浓得化不开的文化基因。这食谱里边的文化基因得从小就给孩子奠定好。

平日里待客、远行、生日要用线面，婚嫁更是少不了线面的参与。

结婚定亲，男方送女方的线面叫"喜面"，这"喜面"可都是以50斤、100斤为计量挑担到女方家的。喜家与亲友之间必定也互赠线面以示祝贺。婚嫁喜庆的日子，主人家来客特别多。按惯例，喜宴都是在晚上进行的，白日里怎么招待络绎不绝前来道贺的亲友呢？当然还是线面唱主角了。前厅帮忙喜家料理的主事报某某客人到，后厨几个族里的婶娘们就麻利地用红漆盘子端出香浓热腾的线面招待客人。如果来客辈分较高，喜家这边还得专门有人陪客人吃面。就比如来客是舅公，我们这边有俗语："天上雷公，地上舅公。"什么意思呢？也就是说天上最威严的是雷公，亲族里边最权威的是舅公。这舅公来参加婚宴的意义可非同一般，署舅公大名的贺结婚志喜的长联没挂上厅堂之前，迎亲的队伍是不能出发的。所以说，舅公到，线面上桌请舅公，长联上厅后迎亲，这仪式感多有意思！

三

自小到大，我是浸润在这种乡俗乡风里长大的。吃过的线面一多，骨子里的线面情结也是挥之不去的。年前新家装修基本就绪，恰逢长假，就请父母亲大人、兄妹们一起先到新家聚聚。因为那时还没有正式搬进去住，所以为了烹饪一桌饭菜招待亲友，采购的东西显得尤其多。即便如此，我还是把购买线面放在菜单的第一项。午餐还没开始之前，我就已经煮好了十来碗的线面，线面除了通常的高汤浇头之外，每个碗里头都搁着两个蛋！妹妹调侃说："都什么时候了，还保留着老观念。"我系着围裙，估计那会儿在厨房烟熏火燎的太久了，满脸都是油光。我煞有介事地说："必须的！必须的！诸位，请上桌享用主人家为你们准备的线面吧。"众皆大笑。因为在我看来，厨房小事可以随意一些，而在重要的节庆点上，我是绝不马虎的。喜庆的时候，必须来个有代表意义的线面！生活得有仪式感，不是吗？

线面煮多了，手也熟了。我的厨艺乏善可陈，唯独煮线面之类的，还可偶尔露一手。正月里亲友之间免不得互相走动拜年，逢这时，我总是饶有兴趣地煮几碗线面招待大家。这其间的好意思赛过吃，寓意一年平安、吉祥。大家如果调侃我说都什么时候了，还保留这老传统。我就会说："我乐意呀。"这小小一碗面，承载了我们多少的岁月记忆呢！世间小欢喜，生活小确幸，不就在那炊烟亮蓝处吗？

四

线面搭配不同的高汤，口味也就各不相同了。老家海岛那边盛产海鲜，所以少时无论是自家吃，还是招待客人，线面用的高汤、浇头都是海鲜居多，海蛎、虾、鱿鱼、海蛏，当然，肉类也是必不可少的，只不过变成辅料的辅料而已了。

到小城生活之后，发现这里的人吃线面用的高汤很丰富，海鲜高汤不说，排骨线面那是每位主妇随手就能来一碗的；还有羊肉泡线面、鸡肉泡线面，更有甚者还有兔肉泡线面。最初，我是不能接受鸡肉鸭肉线面，在我少时养成的食物谱系里边，鸡鸭肉是用来煲汤炖汤喝的，怎么能用来泡线面呢？后来吃了几次别人煮的老鸭汤泡线面，味道还真不赖。看来，确实如一位资深吃货说的那样：食物谱系不能板上钉钉，得随时突破。

倘若在没有高汤的情况下，怎么吃线面呢？最简单的做法就是线面入沸水，抖开烫熟，捞上置碗中备用。油锅点火，煎个双面金黄的蛋。蛋放线面上，加老酒，撒葱花，滴几滴香油，一拌，又是一碗自制家用线面了。吃在民间，慧心巧思，总归是因地制宜，依食材制宜罢了。

五

以前，制作线面的师傅都是乡间手艺人。制作线面的工艺大抵是代代相传的，子袭父业。前文说的隔壁村庄的扁头师傅，祖上几代起都是干这行当。制作线面是手艺活，也是体力活。从和面、搓条、卷圈、上条、发酵、拉面，从最初的面粉和食盐和水的交融到制作成"丝细如发、柔软而韧、入汤不糊"的线面，前前后后需要 17 道的工序。每一道工序，考验的都是线面师傅的耐力与技艺。并且，这线面制作很多时候是靠天气吃饭的，一旦下雨或者天气太潮湿，都无法制作。所以，一逢上适宜的天气，线面师傅就得从凌晨 3 点起来一直忙到傍晚太阳下山。在技与艺的嬗变交替中，手艺人用技呈现出他们的劳动产品，而一代又一代的烟火生活中，我们则赋予线面以更多的寓意。天长日久，与线面相依相偎的时间长了，滋生出的都是颤颤悠悠、缕缕不绝的线面情思。诗人何金兴写的《线面人家》那首诗，我每每读了都很感动，很亲切。诗的一节是这样写的：

　　　我抚摸到幸福的绵长
　　　散淡的光阴，在面制的线弦上
　　　跳跃、和音
　　　被拉长的往事
　　　韧性十足
　　　如同院子的木架
　　　盛了几个世纪的雨水

　　是的，散淡的光阴，幸福的绵长，长长绕绕的线面，在面制的线弦上"跳跃、和音"，如同我们的岁月长河，记忆里总归有那么温暖的回眸，恰似那醇香、醇厚的线面，那些"被拉长的往事"，构成我们生命长河里不可或缺的厚度，而且还在继续丝丝缕缕、绵绵不绝。

粉　墨

林丽钦

盘踞蜿蜒的方山（五虎山）在山风岚气中起伏跌宕。其东南向支脉的塔林山下，水光荡漾的淘江萦绕奔流。明代周玄《淘江》诗有"渔浪细吹银绮合，鸥波才动翠绡横。盈盈杨柳牵丝断，泛泛芙蓉夹镜生"的美句，可以想见当年河风扑面、风姿摇曳的淘江春景。这水陆通达祥和丰饶的一方沃土就是闽县七里之首——汉晋之"上虞"，今日之"尚干"。

在这里，我度过了童年时光——

童年是老榕树上的刻字，是大雨落进漏屋的嘀嗒声，是夏日夜空的荧荧星光，是奶奶和姑姑们聊的幽冥神怪。更不能忘的是烟火缭绕的"请烛"队伍，是闽剧开演时在台下嬉闹追逐。

从农历正月十二一直到正月二十七，祭奠先祖"义姑"的盛大民间仪典——"排暝"就在各村上演。轮到"排暝"的族人白日里拉锅边赠邻里。夜幕降临，燃鞭炮放烟火，古镇鞭炮长鸣烟焰蔽天，灯火辉映光照长空。祠堂穗花悬挂，张灯百盏，台下人头攒动香火萦绕。烧香祈福的族人带着红烛到祠堂点燃后带回家供上，俗称"请烛"。大人们小心翼翼手捧闪烁的烛火，孩子们则混在队伍里嬉闹跑跳。

除了"请烛"，几百年悠远漫长的岁月里，能把散落在十里八乡的村人欢天喜地聚到一块的，还有那上演不息的闽剧大戏。《甘国宝》

《贻顺哥烛蒂》等取材于本土故事的闽剧，早已与一代又一代看客戏里戏外的哀喜悲伤交织缠绕成厚实层叠的共同记忆。一曲行腔简净、顿挫有致的"闽腔"足以让散落天南海北的游子瞬息穿越空间和时间上的距离再次回到故乡。

小时候看闽剧，并不记得那些活色生鲜的演员，只知道他们和我们不一样，是由几辆大卡车连同成车的墨绿箱子一起运来，既不知来处也不知去处。

那立在坪埕中间被刺眼灯光照得通透明亮的戏台，不管演的是什么，锣鼓敲过三响，台下都是挤得水泄不通。八方来客、亲戚好友早已携家带口，自带凳子密密层层围绕在戏台周围，七嘴八舌嬉笑品评着将要开演的剧情，既热闹又庄严，以酬神的名义共同参与一场喜庆的狂欢。花花绿绿的戏子抹着厚重的油彩在台上走马灯似的快速轮换，孩子们肆无忌惮地在台下吃食玩耍、打闹追逐，神情踊跃的大人或拍手喝彩或交头接耳，从戏中人物引出许多乡邦逸事、八卦秘闻。

年纪渐长，再次在老家看戏，记住了一个叫老李的武生。因为一个远房叔叔是他的铁杆戏迷。从8岁被卖到戏班学戏，老李在台上已经唱了50多年。他在乡下的台棚里唱过，在城里的戏场里唱过，在富贵人家的寿宴上唱过。那天，他要演的是《少林寺》里的铁柄。

开戏前叔叔带我进了后台简陋的化妆处看老李。他脸上涂着色彩明艳、香气浓烈的油彩，灯光胡乱打在他的脸上，呈现一种极力修饰也无法遮盖的沧桑。他烧到了38度，轻闭双眼，无力地半靠在墙边，手上挂着点滴。我正在遗憾今天无法欣赏老李的武术。外面一阵锣鼓响起，老李直接拔了针头，"死人不死戏！"他仿佛被注入新鲜的灵魂般苏醒过来，提起脸上的表情，拎上身边的长枪健步起身，往戏台走去。

戏场上依然有孩子们嬉笑打闹的声音，摩托车从礼堂边上噗噗驶过，四方看客正喧闹地说着话。

我和叔叔坐在台下。急促的鼓点催击，场上的喧哗仿佛一群水鸟哗然而散，所有人都屏声静气，不再交谈。满场追逐的小男孩也聚到戏台前面，伸长脖子等着明星出场。老李手执长枪，精神抖擞，耍了个"抖枪绕圈""跑马""甩发"……一个又一个精彩迭出的动作，博得台下满堂喝彩；雄浑激越的唱腔掀起阵阵掌声。有几个激动的男人忍不住起身叫好，被坐在后面的人齐声喝下，过一会儿又站起来纵情任性地鼓掌。

　　叔叔转头对我说，25岁以前，老李演的是旦角。看着台上虎虎生威的铁柄，我无法想象他在台上绢秀灵动、顾盼生姿扮演一个女人的样子，惊得瞪大了眼睛。"他当年演《紫玉钗》里的霍小玉，观众比今天还激动。"叔叔瞟了我一眼继续说。

　　"那为什么要改演武生？"

　　"戏改的时候，男女归行，男旦就全部退出闽剧舞台了。老李舍不得离开戏台，就改旦练生了。"

　　我记得有一次在旧书摊淘到一本文化史料，里面有一节讲到初入戏班学习兰花指的细节。兰花指是练旦角的基本功之一。学戏的孩子都还没有超过10岁。练兰花指的时候食指要直，无名指小指要微微翘起，拇指和中指对在一块儿像兰花似的。无论盛夏还是隆冬，每天早上洗脸以后，都得把手浸在水里，五指张开练指，压、捺、曲，一点不容马虎。兰花指抬得太高不行，太低也不行，因为大家闺秀的手指不能毫不在乎地乱挥乱舞，以似指非指为最美。练指的时候，师傅手拎竹批跟在身旁，太高了，"啪"一声，竹批从上打下来；太低了，又是"啪"的一声，竹批从下往上扫去。孩子们只能含着泪花颤颤抖抖地伸出被打得青紫的手指继续练功。

　　练兰花指都已经如此不易，更不要说练身段、练眼神、练姿态。不知道这些演旦角的孩子经受怎样的浴火重生才从天真顽皮的小男孩变成满腔柔情的美少女。

散文

139

25 岁已经成年，如何改旦练生？这岂不是要把先前所学一笔勾销吗？

"那时他已经成年，没有人帮他举腿。他就想办法在屋梁上安个小滑轮，搭上绳索，每天练功就靠吊绳，将自己的腿吊起来，一直拉到贴在前额。"叔叔回忆道。

一个柔弱单薄的年轻人的坚持多么不值一提，卑微又疼痛。他任凭汗水从春天滚落到秋天，倔强地强拉吊腿的绳索，仿佛在命运的狂浪里攥紧为自己摆渡的绳索，仿佛身膺重命，哪怕二十几年岁月突变空无。

我望着台上铁柄刚烈倔强的眼神，他身手敏捷舞动长枪。而那个满腔柔情、哽咽垂泣的霍小玉悠然转身渐行渐远。

老李收枪下场。喝彩过后几乎没有人会记得他的名字。

他只是个普通得不能再普通的戏子，世界上不会有他的传奇。但他的故事已经和演过的戏一起变成观众心里的传奇。他可以演如花之美女，也能唱说剑之雄词，心从词变，身随戏化。粉墨登场唱得那乐鼓翻腾，唱得那人声鼎沸，咿咿呀呀唱浮生一梦唱繁华万千。

坐在旁边的亲戚 8 岁小孩不耐烦地跑开了，和小伙伴嬉笑追打着在戏台下钻来钻去。而 50 年前一个灰蒙蒙的冬天的早晨，天还没大亮，整个小城还在冷冽的空气中。一个 8 岁的小男孩深一脚浅一脚跟在父亲的后面，他看见瘦小的父亲走走停停，不时转过头，想要帮他拉好开了线的衣角。那条路走了特别久，他走过姐姐的空房间，走过邻居"养子做花旦"的叹息，走过陋巷的幽黑，走过母亲的坟墓，一直走到戏班，也走完了自己的童年。

他看见父亲冒着寒风转身离开，消失在记忆的版图，像一小滴水无声落进干涸的泥土。山路婉转，他已找不到回家的路。

从那以后，他和戏班的卡车就穿行在奔往十里八乡的路上。既不知来处，也不知去处。

但只要还站在台上，父亲就一定可以看到的吧。而那些流落异乡的人，与那一曲婉转流畅的"闽腔"遇见就仿佛已经叶落归根。

塔林山草木葱然，淘江水缓流平静。"请烛"与大戏一年又一年地继续着。对先祖的感念仍是散落八方的族人返归故里的乡愁。今天，人们依然会像父辈一样从祠堂请回烛火，一路小心护持烛火不熄。一盏盏烛火前后相续从长街大道蜿蜒到穷檐曲巷，如星河倒注。大礼堂戏台上明黄的灯光，照亮了游子回家的路。戏台上熟悉的唱作，从远而近，把熟悉的故事唱了又唱。

人们挤挤挨挨坐在长凳上，江风习习，明月当空。台上那个8岁的小男孩，端直身姿，伸出兰花指，用稚嫩的声音缓缓开唱，唱到万众瞩目，唱到褪色苍白。

粉墨登场，谁不是走在寻乡的路上。

他还要唱，他还能唱。只要锣鼓敲响，他还要细抹额纹掠双鬓，但施粉墨再登场。

素 描 谷 仓

半 夏

谷仓，旧时家家户户屯粮之地，堪称一个家的"心脏"，倘若谷仓丰盈则来年无恙，短缺则举步维艰。多年之前，听闻有人将一座画院以"谷仓"为名，颇具文艺气息，一时之间惹起我的好奇，心向往之。

随着和画院主人交往日渐熟稔，我在闲暇之余都不请自来，待在"谷仓"赏画、品茗、聊天。席间，无论熟悉还是陌生的人，只要坐到一起便彷如知己，无所不谈，而我往往扮演着最忠实的听众。时光，在这里凝结成晶莹剔透的琥珀，而我们便成了琥珀里的灵长类、活化石。

有一天，他用略带责怪的语气与我开了个玩笑：老师，你怎么就没想过给"谷仓"写些什么？我暂且绕过他以"老师"相称的刹那羞涩后，竟无比坚定地说：酝酿了这么多年，我正有此意，准备素描一番谷仓画院。他有点惊愕地问：你也曾学过美术？我指了指身边一幅素描作品，给他一个答案：素描，你用的是线条，而我用的是文字。

记得2019年盛夏，我第一次拜访谷仓画院。先要穿过钢筋水泥包裹着的村庄，在路的尽头才得以窥见其别具匠心的容颜，有种特立独行于山野的格调。遥想当年，此处显然是个大户人家，仅从门面看，宅子占地阔绰，青砖外墙高冷，门庭略显精致，还需拾七级台阶方可进门。门庭前的空埕，是用防腐木铺设的错层平台，右边摆放着一套长长的原木桌椅，甚是怡人大方。

站在空埕里，最为吸引我的却是左边的墙体。本已坍塌的地方，不做任何修复，仅由一面落地玻璃墙取而代之，而土夯墙的残留部分仿佛一道影子，投射在玻璃上。这种设计手法精妙绝伦，令人回味无穷。这面墙，更像是传统建筑艺术与现代元素的一次神交，彼此穿越古今，于时光静默处低吟浅唱。

走进大门，这才发觉那面玻璃墙后，架设起了一座玻璃房，这里当初应该是门头房的左厢。从室内摆设的格局看，像是集体创作的空间，诸如美术授课教室之类。右厢房保留比较完整，墙上挂着几面金灿灿的铜质牌子。

这时，身后来了几个外地人，无论言谈举止或是衣着打扮，个个都极具文艺风范，应是专程来此的客人。领路的是个身着棉麻布衣的小伙子，留着寸头，面容俊朗。从我身边经过时，他向我招招手，轻声细语地说：你好，一起进来喝杯茶吧。盛情难却，我紧随其后入了右厢房，这里被改造成为茶室和小型作品展示馆，墙上挂落着"罗川八景"主题美术作品，还布置着一些精巧的艺术品，虽然空间不大，但充盈着淡淡的茶香和浓郁的文气。坐在茶桌旁，我默不作声地喝茶与聆听，从大家彼此称谓中判断，这个小伙子就是谷仓画院的主人：郑世衔。

杯盏过后，他带着同人们参观画院，而我混迹其中，俨然一个艺高胆大的画家。走过天井，我环顾四周，宅子两边的围墙不见了，左边的视野可以延伸到几百米、几千米开外，右边的视野因为另一座古宅的存在而戛然而止，天井里铺满了白砂石，而我们走过的也是防腐木铺设的笔直小径。这时，一群小孩子踩在白砂石上，沙沙作响，甚是欢天喜地；其中两个围着一口大水缸，从地上抓一把小石子往里投放，估计是在"喂"金鱼，甚是天真烂漫。

来到画院厅堂前，客人们不是惊叹这宅子修复得好，便是盛赞这地点选择得妙。郑世衔总是腼腆地微笑着、点头言谢，顺道推开那扇厚重的木门，依然轻声细语地说：欢迎光临谷仓画院展厅，还请各位老师多加指点。

迈进高高的门槛，瞬间便感受到了一股沁凉。冬暖夏凉，这是木构宅子的季节特性。正厅不算宽敞，但褐色木墙上的画作无限拓宽了它的空间，因为客人们早已把目光聚焦在作品上。我们从前厅移步到后厅。这里拆除了房间之间的墙体和二楼的地板，空间变得狭长而高深，余下的墙面大部分粉饰成深色调，略显昏暗，而暖黄色的聚光灯打在每一幅画作之上，又把整个环境衬托出一种遗世独立的意境。行走其中，专情于每一件艺术品，我感觉自己就是"行云流水"中的那朵云或那滴水，随心所欲地飘荡或游走。

后厅右后方，那里比较突兀地光亮起来，虽有卷帘阻隔了视线，但仍可看清那儿也是一处茶座。原来修复宅子之初，这处墙体损毁严重，郑世衔再次尝试用玻璃墙阻隔，透过玻璃可以看到外面的山坡护岸、沟渠、树木，还有山风的涌动、四季的流转。客人们游走了一圈，最后便落座于这处别具一格的茶座。茶壶沸腾，茶香弥漫，郑世衔端坐中间，不紧不慢地请客人坐、递茶，一介书生的儒雅形象，瞬间定格在我的脑海里。那一天，我记住了他的名字，但他仍不晓得我是谁。

谷仓画院创办之初落户在别村，但最终却选择了竹里村，不是因为机缘巧合，而是郑世衔的良苦用心。他寻遍了松山镇的古老村庄，把目光锁定在竹里村山脚下、一座废弃的老宅子，围墙坍塌了一边，周边杂草丛生、一片荒芜。常人眼里，这是个无人问津的地方，但是于他而言，屋后的竹林、边上的溪流，都是其他地方难以调和的"色调"。我曾戏说过：你只是为了一缕清风而来的。他笑纳："此话正合我意。"

前期设计，几乎挖空了他所有的心思。毕竟，翻修一座残破不堪的老宅是道难题，而且难度系数不啻搭建新房。如果有些活做过头了，将面临覆水难收的窘境；而有些活做得不够，又难以呈现一座画院该有的风骨，所以每个细枝末节都像是一首诗。归根结底，设计是场取与舍的较量，或者说是一个人眼光的平衡术。从我第一次走进谷仓画院开始，便对这里的空间充满了神往，或许是我找到了让我"偷得浮生半日闲"的某个角落。

有一次，他和我聊起当初离开厦门、回到家乡创办画院的初衷。因为城市的喧嚣和生活的节奏推搡着他趔趄前行，让原本躁动的心变得更为不安。最终，他还是告别了乏善可陈的都市，选择了宁静至远的山野。选择，本身也是一门艺术，需要义无反顾的勇气和至善至美的情怀。

随着乡村生活体验热潮的兴起，谷仓画院也日益生动起来。尤其周末，前来探访的游客络绎不绝，还有一些企业也慕名而来举办团建活动。那时，有些朋友建议他应抓住商机、开办餐馆，均被他婉言谢绝。在他眼里，当初安生于此，寻求的恰是文艺创作的纯粹，不该为繁杂的人间烟火所惊扰。此后，我常常回想起他平常煮茶待客时的儒雅模样。

如今，郑世衔的画作以畲族元素居多。因为竹里是个纯粹的畲族村，畲族人家的生活日常、衣着装扮，无时无刻不在浸染着他的灵感触角。在竹里，仅凭一身靓丽的凤凰装，就足以惊艳四方，更何况他们还运作着原始的织布机，保留着种植苎麻、养蚕取丝的耕作工艺，承袭着传统的婚嫁习俗：大花轿与红盖头。竹里村因为谷仓画院，攒起了意想不到的人气，一批又一批画师前来采风写生，把畲家人深隐的神秘带向远方，令人叹为观止。

除了单纯地作画、舒展他痴迷丹青的经络之外，郑世衔还醉心于手工艺品的创作。其中最能虏获人心的便是画作与实物的完美搭配，譬如一节随处可拾的枯枝粘在画了几朵小花的画布上，立体感陡然增强；画中有个小孩扯着一根长长的线，在线的尽头却是纸糊的风筝……当我第一次见到这些虚实相映的作品时，心里有种大开眼界的欢畅，极为佩服他的大胆构思与艺术修为。我心想：手工艺品一旦插上想象的翅膀，便成了独一无二的作品，便能自由飞翔在个性张扬的天空。

这些年，来来往往中，我看到了谷仓画院的蓬勃生机：从一株苗到一棵树的蝶变。他同时经营的字画装裱，无形之中为谷仓画院日复一日输送使其拔节的养分。创作与营生之外，他还担任罗源县青年美术家协会主席一职，承载起一份全新的社会责任。有回谈到此事，他信心满满地说：能为家乡做点事，就像作画一样，要真切地把美好的东西描绘出来，不负众望，不负自己。另有一回，他认真地对我说：有时夜里，一个人坐在茶座这个角落，只要听着外边的风声或雨声，创作的欲望便有如泉涌。他还无比真诚地要给我一把钥匙，让我能随时坐在这里、静候创作灵感如约而至。那次言谈之间，我能察觉到他已然把对美术的追求和对生活的解读，全都安放在这处专属于他的精神高地：谷仓画院。

今年春天，谷仓画院镶嵌在一片樱花烂漫的绯红里，格外清新动人。赏花之余，我还是回到那处茶座，闭上眼睛，闻着茶香，便开始酝酿曾欠过郑世衔的那一笔文债。那一刻，往事如烟，盘旋脑海，继而"素描谷仓"的构想便有如灵光乍现、瞬间迸发而出。

48年赶考路

吴秀仲

　　胡绍峄从15岁起读经，至63岁（虚岁）考中探花，前后历经48年，几乎将青春年华全耗在科举上了。只因在那"万般皆下品，惟有读书高"的时代，科举是他唯一能改变命运的独木桥。

　　朝廷通过考试选拔官吏，由于采用分科取士的办法，所以叫科举。科举从隋大业元年（605）开始实行，到清光绪三十一年（1905）结束，长达1300年。连江县一共出了367名进士，至今影响深远。

　　胡绍峄生于清康熙四十八年（1709），一生以儒为业。想要达到进士这一高度，至少须经四级考试：以明清两朝为例，最低一级是童试，第二级是乡试，再就是会试，最后是殿试。

　　15岁那年，胡绍峄到云居山南麓静室寺读书。寺庙始建于明崇祯年间，清顺治五年重建，依山面海，环境清幽。这里离家不远，仅距4.5公里，平时人迹罕至，是个读书的好地方。

　　童试在县里举行，每三年举行两次，多在二月，由知县主持，一般考五场，分别考八股文、试帖诗、经论、律赋、策论等。但也不是所有人都能参加，至少要有4名同乡和1名秀才保举，方有资格。

　　雍正七年（1729），胡绍峄通过了县一级的童试，且位列头名，曰"县案首"。这一年他20岁，正是弱冠之年。可能你会觉得，区区5年就攀上了功名，看来考个秀才并不难嘛！其实，每次县试童生上千数百人，只选拔十数人，录取率仅为百分之一二，已属相当不易。君不见鲁迅先生笔下的孔乙己，终其一生，竟连半个秀才也没捞着。

何谓"半个秀才"？是指考秀才虽未入围，但成绩尚好，选取充任孔庙中祭祀乐舞者，是为"佾生"，也称"乐舞生"。但童试不单有县试，还包括府试和院试！这一级别，都可以视作进士科前的预备性考试。所以说，秀才是最低一级的功名，却最辛苦，总得考试。考到一等，当然幸运；要是考得不好，甚至要面临降级的风险，实在令人后怕！想一想，经过这样一级级选拔，一层层淘汰，无异于千军万马过独木桥，最后冒尖的仅是凤毛麟角。

府试由知府主持，院试由省里的提督学院（亦称学政）主持，故名。这两类考试也是三年两次，考试内容、报名手续等大体与县试相同。以院试为例，分正试一场，复试一场，试八股文与试帖诗，并默写《圣谕广训》百数十字。揭晓称"出案"，录取者为"生员"。

通过以上种种考试，才是读书人进身之始，算得上正儿八经的"秀才"，意味着进入了士大夫阶层，可以有免除徭役、见知县不跪、不能随便用刑等特权。但秀才也分等级的，一是才入学者，谓之附生，有附学生员之意；二是再按岁、科两试（指不同年份的考试），等第高者可补为增广生或廪膳生。增广生亦名增生，因于廪膳生外增额，故名。廪膳生亦名廪生，由公家按月发给粮食。"廪"就是粮食的意思，相当于每月领取奖学金。廪生与增生各有定额，据岁考、科试成绩递补。

胡绍峰考中了秀才，自然要入泮进学，也就是进入县学，以备府试和院试。"泮"指县学宫，又称文庙，位于学前铺（今连江县文山路宏宙花园内）。连江县学始建于北宋嘉祐元年（1056），南宋绍兴七年（1137）移建，代有重修，先后有缮经阁、驾说堂、明伦堂、泮池、射圃等建筑物。大成殿是宋代标志性建筑，大梁高悬"万世师表"横匾，中塑孔子像，凸显尊师重教之礼。

从儒洋出发，尽是羊肠小道，路不远，约7公里，到县城去，须横渡敖江。从江南斗门塔下，乘船过渡，至荷山渡口，沿敖北防洪堤缓行，城东门就在不远处，城楼上题匾"海日奇观"赫然在目。穿过"印宾"门，再行一箭之地，便到了县学前。宫墙上嵌着一米见方楷书石刻的"仰之弥高"四个大字，一字一块，共四块。边门上又安着两块石匾，上书"江汉秋阳""金声玉振"。宫门前，竖着"文武官员到此下马"青石碑。胡绍峄整肃衣冠，走上前去，恭恭敬敬地叩响门环。

县学里设有山长1人，还设副山长、教授等。地方名儒定期被聘来讲学，主要是讲经释义，质疑问难。县学允许形成不同的学派，鼓励共同讨论学问。不过入泮进学，形式大于内容。入学仪式后，并没有多少真正的知识传授。作为生员，基本上还是靠自学。每月两次课考，成绩优异者能得到一份膏火银的奖励。

县学经费主要来自学田，学田靠捐置。自宋嘉定二年（1261）以来，连江县先后有12名官员或士绅共献学田146.9亩，年载租（稻谷）15467公斤。明万历十三年（1585），时任南京兵部尚书吴文华捐虎头山田80亩，为历代捐献学田最多的一次。田租的收入可供县学正常开支。自清雍正以来，县学逐步为官府掌握，由县衙提供经费。

时间过得真快，一晃15年过去了。乾隆九年（1744），胡绍峄35岁，由于岁考和科考两试均为优秀，补为廪膳生，邑中称为名士。这一年，他不仅深得知县吴元春赏识，而且喜结良缘。妻子是丹阳溪尾村林氏，是邑庠生林志廙的堂姐、邑庠生林大观的堂侄女。邑庠生，是指同县的秀才。金榜题名时，洞房花烛夜，堪称人生快意之事。

可是胡绍峄并没有放松太久，他又开始精心准备，参加乡试。乡试在省里举行，每三年一次，逢子午卯酉年为正科，遇皇帝、皇后整寿（逢每一个十满岁）或非常庆祝之事加行的乡试，称恩科。

胡绍峄考了15年乡试，直到乾隆二十四年（1759），才名列副榜。副榜即在正榜（正式录取）之外，另取若干，可以入国子监肄业，有做官的资格，称副贡生。但胡绍峰没有止步不前，他咬紧牙关，继续参加乡试。

又过了 11 年，直到乾隆三十五年（1770）恩科乡试，胡绍峰 61 岁了，终于中举！第一名称"解元"，而他是第 35 名，称"文魁"。中举，所谓被荐举之人，正式成为国家在编官员，可以在家宅或宗祠大堂挂匾或在门前竖旗杆了。全乡全族都跟着沾光！

能跻身这一行列，不可否认是一等一的人才，但也极有可能深受狭隘的程朱理学、迂腐的八股文所禁锢，真正的才华在每一次的惶恐不安与战战兢兢中消磨殆尽了。

当胡绍峰艰难地爬上这一级台阶时，他没有想得太多。这一年深秋，他早早起身，去北京赶考。尽管年过花甲，初心依旧。

这一趟行程，并不轻松。近两千公里，翻山越岭，舟车劳顿，费时两三个月，要赶在翌年二月前，必须到达礼部衙门。好在旅途费用是公家给的，所以叫"公车"。这是科考的第三级台阶——会试，又称"春闱"。

会试好比全国举人大集会，各省的举人和国子监的监生皆可应考，面对各路英雄大比拼，不仅仅靠实力说话，还要做全方位的攻略。此前乡试是恩科，这次会试也是"恩科"。考试分三场，考官由礼部提名，由大学士、尚书以下副都御史以上官员担任。会试名额两三百人，考取率也不过百分之二三。中试者称"贡士"，俗称"出贡"，即贡献人才给皇帝，第一名称"会元"。各省录取贡生名额不一，依据到京应试人数、各省的大小及人口多少而酌定。

乾隆三十六年（1771）春，胡绍峰取中贡士，真是旗开得胜，一炮打响！但他不敢轻狂，或许是已过了年少轻狂的岁月，他默默地回到旅馆，闭门读书。只因会试之后，还须于下月应殿试。

殿试是最高一级的考试，因考场设在奉天殿或文华殿而得名，由乾隆皇帝亲自主持，并亲发策问，主要考诗赋和政论，难度极大。

其实也不用过于担心，这场考试只用来排名次，通常都能上榜，不会有落第的意外发生。根据殿试成绩，将贡士分为三甲，通称进士。其中一甲三名，赐进士及第，二甲若干名，赐进士出身，三甲若干名，赐同进士出身。由于进士榜用黄纸书写，故称黄甲，也称金榜，民间俗称"金榜题名"。

胡绍峰得中乾隆三十六年（1771）辛卯恩科（黄轩榜）一甲第三名，进士及第！这一年是农历辛卯年，安徽人黄轩一举夺魁，名列榜首。数下来第三行，赫然写着："胡绍峰。"

"探花?"他简直不敢相信自己的眼睛，他又揉了揉眼睛，以为是自己眼花了，"探花!"他创造了历史！他是连江县历史上唯一的探花郎。

连江县历史上先后出了三位科举甲榜人物。第一位是郑鉴，南宋淳熙元年（1174）以太学上舍生参加廷试名列榜首，授太学生，人称"两优释褐状元"，官至台州知府。第二位是赵恢，明宣德八年（1433）参加殿试名列曹鼎榜一甲第二名，榜眼及第，授翰林院编修。第三位就是胡绍峰。由于头甲三名被称作"鼎甲三元"，因此县志中合称"连江三鼎甲"。

新科进士取得出身后，虽然都将授予官职，但仍须应一次"朝考"，即再试于保和殿，并特派大臣阅卷，按朝考成绩，结合殿试名次，由皇帝钦定授予何种官职。最优者入选翰林院，其次者分部任为主事，又次者分别任作知县，再次者用为各州、府、县学的教官。

这一次考试，只得了三甲第43名，起用教授。不过，担任什么官职，对于63岁高龄的胡绍峰来说，已经不重要了。他面带微笑，脑海里又浮现了琼林宴时的情景。

按照惯例，殿试后，皇帝都要赐宴琼林苑，以示庆贺。赴宴时，同年多属青壮。他们见胡绍峰这个缺齿面皱的老探花，甚是可笑，而他倒也随缘不愠，笑而不语。宴罢，他挥笔赋诗一首：

宴罢琼林景物奢，红绫饼不碍残牙。

座中多少人如玉，争向樽前笑插花。

古时男子插花是生活中的一种礼仪，是文人墨客追求雅致生活的一部分，也是不可或缺的修养。"探花"之名与簪花习俗密切相连，亦称"探花使"。在琼林宴上，簪花礼是最重要的程式。胡绍峰头上两鬓插金花，犹如众星拱月，荣耀无比。

"醉里插花花莫笑，可怜春似人将老。"从青春年少到两鬓斑白，从出身寒门到平步青云，从半生潦倒到奢华盛宴，从无人问津到万众瞩目，胡绍峰品尝过太多的人情冷暖、世态炎凉，一直在负重前行，一刹那柳暗花明，怎不叫人笑中带泪，笑而自嘲呢？

任凭他人啧啧称赞也罢，羡慕不已也罢，争相戏弄也罢，体谅同情也罢，有什么好笑？他已站在了人生的最高峰，尽管攀登的姿势一再被人取笑。但他做到了，你呢？

尤为可敬的是，胡绍峰没有被突如其来的幸运冲昏了头脑。他面带微笑，与众同欢，以一种超乎常人的理智经受住了考验：在逆境中贵在坚持，在顺境中难得清醒！

曾经的凄风苦雨没有被辜负，曾经遥不可及的梦想就在手中，曾经一切的一切都值了！《儒林公议》中有这么一句话，很真实，也令人动容："状元登第，虽将兵数十万，恢复幽蓟，凯歌劳还，献捷太庙，其荣亦不可及矣！"

家 有 憨 父

洪　映

　　说起父亲的"憨",在我家的里、外三层亲友圈里,可谓众口一词,无论是我舅爷、舅爷家的表姑,还是我姑姑的婆婆、婶婶家的亲家公……谁家里有啥需求都会找上他,因为他"功能全面"且一喊就动、从无二话。

　　记得小时候住在乡下,村里有旱年求雨的民俗,需要本村的一个人品良善、有口皆碑的男子去"报龙瓶"方得龙王垂青。当时就有人说,我父亲完全可以胜任。那时我还小,并不知缘由,只是隐约觉得这是挺荣耀的提法,不由对平日里没啥威慑力的父亲仰望几分。

　　然而在母亲这里,父亲的"憨",更偏向于"傻气"。"你爸都能给瓜子拍广告了,每天要么在忙、要么就在嗑瓜子,就连在市场门口等我几分钟,也要从口袋掏出一把嗑着。虽然瓜子壳没乱丢,我还是没好意思上前相认,多傻呀!"听到爸爸的瓜子情缘,我总会傻笑着走神——"傻子瓜子"这品牌名字真贴切!

　　好在父亲犯傻的机会不多,因为更多时候他都在忙。去年夏天有一次我回娘家,一推门就看见父亲正挥汗如雨、捶捶打打。母亲一边埋怨一边帮忙。原来是我那个喜欢拜拜的舅婆,她的跪垫坏了,就让父亲帮忙做一个。我看父亲满头是汗,提议说:"现在网络上啥没有,我们买一个给舅婆就是了,干吗这么折腾?"父亲说网购总要两三天,不能让老人家等。到了傍晚，一个实木作框架、棉花为内垫、皮革为外包的高大上"拜拜神器"做成了。父亲顾不上歇口气，马上就屁颠屁颠给舅婆送去，留下我和母亲相视苦笑。

天黑了父亲还没回来，母亲说准是又跑腿去了。果然，父亲在电话里说，被我婶婶叫去修马桶了。不能怪我婶，谁让父亲从来不会拒绝？在长辈跟前他会谨记"尊老"，可在后辈面前，就根本忘了"长幼辈分"这一说。

这些都不算啥，说起去年生日，母亲至今余怒未消。"我前一天晚上闹肚子，第二天也起不了床，你爸让我吃了药，就去给你奶奶煮饭，叫我先休息。我眼巴巴等到下午两点他才回来，你猜他去干吗了？陪你奶奶的邻居叔叔扫墓去，满身灰土回来，简直把我气坏了！"

我明白，母亲不单是气父亲没有回来陪伴，更懊恼的是他这样不爱惜自己。他已经连续几天分别给我的曾祖父、祖父和外祖父扫墓，每回还都是主力军。虽说邻居叔叔家缺人手，但是那毕竟是人家的家事，毕竟自家老婆还生病又生日。可父亲不懂得考虑这些，他只是看不得人家发愁，更理解不了女人易碎的玻璃心，要不怎么说他"憨"呢？

其实父亲的秉性由来已久，当初和二叔同在乡下老家做木工，作为长子的父亲愣是让出了前院"退居二线"，在后院做起营生。上门的顾客自然大都成了嘴甜热络的二叔的主顾。无论母亲私下如何念叨，说起码轮流在前院开工也好，可我那"憨父"的嘴却如同狠狠钉上了钉子，密不透风。

20世纪80年代初，父母为了让三个孩子接受好的教育，毅然放弃乡下的安逸局面（父亲木工、母亲裁缝，二人的手艺可以稳稳地在乡下安居乐业），到县城租房、供我们上学。为了生活，父母不幸卷入那场"民间自助会大动荡"，辛苦攒下的钱被人卷跑了、赖账了，上门要债的却一个比一个凶狠。父母只好硬着头皮去上门要钱。每回出门前，母亲总和父亲约法三章：不能松口、不能心软、不能没要到钱就撤！可是挫败也是毋庸置疑的：父亲走到人门口想回头，进人家门不开口，听人诉苦就附和，见人苦脸就想走。母亲拼命使脸色，父亲用力扯母亲衣角，到头来两人只好空手而回。

好在苦日子终于熬过去，好在傻人有傻福，父亲能娶到相对比较精明的母亲，才不至于苦哈哈、紧巴巴。在外头的石材市场也"装模作样"地打拼十多年，总算不赚不赔地回来了，便心安理得一门心思照顾家里的老母亲——我的奶奶。

奶奶今年86岁，患糖尿病多年，和三叔、小叔住在城南，父亲则安家在北门。叔叔们有的常年奔波外地，有的生意忙碌少着家，照顾老人的担子，几乎落在父亲一人肩上。

母亲绝对是个孝顺媳妇，但仍不时泛些醋意："你爸每天早上5点半起床，从家里开电动车到你奶奶家，煮早饭、叮嘱吃药。陪老人家吃完后，再回到家里接你侄女上学；9点左右，又载着我去买菜、再到奶奶家准备午饭和晚饭。一年365天，风雨无阻。他对我有这一半的用心就好了！"

母亲的少女心虽有些好笑，却也不难理解。若是风和日丽的春、夏季还好，在风雨大作的日子里，在寒风刺骨的冬日清晨，她多希望深爱的老伴能多休息一会儿？其实奶奶虽然腿脚不太灵光，但是煮个饭是没问题的，只是偶尔会忘了在餐间吃降血糖的药。父亲完全可以劝奶奶一句"迟些起来吧"。可他偏不，而是乐得早起、多跑一趟来回；晚上窝在沙发看谍战剧本是父亲最享受的事，但他也戒了，早早睡下以便日日早起。

每年正月里我住在娘家的几天，最能体会母亲对父亲的心疼。有一天我缩着脖子起床倒水喝，天还是黑乎乎的，还下着大雨，父亲却已经穿好衣服准备出门了。从北门家里开电动车到南门的奶奶家，起码要十分钟，并不是很轻松的事情，何况父亲已不再年轻，已是65岁的年纪。我不由想起冬天里有一回我坐在父亲的电动车后座，手插在父亲的胳肢窝取暖还直喊冷，父亲傻笑着逗我："怎么会冷呢？你试着跟我大声说'雅松葵'（'很凉快'的罗源话），就会觉得一点也不冷。"父亲的笑话够冷吧？可是我当时听了，果真迎着寒风在夜晚的街头傻乎乎地大声喊出"雅——松——葵"，竟然真不觉得冷了。后来我还把这个伟大的发现告诉了闺女，她如获至宝，每遇寒风扑面就暴喝一句"雅松葵"，然后把头抬得更高。我惊讶地发现我们已光荣继承了父亲的"傻气"。如果傻气能这般挡风避雨、化寒为暖，倒未尝不是一种优秀的基因。

前些日子奶奶不舒服住院了，叔叔姑姑们一时间来不及从外地赶回，父亲就在医院陪床。其实就算他们都在家，父亲也总像护崽的母鸡从不许弟弟妹妹们劳累，浑然忘了自己已经65岁。近两年奶奶住院时的陪护床，几乎是父亲"一睡到底"，从县医院到中医院再到福州的附一医院，加起来起码有两个多月。我有心要顶一两晚，父亲总是骄傲地说："这种床只有我最适应，一沾就睡，你们的睡眠有我好吗？"

那天晚上我安顿好女儿，九点多到了医院。走进病房见奶奶已安睡，转头就看见我的父亲。他一只手肘弯曲枕着头，被子只盖到胸口，半只脚露在被子外、垂在床下。那陪护床真的好小好窄，整个被171厘米的父亲的身板挡在下面，没露出一点床沿，可父亲竟然微微打起了鼾。要知道病房里还亮着灯，同病房的大爷还扯着嗓门和人打电话。果然是我的憨父，半边身子挨着床也能睡着。我想到这儿，硬是把汹涌的潮湿压回眼底，给父亲掖了被角，熄了灯，悄悄退了出来。

今天我又去了趟奶奶家，她出院后我只能抽空去看看，不敢想、却一直想着那句"看一回少一回"。我想父亲应是和我相同的心情，且一年更甚一年。他近日每天晚上挤在他的母亲身边睡，成了个年过花甲的"老孩子"。我想象着整个县城到底有几个这样的"老孩子"，喜欢挤在他的老母亲身边，贪婪地闻着母亲的味道？陪着母亲8点入睡，一夜多达六七次扶母亲起夜？甚至那几天母亲肠胃不适，他要连夜给母亲换衣裤、擦身子、换床单，接着凌晨4点多到医院给母亲拿药，喂完药再赶着把脏衣物就着水龙头及时冲洗……我想这样的"老孩子"总是有的，他们一定小时候被劳苦的生活、被成群的弟妹剥削了太多的母爱，这时正好大补一番呢。

无论夜里怎么折腾，父亲接叔叔姑姑和我的电话时，总是笑着四两拨千斤；而自己如何在冬夜里穿着单衣却急出一身汗、多么心慌不安手忙脚乱，只说给我的母亲、他的妻子听；我母亲要在家带侄女，只能通过电话指导操作。

我指着一米六左右宽度的老床问奶奶："我爸睡靠墙那头吗，奶奶？""是啊，你爸贴着墙睡，怕挤到我。"奶奶近年来越来越迷糊，有些事转眼就忘，有时早晚不分，连孙子也认不清，但说起她的"憨儿子"，却一点不糊涂。我看到奶奶的手边是小小一叠扁圆柱形的药盒，每层里都躺着几粒彩色药丸。奶奶吃了几口饭，父亲从桌角绕过来，打开药盒最上面的一层，叫奶奶吃下里面的药丸，一边递上备好的开水，一边嗔怪着："这么大的人了还是总忘记吃药。"奶奶笑着接过开水送药，嘴里嘟囔"是啊，怎么记不住呢"，那神情，竟和我十岁的闺女饭前忘了洗手时的表情一般无二。

那一刻我在奶奶脸上，同时看到了父亲的"憨"和闺女的"萌"，遗传如此强大，我希望这份"憨、萌"，会是一场代代相传的"酣梦"，会是取之不尽用之不竭的聚宝盆。

漫谈"塔庄"地名来历

黄勤暖

闽清是个千年古邑，历史文化底蕴深厚，然而由于年代久远，很多事物都淹没在茫茫的历史长河之中。在重视实施乡村振兴的今天，过去很多可利用的优秀传统文化又逐渐被发掘出来，譬如塔庄的地名，现在很少有人知道它的由来。

最近，笔者在提炼闽清进士文化中发现，塔庄的地名原来与闽清宋代释褐状元黄唐有关，是宋代人在黄唐中状元后，为了表彰黄唐在他家乡建"雁塔"，然后由"雁塔"引申而来的。

"雁塔"词语的出处是《大唐西域记》卷九，其中记载：雁塔，亦名大雁塔，在今西安（古称长安）慈恩寺，是唐永徽三年（652）由玄奘法师所建。当年慈恩寺僧众修习小乘法，喜食三种净肉（即眼不见杀，耳不闻杀，不为我而杀），时有比丘见天空双雁飞鸣，遂思念："若得此雁可充饥食。忽有一雁堕地下自殒。众曰：'此雁垂诫，宜旌彼德。'（遂）于瘗雁为塔。"长安为唐代首都，自神龙年（705）以来，凡进士及第，皆列名于慈恩寺塔，谓之"雁塔题名"，遂成为考中进士的代称。

"雁塔题名"这一成语出处是五代十国时期王定保《唐摭言》卷三："进士题名，自神龙之后，过关宴后，率皆期集于慈恩塔下题名。"说的是自唐代神龙元年之后，凡进士及第，都会自觉去长安南郊大慈恩寺，做一次"雁塔题名"之事。

宋淳熙四年（1177），黄唐高中状元。旧《闽清县志卷六·列传》记载："黄唐，字雍甫。淳熙四年，两优释褐第一人（状元），授宣教郎，兼修国史……"又旧《闽清县志卷四·选举志》记载："淳熙四年丁酉，太学两优释褐，黄唐，字雍甫。第一人（状元）。"

为表彰许将和黄唐两位状元，也为了激励后生也能金榜题名，高中状元，宋代人在县治前为许将立"状元坊"（旧《闽清县志·名胜志》）；宋淳熙四年（1177）在县治东为黄唐立"释褐状元坊"（《八闽通志卷之十四·地理》）。同时，为了给予两位状元莫大荣耀，参照当时进士"雁塔题名"的流行做法，在状元家乡为两位状元建"雁塔"。旧《闽清县志·名胜志》记载：在县治台山建石塔，山下建"柱流亭"。宋进士萧磐诗："兀立台山巅，渺入青云路。江水滔滔来，藉作中流柱。"清邑生员王信敏诗："崚嶒石塔峙台山，直薄秋旻万古间。博得人文推第一，首传胪唱冠仙班。"（自注云：许将、黄唐俱以状元及第。）今塔在亭毁。

黄唐家乡在居仁里（即塔庄），旧《闽清县志·名胜志》记载：黄唐宅，在七都凤栖山下。因此黄唐中状元后宋代人就在居仁里象鼻山建"雁塔"，山下建"柱流亭"，后改名"爱留亭"，今塔圮亭在。有了以黄唐为荣所建的雁塔，雁塔所在地的村庄宋时始获名"塔庄"或"雁塔"。

此后便有以"雁塔"为"居仁里"美称的文艺作品出现，如黄敦祖厝"护国积善院"有副长联："雁塔绍家声，簪笏累传，不愧颍川称第一；龙峰绵世泽，科名蔚起，堪承江夏美无双。"

清邑岁贡旧《闽清县志》协修黄培元《塔峰记胜》云："……其地则原野林丘，其人则士农工贾。人烟万户，衡宇夹溪。往来多羁旅之踪，形势占山川之胜。尔乃龙源月朗，象鼻山人语半空。雁塔风清，狮头岩鸟声几处。七星墩遥凌北斗，百尺楼高峙西溪。水碓盖云，几杵声飞寨头坂；玉壶沽酒，一帘影映塔庄街……"

　　细看周边县市区，永泰置县1200多年也有不少才俊英杰雁塔题名。据民国十一年（1922）版《永泰县志》记载，永泰后人为纪念萧国梁、郑侨、黄定在南宋乾道七年连中三科状元而在樟城修建"联奎塔"，塔呈锥体状，立于山巅，镇于河畔。

　　旧《闽清县志·名胜志》记载："塔庄在五都。地方平坦，溪流环之。为黄氏聚族处。亦名雁塔。后枕龙峰，占一邑溪山之胜。"

　　由此可见，塔庄地名的由来与"雁塔"有关，是因黄唐中"释褐状元"而在当地建"雁塔"之故。

小说

化　鹏

林成龙

这是一座空中巴比伦，一座科幻之城，一座现代的世外桃源。

五尺古巷，万丈高楼。

欢迎您到——天堂城！

这幅巨型的广告牌有五层楼高，立在古巷三岔口的中心，与对面的香格里拉大酒店相得益彰，几幢炫蓝的高楼直入云霄，楼尖白云环绕，在早晨的阳光照耀下熠熠生辉。

F城的早上已显出酷热，比天气更热的是抢购队伍。抢购天堂城楼花的队伍已经排满了几条街，少说也有几万人。他们从 24 小时前就开始排队，全家人、情侣、亲友团轮番上阵。他们的脸上洋溢着狂热与渴望，对即将成为世界富豪楼盘的业主而兴奋，同时也带着一丝可能错失良机的忧虑。他们热情地聊天，好像因此就成了富豪的邻居。见我走来，他们像一群围着腐肉的秃鹰似的警惕地盯着我，分明是在警告我：你可别想插队呵。前方人群乱成一团，警笛嘀咕嘀咕地响，有人因为排队打架。

我暗自好笑，他们以为"抢到了，就等于进了天堂"。他们不知道，我正是天堂城的第一代住户（准确地说，大哥才是）。

来之前同事们为我饯行，他们每人敬我一杯酒，并送上一句祝语。

这是我大学毕业后第一次饮酒。我向他们保证一定完成任务。这也是我的使命。

看到天堂城的广告旗插满街道，每个人手都拿着天堂城的宣传手册，这么多人因为我的广告吸引，排队抢购。作为天堂城的广告设计者，我还是抑制不住地自豪。

20年后，破旧的百年古巷终于迎来了新生，20年前，瓜先生以极低的价格买下了它——当时对面的香格里拉大酒店正打地基——现在这里地价已升值百倍，但这里的售价不过是邻街的三分之二，瓜先生是为了回报大众。你只需将今后30年的工龄抵押给瓜先生的银行，就可以拎包入住了。

即将建成的二代天堂城，打破了200多项吉尼斯世界纪录。

自然不同于30年不剪指甲、75年不洗澡、做一个足球场大的比萨饼的吉尼斯世界纪录，那些纪录纯粹是懒惰，或者浪费粮食的捣蛋。天堂城那是跨越人类建筑史、货真价实的世界纪录。就在这7条小巷子里，耸立起万丈高楼、30万住户、百万人口的大城。你以为是在造梦吗？是的。

瓜先生——世界闻名的地产商、慈善家、佛商——天堂城的缔造者。

25年前，瓜先生心怀慈悲，感叹地少人多，感念劳苦大众居无定所，无厕所，无清洁饮用水，恋人不得同居，家人不能团聚等种种困厄。

他在佛前苦思冥想的49天，熬死了48890只蚊子，终于在第48891只蚊子死前，头脑里蹦一句话："一粒芥子，一个大千世界。"终于悟道，他就有了天堂城的构想。瓜先生当即倾尽财力建起了第一座天堂城，之后在K城陆续地建起许多座一代天堂城，并在天堂城里建立了所有的商业业态，自主供电、供水、供气。足不出城你就可以找到心仪的工作，可以在此购物、娱乐、就学、就医。不用担心某人突发疾病，因为瓜先生都为你想好了，楼上楼下就有他的医院，不出城就能享受巴厘岛的风光，可以摘星辰，可以欣赏嫦娥月宫舞——瓜先生的周到设想，让出生底层的人不仅拥有了房子，还过上了幸福无边的小资生活。

天堂城还有一个神奇之处，就是这里一年四季没有杂草、蚊虫、苍蝇、蟑螂、老鼠，花园里种的全是以假乱真、四季不败的塑料花草。

刚住进天堂城时我也奇怪，到了第六年（大哥住了五年），也就是从开发后第11年，蚊蝇蟑螂老鼠突然多了起来，用什么药都无用。老鼠从下水道爬到128层，连138层上面都飞舞着蚊子、苍蝇、蟑螂。大家无计可施，我们与物业交涉多次。

偶然听到一个年老的保洁员说，只有请瓜先生出马。这种小事敢请瓜先生?! 大家都觉得他不正常。

"是的，只有瓜先生能解决。"那人却自信十足，仿佛他知道了不为人知的秘密。

物业公司向上层汇报情况，几天后得到消息：每户交3800元。交这么多的钱让我们无法接受。可杂草从石缝、瓷砖中不断钻出蔓延，蚊子飞到238层。我们穷尽办法，直到精神崩溃。又拖了一个月（在此声明瓜先生财团的办事效率是相当高），那一夜我们十万业主开了大会，最后形成决议：请瓜先生。签字逐级呈报财团高层。第二天就得到回复：同意，请候。

于是我们度日如年地等了一天又一天，可我们又不敢问，瓜先生那是日理万机，既然老人家答应出马，就一定会做到。我们只能到物业处有事没事地闲扯。他们也明白，总在最后说，瓜先生一定会亲自解决，我们财团从来诚信第一。

某个月黑风高之夜，天堂城突然停电。这个我们早有准备，物业早告知，如果某天突然停电即是宵禁，你们只能待在家中，关好门窗，拉上窗帘，不问为什么。十分钟后，来电了，但宵禁未除。

所有的五害消失无踪。我们无不神清气爽。上班前我见到有个戴墨镜的男人挂着黑色的棒子，在墙角一路边找东西。我以为是盲人，上前问他是否需要帮忙。

他说："昨晚瓜先生来了。"

"听说是的。"

"你知道怎么除五害的吗？"

"应该用了什么高科技吧。"

"你错了。瓜先生拉过尿的地方方圆十里不长野草，不生鼠虫，所以每一项目动土前的一个月黑风高之夜，他必在18个保镖层层包围保护之下，在他项目的工地上撒一泡尿。"

"谣言吧。"

"你不知道，美国陶氏、韩国LG、日本三菱、荷兰菲利普，他们费尽心思想要瓜先生的尿液。瓜先生的尿液那是财团的最高机密，由美国最高级保险公司10亿美元承保。他身边的助理秘书和18个保镖，那是个个比魏忠贤的锦衣卫还要忠心耿耿，所以哪怕是半滴瓜先生的尿液也不可能外流。

"我这不是拐杖。是万能空气探测仪，可以收集分析空气中任何化学成分。只要我找到了，哪怕是一些蛛丝马迹，我就发大财了。"透过墨镜，我都能看到他红得发紫的一对眼球。

如此算来3800元的除害费一点也不贵；十年功效，平均一年下来也就380元，一天不过一元多一点，十分合理；而对瓜先生来说，却是十分钟3.8亿元的进账，真正的经营之神！

我在想，瓜先生会在哪一条巷子里撒尿呢？是在古巷的中心街撒一泡，还是每一条巷子的角落都撒一点？像所有的食肉动物标识领地那样。

那是我们住进天堂城的第一个中秋节，妻子说想赏月。天堂城楼有万丈高，是最佳的赏月之地，当我同妻子坐在窗台前，玻璃窗外却是一片黑暗。正当我们失望之际，电话铃响了，我拿起话筒，里面传来银铃般的女声："您好，尊敬的天堂城业主，赏月服务，请支付＊＊元。确定请按1。"因为那是我们的第一个中秋节，平时忙忙碌碌，难得两人一起赏月，于是我毫不犹豫地按下1字键。我由衷地佩服瓜先生公司的高效。瞬间，窗外一片明亮，如披着牛乳轻纱，空中一轮皎洁的圆月。妻子情不自禁地吟起了《春江花月夜》。我记得她优美的声线："春江潮水连海平，海上明月共潮生……"几分钟后乌云盖月。我们想这是常事，可等了十几分钟，乌云一动不动。我们正在扫兴之时，电话铃又响："您好！尊敬的天堂城业主，拨开乌云，请支付＊＊元。确定请按1。"为了这个良辰美景，我按了1字键。没敢让妻子知道，那可要她一个星期的买菜钱。

又来一个电话："升级为会员客户，三百六十五天享受赏月服务，我们推出月卡、年卡还有超级十年VIP……"我拔掉电话线，放好话筒。

如果我说瓜先生欠我钱，你们一定认为我不是疯子，就是骗子。瓜先生那可是世界级的富豪、慈善家，他捐出的善款不知有几个亿，怎么会欠小人物的钱？一定是我想钱想疯了。

只要跟他的公司合作过的人都了解。

一个项目成本多少，分配给你多少利润，他的十八名国际级会计师都计算好了。你需用几个人员，花多少工时，加班几天，吃了几碗叉烧饭，喝了几升纯净水，上了几次厕所，用掉了几张卫生纸，都计算得清清楚楚。在这成本之上，他们会大方地加上些利润，他们称之为"合理利润"。不管你的谈判技艺有多高，你有多大的能耐，你提供的服务和产品是多么的不可或缺，等你收到三个月、六个月、一年期，甚至两年期的商业汇票时，"合理的利润"又回到了瓜先生财团的账户中。

我们3个月心血换到的是一张6个月的商业承兑汇票。为了这个项目我们推掉不少别的订单，这对我们这些贷客族来说，日子没法过，我们每个人每个月都有一堆的贷款要还。瓜先生的员工很善良，看出我们的难处。她说，你可以找我们的银行贴现。我到了银行，知道他们才收0.2%的贴息，我以为不贵，比别的银行要低两个点。她又说，贴息是按日计算。这么算下来我们还能剩下什么？

或许你们可以说，那你为什么不起诉他的公司？现在是法制社会。对了，法制社会！他的18位金牌律师会拖到你破产，甚至让你坐牢。他们可以从你的鸡蛋中挑出100条恐龙骨来。到那个时候，唯有你的妻子抱着幼子，携着老母，一起跪在瓜先生的金顶别墅大门口前，等待他的18级防弹车经过大门口时，仁善的他缓缓地摇下车窗，露出弥勒佛般的笑容说："算了，年轻人嘛，应该给他们机会。"而后你的全家人不得不感恩戴德地满世界宣扬瓜先生的仁义道德，结果你拿回来的钱还不够支付律师费和开庭费。还有过一根筋的憨仔扬言抗争到底，结果一分钱没拿到，最后只求不用坐牢。

只有大师能帮上忙。大师是瓜先生的智囊，是少有的有良知的公共知识分子。大师有大德，他一直在为底层人、无产者努力。一次他在演讲时，一个女孩给他端了一杯法国依云矿泉水，他当即把200万的出场费给了女孩当小费。那个山区来的女孩子的命运一下子改变了，从此不当服务生，过上了幸福美好的生活。

同事们认为只有我可以与大师对上话。我充分理解了大师的理论，并化成天堂城的创意，在众多标书中脱颖而出。

只要大师在瓜先生面前说几句好话，让他的财务部收回汇票，给我转账付款。自然瓜先生不会管这小事，正因为是小事，所以才管用。

大师是我大学生时代的偶像。大师最著名的经济学理论——狭义经济学杠杆原理、两个老太太幸福相对论、广义经济学万有引力，组成了现代商品经济学的三大基础理论。为世界经济发展，特别是发展中国家的经济发展，做出了非凡的贡献。他是极少数享受联合国专家津贴的经济学家。

传说瓜先生从佛经中悟出天堂城，那是给瓜先生绝顶的脑瓜上贴金。他怎么可能有这样的智慧呢？

大师才是天堂城的总设计师。大师研究空间发展学，他的空间拓展城市学得到联合国建筑委的官方认证。大师还出任美国宇宙发展基金会成立的太阳系房地产开发联盟的首席经济官。

每次房价下跌，大师便会对媒体讲话，当天房价就涨。我们这些有产者自然高兴，我们为大师的万有引力欢呼，大师保住了我们的资产并不断地升值。他是股市与楼市的救星。他设计了天堂城，更是广大群众的救世主。自从 30 年前大师加入瓜先生的团队，他让瓜先生度过了几次的区域级经济危机、两次世界级经济大危机，瓜先生的资产由此增值了 1000 倍。我们资产也增值了几十倍。可我们的资产就是美女放的屁，闻得到，摸不着，更别提变现了。

妻子说，人的智慧与身上的血统有关。

我说，这是种族歧视。

今天大师来我们医院体检。

你见到大师了？他可是我的偶像。

我们血检科是见不到人的，但见到了他的血样。

怎么样？血常规正常吗？像大师这样的好人可得长命百岁。

天才就是与众不同。前辈说这样的血液，在我们医院只见过两人。一个是大师，另一个是瓜先生。

有什么不同吗？

大概世界五大洲都有这样的奇人吧，类似门萨俱乐部。拥有这样血液的人，在世界五大洲中属极少数，也许比门萨俱乐部的成员还要少，千万人中才有一人，甚至是亿人中才有一员，只有顶级的天才才有。

他们也成立了俱乐部？血统萨俱乐部？

应该有，只是外人不知道而已，他们做事相当机密。前辈特别交代我：要保密。

那你们分解出什么来？

乙烯、丙烯、甲烷还有不少其他成分。

那不是石油吗？

妻子沉思一下，也可以这么说，他们全身都是宝，自然还是含有一些血红素，只是比例较少，前辈说瓜先生的血红素更少，几乎没有。

她沉默了片刻说，所以我们的决定是对的。

我莫名其妙，什么决定是对的？

不要孩子啊，我们的血统不行。

我愤慨，不是我们的血统不行。不如说是我们还不起奶粉贷、纸尿裤贷、爽身粉贷等等一大堆的贷款。

她点点头。

为了省下每个月的杜蕾丝贷，我们已经8年没做爱了，虽然我们是那么地深爱着对方。

我来到瓜先生超市的生鲜部。穿绿马甲的营业员说，这要向部长预订。我说，有那么麻烦吗？是的，并不是你想买就能买的。我问她多少钱，她在纸上写了个数字。一颗相当于我一个月的薪资。我说，订两颗可以吗？当然可以，不过你要提供证明。我愤怒，我是顾客，可她那是什么态度？我不想跟她争论。我说，我是替大师订的。你认识大师？她一脸的狐疑。于是我拿出天堂城广告合同的复印件给她看。大师要出席F城的预售会，我必须给他送去。她露出8颗牙齿的笑容，"您请稍候。"在电脑键盘上敲了几下，抬起头又对我露出8颗牙的笑容说："您预订的S-Ⅱ，会在18小时48分6秒后准时到货。"这么精确？"当然，届时您需要我们送货上门吗？"不用，自取。

当我打开包装盒，拆开锡纸，里面是一个盒子。她输入盒子的密码。青苹果上还散着一缕轻烟，仿佛刚从果树上摘下。我闻到了苹果香，苹果的香甜味让我想起了童年。妈妈工作的酒店，一对美国夫妇听说单身妈妈带着两个孩子，他们同情地分她一个苹果，说："这是智慧果，拿回去给你的孩子吃，他们就会变得聪明，等他们长大后，你就不用当清洁工了。"我这才知道儿时吃的苹果正是大师最爱的S-Ⅱ。

那时我们一家三口住在一间6平方米的出租屋里，没有厨房没有卫生间没有淋浴房。那时很穷，大哥却很乐观，他总说：等我大学毕业，挣很多钱，让我们一家都住洋房。

大哥大学毕业后跟女朋友结婚，住进了第一代天堂城。

他们说大哥是因为写诗才走上绝路的，因为写诗，人就颓废，人一颓废，就酗酒——我不相信，大哥是相当务实的人，他从不写诗，从不看任何文学作品。我对妻子说，我们努力工作，好好生活，将大哥他们没过完的幸福生活一起过。

几年后，我在房间的暗格里发现了一个匣子，上面印有巴洛克体字样，里面有一本日记本，一把裁纸用的水果刀。我打开日记本，看到其中一首诗：

　　秀外慧中的新娘子
　　你将成为幸福的老太太
　　自由的年轻人
　　擦擦手
　　摸一摸伟大的S-Ⅱ
　　30岁的老头儿
　　坟墓里伸出的长指甲
　　资本的耕牛

日记本里写满了这样的诗歌，那些诗像爱伦坡的小说一样诡异难懂。

从 K 城到 F 城乘飞机需要一个小时，我又买下了保鲜盒，保鲜盒上的巴洛克体 S-Ⅱ字样似曾相识，一共花了我 5 个月薪资。十分感谢瓜先生的人性化，他的银行给每一位天堂城的业主办了一张记贷卡，当你应急用钱的时候，可以用它。我签下了水果贷与保鲜盒贷。

我知道大师会先到预购会的现场。露个脸，对崇拜者们发表演讲，现场一定像明星演唱会一样的热烈。他挥挥手，讲几句话名言，也许是杠杆原理、万有引力，最可能讲两个老太太，那是最具吸引人的故事：在美国有一个姑娘叫翠茜，在中国有个姑娘叫翠花，50 年后……而后他在助手们的簇拥下回香格里拉。这个时候会有很多记者跟随，大师喜欢这种众星拱月的感觉，他喜欢被众人追逐，崇拜。他亲切地笑，边走边说，一段两分钟的路程，他会走上半个小时。

我换上服务生的制服，在大堂往电梯方向的通道上，为他削苹果。

大哥第一次削水果就现出惊人的天赋。他一只手握着苹果，一只手拿着菜刀，那菜刀比妈妈的巴掌还要大，可他使得十分趁手。他握着菜刀，一点一点地用力，刀刃逐渐切开果皮，慢慢地分开了绿色的果皮现出乳白色的果肉，果香溢满全屋。他夹了一片果皮放在我口中，又递给妈妈一片。她说吃过了，他就放进自己嘴里咀嚼。那一个苹果我们吃了整整一个冬天，直到第二年的元宵节。

等大师讲得口干舌燥之时，我就献果："大师，这是从美国空运来的 S-Ⅱ青苹果，您的最爱。"我必须精确计算，大师迈出的步数与我削果皮的速度，不能太快，也不能太慢，必须在大师走到我面前时，刚好削完果皮，我右手拇指与刀刃间刚好拎着长长的果皮条。

就是这个时候，他走近我，看着我，对我笑。他的笑容那么亲和力。我也对他笑。他一下领悟了我的用心，伸手来拿苹果。没有人会注意，我的张小泉牌水果刀的刀尖正对着他的心窝。我研究过人体解剖图，只要往前一送，刺进他的心窝，那最软弱的地方。刀尖往上，再往左一剐——妻子说他的心脏与常人不同，往右侧偏——我无法接近瓜先生，但是刺杀了大师也一样，他是瓜先生的大脑，大脑死亡了，我的使命就完成了。

"就是这个味。"大师咬了一口苹果，转身对记者们侃侃而谈。现在他是后心对着我，可我没有荆轲的功夫。他的后背有肋骨和脊椎骨保护，而且水果刀也不是鱼肠剑。我开始削另一个苹果，等待时机。

大师再转过脸，瞪大眼睛盯着我："你是谁?"大厅一下子静得能听到汗珠落下地毯的声音。我暴露了? 只能冷静。我必须立即行动，不能再犹豫了。想到我的那些同事们；还有排成几条街的人们，那一双双渴望而蒙昧的眼睛；大哥的诗。这是大哥开锋的刀，我要完成他未完成的使命。

"我是广告设计公司。"我都不清楚这话是谁说的。

"哦，这次天堂城的广告是你设计的啊? 我喜欢这创意。"他向我靠近了一步，心窝再次暴露。

"难得你知我心——"

我闭上眼，在心里大叫一声，一把用劲地往前刺出。

"我会让瓜先生将天堂城今后 20 年的广告代理权签给你。"

他笑了，拈起我手中的苹果。我喘着气，发现刺出去的是拿苹果的左手，右手上水果刀的刀尖反而对着自己的心窝，颤抖不已。

大堂里一片欢呼声。

他张开大口，咔嚓咬下一块果肉，他嘴里含着果肉和果汁说："没什么，举手之劳嘛。"

大师华丽转身，在助手们的拥护中走进了电梯，留在大堂的记者们纷纷赞叹大师的仁义。

我独自愣在原地，直到清洁工过来，收走盘子里的果皮。

我的大脑里出现了无数个巨型的"20"在旋转，像哥斯拉的巨口一次次向我扑来。对不起大哥! 我是个懦夫。

我张开双臂，化成大鹏，展翅空中，俯瞰着酒店下方的七条古巷，巨型广告牌扑进我的视野，高耸入云的摩天大楼闪耀着银蓝之光：

欢迎您到——天堂城！

困在九楼的世界

翁晓玲

有这么一句话，一丈之内方为夫。近了，不容易保鲜，产生倦怠；远了，就容易引发问题。更远了呢？许多故事就被卷入这样的时空交错之中发生了本不该有的故事。

那天，她给女儿准备好衣物和零食，督促女儿早点起床，吃过早饭要去上钢琴课。匆忙吃过早饭后，她准备送女儿出门，想起钢琴老师叮嘱过这几天要交学费。阿南一个人远在南非开店。现在七点，南非就是深夜一点。国外开店忙到深夜才有空接电话。莫音给丈夫阿南打个网络电话。电话接通后，随着阿南的移动，她意外看见阿南背后的衣架上挂着一件女性内衣。莫音的世界瞬间倒塌了。那头的阿南正事无巨细地询问家里的情况，她也出奇平静地跟丈夫说着家长里短。

她觉得他们都有很好的演戏天分。只是，自己演得太糊涂，太潦草。5 年了，为了国外的事业，阿南都没回来过！好几次，阿南让她过去帮忙，她都放不下孩子。

5 年了，就这么一塌糊涂地过去了！

莫音整天盯着这被醋水浸泡得发白的双手。双手被泡得起了许多皱褶，如同无血色的生活。那天以后，她每天都提不起劲，就喜欢这样全身泡在醋水里，直到全身无血色的发白。她疯狂购买醋，厌烦了商铺老板们满腹狐疑却快乐的目光，只能开始了网购。

故事就这样发生了。

电话里响起一个年轻的声音，阿姐，你的快递到了。在哪一栋楼呦？

声音划过耳边，突然让她想起海浪拂过砂砾。莫音放下手上的指甲油，出门去了。这是两个月以来她第一次出门。路过金店的落地玻璃窗，她看了一眼自己，蓬乱短发，洗得发白的睡衣外面套一件早已洗得发白的大衣。她莫名痛了一下，就转过头看着太阳。明晃晃的白光让她有点晕眩。

可见到白可山时，莫音想起这道明晃晃的白光。

阿姐，箱子好重哦。我帮你送到家门口吧。白可山说。

莫音点了点头。

你好特别哦。现在都流行美甲了，你还用黑色指甲油？哇！黑白分明，一点不含糊，够特别！

我讨厌太糊涂。莫音说。

糊涂一点时间好过，阿姐。

莫音心里一酸。

过几天，她因过度虚弱，摔倒在浴缸旁边。她如一团腐肉蜷缩在漫着水的瓷砖上。蒸腾起的水雾，苍白且空洞。她一遍又一遍地想象电视剧中血染浴缸的场景。可是，她清楚自己没那种勇气。没有死的勇气，只能窝囊地活着。莫音在苟且活着的日复一日中，一寸寸增长绝望和颓废。

有一天，女儿闻着浓重的酸味儿，敲开了她的房门。

妈，签名。

她看了一眼女儿考卷上五十几分，出奇平静地没有发火。签完名，女儿看了看她，低下眼睛，转身下楼梯了。

她砰地关上门，用力拉上窗帘。瞬间，她又把自己关在一片昏暗中。她好累，喘不过气来，什么都不想管了。

过了几天，白可山又来送货。这次，莫音一大早就听见楼下白可山雄浑的男中音在喊，阿姐，阿姐，你下来签收一下咧！他连声音都带着阳光的明亮。莫音不自觉地披了衣服下楼去。

阿姐，你的脸色好苍白呢。是不是病了咧？

不等她回答，白可山又说，我加你微信吧。这样到货了直接通知你。

莫音递过手机。

白可山搬着箱子进院子的时候，莫音觉得他的目光在自己身上、脸上。她突然后悔刚才没化个妆下来，至少洗把脸也好。她拽着衣角、不安的手却落入他的眼里，嘴角微微飘起一抹笑。她的脸方中带圆，虽然显得单薄了些，但又有什么关系呢。她那脸上苍白的倔强和眼里的单纯让他觉得新鲜。莫音看见他年轻的肌肤从白色的衬衫里不安分地透出来，如同坚固的石头。莫音的心早垮了，竟在这看出不屈的力量。

当晚，白可山就在一家小餐馆里向朋友们说，他很快就能摆脱这份令人厌烦的工作了。没有人把他的话当真。白可山自顾喝完一瓶白酒，高唱着，人生得意须尽欢。当然，莫音对这一切一无所知。白可山回到临时租房中时，她正收到丈夫阿南汇来的十万生活费。阿南依然仔细地询问家里的各种情况。莫音仍然事无巨细地汇报。她想，生活就是一场戏。每个人都在努力演罢了。

房子的外墙准备贴瓷砖了。她说。

好，钱不够，我下个月汇回去。他说。

家里冷了吧？

还行。

闺女还好吧？

还行。只是成绩下降很多。

那你要多费心了。

好。

……

听说你最近买了很多醋泡澡，别泡太久，伤身。

哦。

……

终于聊完了，莫音长出一口气。她刚开微信，就收到白可山的语音：

阿姐，今天太忙了，漏送了一箱。明天一定送到啊。

莫音忙回说，不急，暂时够用。

白可山又问，好像酒啊。

莫音又回，不是酒，是醋。用来泡澡的。

……

不知怎么地，莫音拨通了语音，仿佛跟一个认识多年的老朋友倾诉起内心的痛苦和委屈。她哭得上气不接下气，然后按照白可山的说法去洗了脸，蒙头睡到第二天下午。

她见到白可山是两天后的早上。街道上弥漫着浓浓的晨雾，小贩的吆喝声里都沾染着浓重的鱼腥味儿。小城里的人崇尚一夜暴富，纷纷海外淘金。小城的房屋有九成都是别墅，唯有这市场还是几十年前的破落样子。卖早点的摊位已零星坐着几个外乡人。他一眼就看到她。小贩杀鱼的污水流过她的脚边，味道令人作呕。她一脸灰白地坐着，毫无知觉。

你知道我家盖了十二楼，对吧？

嗯。白可山内心咯噔了下，微微点了下头。

从最开始的设计图到最后的选什么颜色的窗帘，都是我。你知道吧？

嗯。

他什么心都没操过，就有这富丽堂皇的高楼。……都是我为这个家操心操肺的。

有、有吧。你说他、他寄钱回来。

对、对……他有钱……都是钱的错。从今天开始你教我怎么花钱吧。

白可山一愣，随即用力地点了点头。他第一次觉得这海边小城弥漫的鱼腥味儿是如此好闻。

莫音拎着一瓶橙汁回家，山嫂正在对着一锅放在冰箱里冷冻过的隔夜菜吃得哧哧作响。莫音头一偏，匆忙上楼了。山嫂盯着她手上的橙汁，狠狠地刮了她的背影。我呸，败家的女人。家里有开水，还要浪费钱买什么橙汁？喝到肚子都得变成尿！我呸！

莫音的脚步没有停，一仰头，迈开脚步上楼。她对这个嗜钱如命的婆婆早已绝望，生不出任何波澜。

第二天，大家都知道阿南老婆请来了个装修师傅，给家里测一测甲醇浓度。山嫂原本是极力反对的。可是一听莫音说人家师傅好心过来，免费的。她就不出声了。邻居们过来站门口看看，都叫莫音赶了出去。他们说，阿南老婆忒小气了些。莫音一甩脸就关上院门。

下午的时候，大家又听说装修师傅测出阿南家的甲醇严重超标。稍微有点常识都知道，这个后果很严重。原本，阿南老婆想找几个人来把十二个楼层清洗一遍，可是，山嫂心疼钱，说啥也不同意。结果，婆媳两个人自己洗。山嫂毕竟年纪大了，爬上窗台洗窗户的时候滑了一跤，摔到地板上，小腿骨折了。

莫音问阿南要不要回国一趟看望摔伤的母亲。阿南说，刚好是圣诞节旺季，店里忙，抽不开身。莫音知道，阿南对自己母亲有着骨子里的怨恨。上学时候的阿南成绩非常好，有希望保送市一中，可是，婆婆看到别人家孩子出国赚大钱回来，盖起了新房，立马跑学校里要求退学。几次三番下来，学校尽管十分惋惜人才流失，还是经不住山嫂的撒泼、哭闹，做出了同意退学的决定。那阵子阿南流光了人生的所有眼泪。阿南说，他在国外打工期间，每次看到高等学校出来的留学生，他都忍不住怨恨他的母亲。她亲手埋藏了他的梦。这些年，阿南在国外都不肯回来，和他的母亲不无关系，于是，莫音也不由得怨恨着她。只有山嫂对他们夫妻的怨恨视而不见，她振振有词地说，要不是当初自己果断决定让阿南退学出国，哪有现在十二层楼、金碧辉煌的家？

山嫂不愿意请保姆。莫音这段时间在白可山的教导下，学会泡网吧，逛名牌商店，去形象设计会所……她根本没有时间照顾山嫂。原本，白可山为了让山嫂有事儿做，不会整天盯着莫音才设计一出请装修师傅的招。莫音只好又找白可山出主意。

这好办啊，白可山呼出一口烟说，我替你去照顾她。

啊？

她不是超级爱钱么？那我就不收钱啊。到时候，你就说我是哪儿找来的义工呗。呵呵。

那你工作呢？

另找呗，总饿不死的。

莫音看着痞子气十足的白可山，突然觉得他那破洞牛仔裤也是十足的有趣。

你老公对你蛮好的啊，钱都归你管。

这是起码的原则。呃……话说回来，我老公摊上这么个妈也是倒霉到家了。少年时，他妈为了让他去国外淘金，逼他退学这事跟你说过了。我认识阿南时，家里人一致反对。因为阿南有抑郁症。没成家前，阿南国外赚的钱都汇给他妈。那么大一个人，每个月他妈给他100元零花钱。他想不开，得了病。后来，我跟家里闹掰了，也跟了阿南，他就把钱汇给我了。

他妈真的抠门。不是亲儿子？

亲的。

白可山穿着不知从哪儿弄来的义工服装来到莫音家。山嫂正指挥着孙女把一盆水端到太阳能晒到的地方。她从不晚上洗澡，嫌弃这样浪费电。白天太阳照晒过的水，照样暖和，照样可以洗澡。

大妈，我是一名义工，专门来照顾你这样大年纪摔伤的。

不要！你走！

来，来，小妹妹，看看这两个字是不是义工？

小姑娘凑过头来看了一眼，就大声嚷道，奶奶，真的耶！是义工。

义工不要钱的，只要提供住的地方就行。白可山又赶紧加了一句。小姑娘点了点头。

你帮我跑跑腿，搬搬店里的货吧。山嫂说完，想了想，又说，说好了，一分钱都没有的。住呢，就住我家九楼。不能白住，要先把十二楼都洗干干净净。

山嫂的零售店在离家不远的街边。就这样，他成了店里的店员，大口吃着山嫂送来的有点馊味的饭菜。当莫音做完 SPA 经过店前，他调皮地比画出一个胜利的姿势。莫音忍俊不禁，停留在他身上的目光越来越亲昵。

白可山的口才极好，逢神说仙，逢鬼胡诌。两三天后，他就和左邻右舍的七大姑八大姨混熟了。有一回，莫音见他正给隔壁的小媳妇们描眉，各种脸型适合的各种眉形在他手里出来，再经过他的嘴里一番说辞，看起来真像是那么一回事。小媳妇们离开的时候，顺手带走店里的一堆零食。又比如，有一回，一个大爷来买跌打酒，正犹豫不决，白可山顺手抓出几颗糖，让他带回去给孙儿吃。如此一来，跌打酒也顺利卖出。原先山嫂积压了好几个月，甚至一两年的货都卖出去了。山嫂起先还喜滋滋的，算下来，还赚了一笔钱。后来听说白可山卖东西，也搭着送了不少东西，脸就阴了。

一天早上，山嫂拄着拐杖来到厨房，发现他正和莫音头靠头地收拾着一条大鲈鱼。她正准备喝止莫音，注意分寸。满屋的鱼腥味儿又让她想起重要的问题。这鱼有八九斤吧？谁买的？多少钱？白可山看了一眼莫音，朗声说，我买的。山嫂瞟一眼正在饭桌上写作业的孙女。莫音，带你女儿去楼上写作业。在这里写作业，太难看了！

莫音站起来，甩甩手上的鱼鳞片。她一言不发地扯过女儿，擦着山嫂的身边过去。山嫂发现她打扮得如同妖精一样，特别是那眼睫毛，弄得长长的，一闪一闪好似要勾人魂儿。山嫂对这从没见过的艳丽感到莫名心慌。

我的腿伤好得差不多了，你可以走了。

白可山坚实宽厚的后背微微顿了顿。晚上收拾东西，明早上就走哦。

他麻利地把鱼扔进水盆里。鱼鳞已经刮干净了，细腻滑溜，如同莫音身上皮肤的触感。他晃了晃头，甩掉脑中的想象。他伸手在自来水龙头下冲干净后，解开衬衫最上面的扣子。高凸的喉结在年轻的肌肉线条里不声不响地潜伏着。

莫音让女儿到书房写作业，自己在客厅里支着耳朵听。白可山的脚步从一楼慢慢地走上来，似乎在她的门外停了停，然后又不紧不慢地往上走。他住九楼，她的心随着他的脚步声一点点往上，爬到九楼。

当晚，她等女儿熟睡了，轻手轻脚地上了九楼。她局促地说，我来看看你收拾得如何。临时编出来的借口让她自己都不相信。她的脸迅速烧了起来。她觉得五年前的自己活过来了。勇敢、热切、飞蛾扑火。白可山来了，她不再痛苦沉沦。若白可山走了，她怕生活重新回到绝望和麻木。她不想再痛苦，所以一定要留下白可山。她做出这个决定后，全身轻松而愉快。哪怕他是她生活的一剂止痛药，她也要让药效发挥到最好。

白可山的笑容溢上了嘴角，又漫向眼窝。她果然上来了。他对她的这些投入和用心完全没有白费。她那细长的丹凤眼笑起来也很生动。白可山看着眼前的猎物，伸出手一点点地把她拉向自己的怀抱。他在她额前轻轻啄了一口。

我早就给你准备了礼物。如果你今晚不来找我，我明天走之前也会给你。

莫音早就被他啄得晕乎乎了，机械地接过礼盒。里面是一张店面的租赁合约。她疑惑地抬头看他。白可山温柔一笑，店面地址就在街对面，一抬头就能看到你的窗台。老妖婆赶不走我的。莫音听完，激动地抱住他。

不过，现在我面临一个小问题。我的钱都租了店面，吃饭暂时成问题了。

我有。我们一起花我的钱。

白可山听完，嘴角急速上翘。她不会是他想要的将来，但这并不妨碍他现在的寻欢作乐。再说了，他现在需要钱。

一年前，他在股市里败光了父母给他买房的十万元钱。之后，他又应聘到一家房产公司，当了半年的销售员。他无法适应那种巧舌如簧的生活，不久就辞职了。后来，他跟一朋友来到这里当送货员，太累了，他也无法适应。她是他的机会。

我们要想办法赚钱，不然坐吃山空。他拥着她，轻声在她耳边呢喃。

不急，我的私房钱有一百万呢。她边享受着这厚实的拥抱，边说。她是那流动不安的水，他就是那厚实的玻璃杯，把她装起来。她望着茶几上的一杯水，陶醉地闭上眼睛。

一百万！白可山嘴唇微微颤抖，话都说不利索。内心却在为自己欢呼。

过几天，人们就发现之前在山嫂店里待过的义工，竟然也开起了一家零售店。店里的货物价格超级便宜。很快，山嫂店前几乎门可罗雀。她坐在店门前，拉着每个经过她店前的顾客，絮絮叨叨地骂白可山。白可山依旧一副谈笑风生，豪爽大方的样子，笑得春风得意。没有生意的时候，他就在店前支起遮阳伞，看着电脑。电脑上那两条红绿线在他眼里交织出冒险和贪婪的光。更多的时候，他就躺在躺椅上，半眯着眼在山嫂的谩骂声中睡觉。人们都在感叹他的好修养。假如此时，有人通过他的视觉的话，就会发现他只是在盯着对面豪宅里的侧门。那真是一扇神奇的门。每天深夜就会为他打开，让他回到九楼。

莫音买了辆奥迪。有人似乎看见过她车上坐着个年轻男子，只是这传言很快就没有了。莫音除了偶尔去接上一年级的女儿回家之外，几乎足不出户。小姑娘上学、放学都会经过白可山的店前。白可山热情地递给她各种棒棒糖，小面包等等各类零食。小姑娘见了她，大老远就会白叔叔地叫。有一回，白可山在熟睡中感觉到有人正轻轻撩拨他的眼皮。他含糊不清地说了句，莫音，别闹了。突然，他内心打了个激灵，腾地坐起来。当他看清，趴在自己躺椅边是小姑娘。她正因为恶作剧成功而咯咯笑着。他顿时松了一口气。

白叔叔，你怎么知道我妈妈的名字啊。

别人都这么叫哦。

哦——

小姑娘拎着几袋零食，蹦蹦跳跳地回家了。白可山怅然地望着：小姑娘长得浓眉大眼，一点都不像莫音。面对小姑娘时，他总会想起那个陌生的男子。内心的一角总是顽强地冒出一丝不安。因此，他的内心总不如外表那样对小姑娘热情、喜欢。甚至，有一丝丝的厌恶。他站起身，看到对面落地窗里，莫音正隔着玻璃向他飞吻。他似乎看到她那平凡的五官正变得庸俗，烦躁地回到店里。

店里已经没多少货了。看着这狭窄的小空间，他决定离开。他有着天生的预感。凌晨，他从莫音床上起来的时候，觉得有一双眼睛在盯着他。山嫂有可能已经发现什么了。他必须离开了。

三天后，莫音在机场追上白可山。她从身后紧紧拥住白可山，禁不住靠在他背上啜泣。莫音说，走吧，带我走。我一个人待不下去了。

白可山犹豫了一下，轻轻点了点头。

莫音，你的钱在股市里输了。

我不在乎。

你太天真了。他不想隐瞒她，却也不想欺骗自己。莫音从没有见过那么沉重的微笑挂在一张年轻的脸上。她觉得快要把握不住他了，慌了。

我真不在乎。

可我在乎。他心里说。

接下来的半个月内，他们开着奥迪车，一座接着一座城市自驾游。某天晚上，莫音从豪华酒店的窗口望去，说，要是有一盏灯火属于我们俩该多好啊。白可山不置可否。酒店的灯火映照着她浓妆艳抹下平凡的脸蛋。他对她的话陡然生出反感。

一天下午，他们在一座城市通往另一座城市的高速服务区吃了午饭。莫音吃到一半，白可山说出去买瓶水，就走了出去。她等了一会儿，不见他进来，心莫名地慌了。她匆忙站起来，胯骨撞到石桌上，顾不得疼痛，跑到了餐厅外。她不顾一切地大喊白可山。服务区内的顾客们帮他找起来。最后，一名服务员打开监控。他们看到白可山上了一辆私家车。刚好在监控的盲区，没拍到车牌号。

莫音泪流满面地一遍遍拨打着不停提示对方已关机的电话号码。她还没告诉他，山嫂已知道了。面对着亲友的苦心劝阻，她还是选择了跟他走。

她的世界困在九楼。

不上岸的人

俞道涵

从半岛尽头的灯塔向东南方的海面望去，岛的轮廓已经在雾气中显现出来。天还未破晓，灯塔的光反射在海面上，随着海潮的涌动泛出一阵阵闪烁的光斑。在光斑中央，浮动着岛的漆黑的影子。在半岛的另一边，北部海湾中，分散着大大小小的岛屿，而在这一边，却只有这么孤零零的一座。如今，岛上只住着那个在漫长的岁月中失去了名字的老人。半岛上的居民称呼他为"岛上的人"，有些人则叫他"不上岸的人"。

老人披上棉衣，从屋子里走出来，仰起那张僵硬的脸朝着灯塔看了看。四下很安静，挂钟的声音从屋子里传出来。这是一只没有秒针的老挂钟，但机芯仍旧发出不间断的嘀嗒嘀嗒的声响。11月以来，天亮得一天比一天迟，老人却始终在固定的时刻醒来，就像他身体里有什么东西会唤醒他似的。雨在夜里停歇了，院子里，湿漉漉的空气带着寒意蔓延过来，渗进他的皮肉和骨骼。老人紧了紧棉衣，摸黑穿过走廊，走进厨房，过了一会儿，传出米粒碰撞的沙沙声和水流的声音。

柴火在炉子里烧得噼啪作响的时候，老人的狗醒了过来。它迈进老人的厨房，对着灶台扬起头，没有叫唤。老人伸出残缺的手摸摸它下巴上的绒毛。

"别着急。"老人说。

狗便在他脚边卧了下来，在炉火投下的阴影中等待着。

他们吃过早饭，天色已开始泛白，但浓雾还没有散去，因此灯塔的光也没有熄灭。残留的雨水从院子里的樟树叶上滴落下来，在树干下积成一个水洼。老人回到卧室里，在窗前的桌子上撕下一页在夜里被雨水打湿的日历。他将日历放在桌子上干燥的地方，用粗大的手掌小心翼翼地捋平，堆放在角落里。同这一张日历一样，那里已经堆满了其他在过去的日子里被撕下的作为这些日子存在过的证据的纸张。多年来，老人一直重复着这样的动作，已记不清是从何时起养成了这个关于时间的癖好。

他望着堆积如山的纸张，心想，又过了多少个这样的早晨。每个早晨都是平淡无奇而又不可预料的，即使是对他这样经历了许许多多个早晨的老人也是一样。到夜晚来临的时候，你或许会对这一天做出一些大同小异的总结，但早晨却总是早晨，日子都是从早晨开始的，他想。当他审视自己的命运的时候，总是有那么几个早晨率先浮现出来。如今，他不再回忆那些日子了，他的回忆已经变得干瘪抽象，只剩下海浪、海鸟、岩石、木船、龙眼树、米粒这样寻常的东西。

"但早晨终归是早晨。"老人不禁念出声来。

他的目光回到那页崭新的日历上，他才想起自己差点把星期二给忘了，对他来说，星期二是离岛的日子。他望了一眼墙上的挂钟，时候还早，窗外，一队海鸥正停驻在远处海边的岩石上。他搓着手，在心里盘算着。由于麻风病的缘故，他的手指早已坏死，十根手指都只剩下最后一个指节，两只手上布满了黑色的斑痕和很深的皱纹。他的脸上也有一些黑斑，疾病使他脸上的肌肉变得麻木僵硬，不再具有什么表情了。

老人换了一双长筒的橡胶制的雨靴，里面裹上厚厚的袜子，从院子前的石阶上走下来。他顺着倾斜的土路走到临近海边的低洼地带。天已经完全亮开了，透过海上还未散去的雾气，可以勉强分辨出海天之间的界线的大致位置。

那只狗在他前面跳跃着，而老人走得很慢。它不时回过头来看看他。

在老人身后，他听见风把龙眼树林的叶子吹得沙沙作响。

过了一会儿，他绕过山脊，穿过遍布着碎石的小路，出现在了山坡的另一面。朝南的山坡上，零零散散立着一些石刻的墓碑。老人心里清楚，那一共是16块。每一块都是他亲手所刻。在那些死者中，有的年纪轻轻便死了，有的比他年长，但没有一个人能够活到像他今天这样的岁数。他们无一不是麻风病患者。

这至少是30年前的事了，他暗自思忖道，也许更久。

如今他正在刻第17块墓碑。那是属于他自己的墓碑。这块墓碑他已经刻了很久，刻到了最后一个字的最后一笔。起初他刻得很快，因为不知道什么时候死亡就会不期而至，可当他发现自己余下的时光竟是如此漫长的时候，便放慢了雕刻的速度，想着还是把死前最后一件事情做得精致一些。每天下午，他都会拿上最细的凿子，小心翼翼修改着那些本不需要修改的字迹。做这事时他什么也不想。过去他曾等待过许多时刻的降临，现在他什么也不再等待，甚至也不再等待死亡。对他来说，如果死亡要来，那也是自然而然的事情。

老人缓慢地在山坡脚下的洼地上行走着，他的狗在前面很远的地方冲着他叫唤。老人没有加快步子，依旧以恒定的速度走着。他的身子缩成一团，脑袋垂得很低，左侧的肩膀微微倾斜，在泥上留下两道深浅不一的脚印。

狗从远处折返回来，围绕在老人边上。

到了船上，老人重新清点了一遍需要带上岸的东西，才解开系在岛上的绳索。这会儿，狗安静了下来，趴在船头，听着海水的声音。清晨湿冷的海风从北部海湾的方向吹过来，海面上白茫茫的一片，桨声和老人的喘息声相互起伏着。

老人足足划了一个钟头，船靠岸的时候雾气已经完全散去，在云层的间隙间甚至能看到白色的阳光渗出来。海上一片青灰色，海浪打在离码头不远处的礁石上，在靠近海面的地方留下一层深色的痕迹。

码头上聚集了好些人。他们大多是渔夫，借着浓雾散去的当口儿，准备出海。他们的船比老人的要大上许多，柴油机的声音在码头上此起彼伏。他们看见老人的船靠了岸，一个年轻的小伙子帮老人将绳索套在岸上的木桩上。有些年纪较大的渔夫暗自叹着气，忍不住多看了老人几眼。他们谁也没有走近他，也没有躲得远远的，仍旧埋头干他们自己的事。

老人坐在船艄上喘着气。汗水浸湿了他贴身的衣物，冷风一吹，让他不禁打了个寒战。码头上，一只只渔船接连驶离了海岸，消失在远处的海面上。沿着通往码头的小路，一位身材高大、瘦骨嶙峋的老渔夫背着一个装得很满的口袋缓步走了过来。老人的狗直起身子，冲着他叫了起来，叫得很凶。

老人按住狗的脑袋，让它安静下来。

"天气变凉了。"那渔夫说道。

他将口袋卸下来，老人接过口袋，拎到船头上。

"一共是20斤米，还有一桶油。"老渔夫说，"还有一些石榴和腌制的肉。"

他掏出一盒烟，递给老人一支，帮他点上。

海上的风很大，两人一同护着火才把烟点燃。

老人用粗大的指节末端夹着烟，放在嘴边吸了一口。

在扩散的烟雾间，他望见码头上最后一只渔船驶离了海岸，轰隆隆的引擎声回荡在空荡荡的海面上。

渔夫坐在海边的木头桩子上，老人则坐在自己的船上，他们不紧不慢地抽着烟，谈论起天气、海洋和鱼群。尽管他们已经很久不再出海，也很久没有再见到那些真正的鱼了，但他们对海洋还是十分熟悉。对他们这样一辈子生活在海边的人来说，海洋是他们长久的朋友。这是不会改变的，因为海洋总在那里，他们清楚它的脾气，清楚它什么时候仁慈什么时候残暴，就像他们了解自己身体上的疤痕一样。他们知道他们这一辈的人都在加速老去，但大海永远也不会老。他们谈论起年轻小伙子中那些能干的人，哪些人继承了他们年轻时的技巧和决心，成了一个出色的渔夫；哪些人离开了海洋，不再做这一行当了。他们谈论起海产养殖的买卖和捕鱼技术的革新。老渔夫知道老人仍在用最古老的方法捕鱼，用钓索、渔网和手臂。如今，捕鱼对老人来说也变成了一种吃力的消遣。他们又谈论起过去的人和事，谈起就在前天夜里，他们的一个朋友离世了。

那也是一位麻风病人，在麻风病被治愈的前夕到岛上住过一段短暂的日子。他被隔离到岛上的时候病得并不严重，看上去和正常人没有什么两样，幸运的是，在病菌还来不及对他的身体有什么影响的时候，麻风病就被治愈了。

老渔夫吐出一口烟，平静地说起他的死亡，也说起他回到岸上后那些平庸的日子。

老人听着这一切，又点燃了一支烟。他的小船随着潮水上下晃动着，他的身体也跟着一起一伏。

"我已经记不清他的样子了。"老人说，"近些年这样的消息太多了。"

"谁又记得呢？"渔夫说，"我们都太老了。"

海上，那些渔船都消失不见了。一波又一波的潮水向着岸边涌来，随后又退去。潮水在悄无声息地上涨，淹没了原本在海面上露出的礁石。

"时代在变呐。"老渔夫望着潮水说道。

"是这样。"老人跟着他的目光，向着无边无际的大海望去。

海面上，白色的太阳从云层后面升起来了。在云层的遮挡下，柔和的苍白的光线穿透过来，反射在青灰色的海面上。

可是大海却没有变，老人想，就算它变了，它又能变成什么样呢？

他已经领教过它的变化了。他也领教过这个时代的变化，并且做出了他自己的选择。这也许是一种懦弱的选择吧，老人时常这么想。不过好歹我做出了选择，他想，这并不是那么容易的。

下午，半岛上来了几个游客。他们攀上半岛尽头的灯塔，在最顶层的窗口对着大海望去。在迎面而来的海风中，一对年轻的夫妇嘀嘀咕咕地谈论着。

"那不过是座荒岛。"那个丈夫对着小岛说道。

"那是什么？"女人伸出手指着从龙眼树林中露出的灰色建筑。

"也许从前有人在那住过。"

"也许现在还有人在那。"

"不会的，"丈夫说，"谁会住在那种地方？"

岛上，老人坐在屋子门前的台阶上睡着了。那块墓碑斜着放在他的双腿之间。他拿着凿子，双手交叉放在碑文前，一动不动。他的脑袋垂得很低，几乎要埋进了他自己的胸膛，光线从走廊上方照射过来，在墓碑上投下了淡淡的影子。

过了一会儿他醒了过来。他垂下的脑袋在昏睡中颤动了一下，下巴碰到了手臂上，将他惊醒了。他的狗不知跑到哪里去了。四下安静极了，一点风也没有，光线穿过院子里的大香樟树，散落在空无一人的院落里。这是11月午后特有的光线，灰暗而粗粝，被樟树叶子间的缝隙分割成无数细小的光柱。在一道道光柱中，可以看见空气中飘浮着的尘埃。

老人舒展了一下筋骨，将墓碑轻放在台阶上，站起身来。细雨一般的光线落在他那被皱纹和黑斑分割得破碎的脸上。

傍晚时分，雨又下了起来。雨水打在樟树、屋檐和台阶上，窸窸窣窣的雨声传到走廊里。老人的狗回来了。它爬上走廊，留下几个湿漉漉的印子，抬起头看了看老人，没有叫唤。

秋日的雨水正从院子里漫上来。

小
说

191

蹊跷的死亡

王春燕

一

淅淅沥沥的雨，混着细小的冰碴，从阴沉的苍穹坠落。一片破旧的楼房，在雨雾里弥漫着枯草和鱼腥的味道……

烦躁一点一滴从雷州细长的眸子里，蔓延出来，他浑身湿透，又敲了一遍门，开始担心是不是没人在家。

309 的门，终于有了动静，颤颤巍巍地开启了一条缝。雷州凑过去，看到一双老人浑浊的眼睛，正阴鸷地盯着他。雷州赶紧露出职业的笑容，把手里提着的保健品往上拎了拎，以便让里面的人更容易看到："请问是宋九先生吗？您订的鱼油……"

宋九把门缓缓打开，拄着拐杖，藏青色的裤脚半卷着，露出枯黄的一截小腿，一双眼睛冷冷地盯着眼前这个肥肥胖胖，一脸憨厚的小伙子，责怪道："你迟到了半个多小时……"

雷州边跟着宋九往里走，边连连道歉，解释着下雨天，一直堵车。宋九看看窗外湿漉漉的景象，淡淡的眼神就像秋天的落叶一样，又飘回到雷州的身上，没有再说什么，径直回到卧室去拿钱。

雷州把保健品放在茶几上，坐在沙发上，开始打量这个客厅。这个客厅很小，窗户倒是很大，所以即使是下雨天，室内的光线也不算太昏暗。茶几上散放着几张纸，上面画着图案。雷州百无聊赖之下，便随手翻看起来。

纸张皱皱的，泛了黄，想来是有些年头了。画工很一般，有些简笔画的感觉。第一张画着一个包着头巾的女人，她的前后各有一个小孩拉着她的衣角。前面那个小孩在笑，后面那个小孩整张脸都藏在女人的身后，只看得到衣服和瘦小的腿。后面的两三张都是一座农家小院，院子里种满油菜花，两层红砖瓦房，被蜡笔涂得七零八落。虽然画的是同一个院子，但是每张画的角度不尽相同，色调却都有些阴暗。雷州把手里的画放回茶几上，看了看手表，往卧室的方向望了望，怎么这么久还没出来？

雷州挪动下屁股，忍不住想站起身。突然，一阵捶门声从外面响起，客厅的铁门先是微微颤动，紧接着捶门声变成踢门声，哐哐当当像敲锣打鼓般，直轰人的耳膜。雷州不知所措，伸长脖子冲卧室方向喊道："宋先生，有人在……敲……敲门……"

雷州听到卧室里有动静，但是依然没人走出来。踢门声越发大了，雷州没多想，急走几步，把铁门打开。还没看清状况，一股浓厚的酒臭气便扑面而来。一个20岁出头的小伙子，理着寸头，穿着荧光绿色的厚夹克，踉跄着直往里闯，样貌跟宋九倒是有几分相似。小伙子一脸痞气，看到雷州倒是愣了愣："你谁呀？老头子呢？"

"你是谁？有这么敲门的吗？"雷州不觉动了气。

"这是我家！我爱怎么敲就怎么敲！老头子呢？"小伙子推开他，站在客厅里，大喊大叫。雷州皱着眉，怎么会有这种人？

小伙子叫了几声，卧室里依然没人回应。这时，雷州才感觉到不对劲儿……

二

　　雷州是第二次到刑侦队做笔录。"审讯"他的还是那个叫胡涵的警察。胡涵花白头发，已经上了年纪，精神头却十足，说话时总是把声音往高处拔。

　　"该说的我都已经说了……"雷州声音疲惫得像一把松了弦的琴，无力又嘶哑："真的不关我的事。他只是订了我们的鱼油，我送货过去，他去卧室拿钱。然后，他儿子就来了，大喊大叫，然后，我们就发现老人家……死在了卧室里……"每当讲到这里，雷州的脸上都浮现出恐惧，那种恐惧由浅及深地渗透在他的肌肤里，用手一摸便能感觉到它的黏稠。当时的画面到现在还印在他的脑海里，扰得他无法入眠。

　　胡涵也知道再也问不出什么了，在审讯本上简单记了两笔，合上本子，靠在座椅上，又开始上上下下打量起雷州。雷州穿着一件黑色圆领棉衣，从敞开的拉链中可以看见里面的米黄色毛衣已经起了球，泛白的牛仔裤和已经脏兮兮的浅灰色皮鞋，都可以看出他对穿着不太讲究。他一直低着头，双手紧张地交握着，一直都不敢直视胡涵锐利的眼睛。

　　胡涵凭着自己多年的办案经验，直觉宋九的死跟雷州应该没啥关系。现场没找到任何他杀的证据，再说，谁会傻到犯了案还傻傻地待在现场，被人逮个正着的？雷州也算倒霉，被宋九的儿子宋准死咬着不放。不过，说也奇怪，宋九的尸检到现在还没有结果，倒有些反常。胡涵用手摸着露着胡楂的下巴，沉寂在自己的思绪里。他这个微小又不经意的动作，让雷州变得更加神经质起来，喉咙直发紧。

　　审讯室里陷入可怕的沉默，那沉默无声无息，却又充满了整个空间，在两人之间流动，一强一弱，不平衡地较量。

胡涵眼皮一沉，又掀开，状似无意地说："现场查获的鱼油，是你们厂子出的？三无产品也敢这样明目张胆地卖，胆子不小啊……"

雷州紧张地整个身子都趴在桌子上，头摇得如拨浪鼓般："不是，我只是个销售，我也是被骗的。"

胡涵只是笑着，没有再说什么，关于向老年人私销保健品的事情，自是已交给相关人员去处理，那不是自己的管辖范围。不过，现在的无良企业真是胆大包天，什么宣传用语都敢用，普普通通的鱼油就可以治疗高血压、糖尿病，还有老年痴呆，简直说得上包治百病了。

"你先出去吧。有什么新的情况，我们会再联系你。"

"哎，好的，好的……"雷州站起来，发现双腿已经坐麻，狼狈地扶住桌角好一会儿，才不好意思地挪开脚。胡涵慢慢跟在他后面走到门口，雷州突然回头怯怯地说："宋九以前就试吃过鱼油，不过那些试用品不是我送的。"

"哦……看来，关于鱼油，你还知道些什么？"

"不，我……"

"故意隐瞒案情，也是要追究责任的！"

"……听说，只是听说，鱼油试用品里，他们加了些东西，会让人上瘾的东西。不过正式品里是没有的……"

胡涵知道他没有说谎，因为这件事情，他们早就掌握了。鱼油试用品里确实加了少量的罂粟花粉，但那种量只会让人轻微上瘾，应该不会伤人性命。那家无良企业心黑到家了，一经核实，就等着蹲监狱吧。

"你怎么会认为正式品里会没有？一瓶三无鱼油卖到上千元，还供不应求？你就不觉得奇怪？"

雷州双腿又开始发软："他们保证过的，保证过的……"

胡涵越过他打开房门，门外有两名身穿缉毒队警服的人正等着他们。

"人，你们可以领走了，不过我们这边的案子还没结，后面可能还会需要他配合。"

两位警员点点头，身姿挺拔，警服上没有一丝褶皱，他们向雷州亮出了证件："关于康盟元公司涉毒的案件，请跟我们回去协助调查！"

雷州这次真的是瘫在了地上，一边是杀人，一边是涉毒……

三

一个月过去了，宋九的尸检结果依然没有下来。

宋九被发现时，是倒在卧室的地板上的。卧室的窗帘是拉上的，灯也没打开，又暗又潮湿。宋九的死相很奇怪，没有任何外伤，嘴角没有流血，表情过于安详，仿佛睡着了般，越看越诡异。

胡涵合上看了无数遍的案宗，抬眼去看办公室墙上的挂钟。都这个点了？他揉揉发酸发胀的肩头，把茶杯里只剩茶渣的茶水荡了荡，又凑合着喝了一口，才站起来。其他同事也开始收拾东西，准备下班走人。胡涵提议，明天周末，今晚上大家一起去喝一杯，响应的人却寥寥无几，不是说要看球赛直播，就是说要送孩子去复习班。胡涵独居很久了，本来觉得大冷的天去喝一杯烧酒，暖暖肠胃，是件挺惬意的事，但是看到大家兴趣缺缺的样子，那兴致便也淡了下来。是呀，他们都是有家有口的人，不像自己，了无牵挂。

胡涵独自一人在大马路上逛了很久，街道上都是散发着青春火焰的男男女女，像他这样大年纪的，一路上都没碰到几个。他正在从这个灯红酒绿的世界一步步退出……抹了把脸，今天怎么又自怨自艾起来？也许是那件案子的后遗症吧。那个宋九比自己大不了几岁，亲生儿子却铆足劲儿地要诬陷到别人身上，说穿了，亲情凉薄起来还真不如一张纸钱。离家就差几步路了，他却停了下来，靠在河边的栏杆上，心里痒痒的，烟瘾又犯了。

上班，胡涵去得有些晚，一副没睡醒的样子，花白的头发也是乱糟糟的。他挺了挺微驼的背，对着窗户玻璃里的倒影把翘起来的几缕白发往下压了压。

"老胡，队长让你去趟他的办公室！"

胡涵应了一声，有些惊讶，这一大早上的，队长又要折腾什么幺蛾子？

刑侦队队长姓贾，单名一个军。贾军刚四十出头，每天都把头发梳得油亮亮的，西服套装是他的标配，俨然一副公司经理的打扮。贾军一看到胡涵就头痛，面皮却硬生生挤出了几丝笑容。胡涵的能力在警局里是有目共睹的，就是太过死板，不懂变通，所以马上退休了还是个普通警员。胡涵脾气很倔，又自命清高，常常不拿他这个队长当回事。

胡涵看到贾军也没什么好脸色，他得罪他的地方不少，贾军平时也没少给他小鞋穿。

"老胡，宋九这个案子有些麻烦呀。"贾军今天倒算客气，竟然还给胡涵斟上了一杯茶水。胡涵鼻子一闻，便知这是上等的铁观音，那茶香袅袅绕绕地直往他脸上贴。

"怎么说？"

"据说查不出死因，尸检报告迟迟出不来。这事都已经惊动上头了。"贾军刻意压低声音，眉目神情里都是心烦。"你也知道，尸检科的那个老倔头又臭又硬的脾气，非得说什么死得蹊跷，有问题，就是不肯在尸检报告上签字！你说，这样的案子我们见多了，没有任何外伤，写个自然死亡，什么心脏病、脑出血啥的，不就结案了吗？干什么搞成这样！不是我要说，老倔头太不懂人情世故了，正赶上省里下来人巡查，在会上他就把这个事情说出去了，现在搞得我们很被动……"贾军越说越激动，也顾不得控制住音量了。

胡涵跟老倔头关系不错，也许是因为两人性情相投吧，很能谈得来。贾军当着他的面这样说老倔头，他自然是不高兴的，老倔头按规章办事而已，他觉得没有什么错。贾军看到胡涵脸色不对，心里一琢磨，便又赶紧转了话头："现在上面对这个案子很重视，你又是负责的警官，你看看能不能去找老倔头了解下情况，案子还是要解决的嘛……"

贾军已经拉下脸这么说了，胡涵也不好太不给面子，象征性地抿了口茶，又很快把茶盖抹上："我试试看吧……"

四

胡涵有段时间没见过老倔头了，他来到尸检科，里面还是跟往常一样冷冷清清的。

"讲了这么多次！你怎么还是搞不明白！"老倔头的声音隔着门板传进了胡涵的耳朵。胡涵推门一看，只见老倔头的面前站着一个瘦瘦高高、垂着头的年轻人。老倔头指着什么文件，情绪有些激动："下次再做不好！你就不要来了！"这话说得很严厉了。老倔头抬眼看到胡涵站在门边，那张沧桑的脸一脸看好戏的神态，便对着年轻人摆摆手，示意他先出去。

胡涵这才看清了年轻人的长相，他的眼角已经湿润，看来老倔头的话对他打击很大。那年轻人看到生人，抬起的头，又赶紧低下，扭扭捏捏地走了出去，像个大姑娘般。胡涵看着别扭极了，忍不住转头对老倔头唠叨："这就是你们新招进来的？那天你兴冲冲地说终于招进来一个小伙子，就这样啊，走路比大姑娘还大姑娘！"

老倔头的一张老脸已经通红："哎呀，别埋汰我了。你也知道我们科多难招进人来，后继无人呀。我一把老骨头了，退休时间一延再延，再过一两年，我想做也做不动了。别说这些废话了，无事不登三宝殿，我们这可比三宝殿精贵多了。你来，是为了宋九的那件案子吧？"

胡涵调侃的心情瞬间没了："尸检到底出啥问题了？贾二差我来问问。"

"那个贾二，还真对得起给他起的外号，什么都不懂，竟瞎指挥。什么心脏病、脑出血的，胡编乱造的东西能瞎写吗？他奶奶的！"老倔头一提起这事就气不打一处来。

胡涵知道老倔头一旦抱怨起来就像闹腾起来的沸水，没完没了还又蜇又烫，赶紧扯过话头，重新问道："你不肯签字，肯定是里面出问题了！"

"可不是！"老倔头抽出一根烟点上，深深吸了一口，他知道胡涵正在戒烟，所以也没招呼他："那尸体有些蹊跷，我工作这么多年了，还是第一次碰上。正常情况下，人在死亡时，心脏会停止跳动，血液停止流动，尸体温度下降，3个小时后会慢慢出现尸僵，肌肉变得僵硬。可宋九的尸体，送过来时已经超过4个多小时，我解剖的时候，竟然还是柔软的。"老倔头想起那天的情景，还是心有余悸，那次搞得自己都不知怎么下刀子，可是，那人确实是已经死亡了。

胡涵对于人死后，尸体如何变化，完全没有兴趣，他只关心这个案子到底还能不能结案："那你打算怎么办？尸检报告上写个死因不明？那我们要如何结案？你知道死者的儿子有多难缠吗？他正双眼血红地盯着鸡蛋壳上的缝，任何可以赔偿的机会，他都会死死咬住，绝不松口的！"

"我是打算这么写的。确实查不出来他到底是因什么而死的，尸检不是万能的！"老倔头把烟屁股狠狠按在烟灰缸里。

"那有毒杀的可能吗？"胡涵问着另一种可能性。

"从宋九的胃里和血液里倒是没查出什么。"老倔头又抽出一根烟点上，没有任何外伤，又没有中毒，解剖后器官也没有明显的病变，真是见鬼了。

胡涵也渐渐明白了事情的严重性，有点责怪老倔头一时口快，让这个案子引起了省领导的关注，以贾二的脾性，这个案子不让省领导满意，绝对会誓不罢休。到时，苦的还不是自己？

五

宋准看案子迟迟定不下来，心里也急。他本来就没有什么正经工作，三天打鱼两天晒网，人又懒，吃不得苦。以前，还能从父亲宋九那软磨硬泡，死皮赖脸地磨上点钱。可自从两年前，与父亲大吵过一次后，父亲就像变了个人似的，对他冷冰冰的，看都不想看到他，简直是要断绝父子关系的架势。宋准每次喝过酒，越想越气的时候，就跑到老头子那撒野。宋九不给他开门，他就在外面乱吼乱踢。邻居们看他像个疯子一样，也都不敢招惹他。

后来，鬼迷心窍，他便打起了老头子房子的主意。只是，这个念头刚刚燃起，还没有进入实施阶段，老头子竟然死了，屋里只有一个陌生人。他虽然跟老头子关系紧张，但也知道老头子瘦归瘦，除了爱忘东忘西的，身子一直还算硬朗，突然就死在了家里，换了谁也会怀疑。宋准本以为，老头子一死，房产自然会归他这个独子，谁知并没有这么简单。房产证、户口本，甚至连张他与老头子的合影都没寻摸出一张，他们又没什么亲戚，能证明他们父子关系的证据竟然都凭空消失了。这也太蹊跷了！

正在他急得火烧火燎，嘴上都起了两个火疖子的时候，他那帮狐朋狗友倒是给他想了个主意——亲子鉴定。可正因为这个亲子鉴定，才让案子有了新的走向……

老头子的头发倒不难找，枕头套上就黏了好几根。他用餐巾纸包好几根白头发，悄悄从房子里退出来，把门锁好，重新黏上封条，对着身边的人咧嘴一笑，说道："哥们！谢了，你这开锁的手艺可算帮大忙了！"

"客气了不是？这房子旧是旧了些，不过地段好，能卖个好价钱呢！你小子，好事成了，记得请我喝酒啊！"

"那是，绝对的！"宋准义薄云天地拍拍胸脯，整张脸容光焕发，手里攥着的那几根头发，就像攥着几根金条般，眼睛笑眯起来。

可是，当他拿到鉴定结果的时候，一切都成了泡影。那张薄薄的纸就像一把利刃直戳他的心口，还往里狠劲儿地拧，痛得他像被掀到岸上的鱼般，鼓着腮帮子只能大口喘气。没有亲子关系，医师已经跟他解释好几遍了，那些专业的术语，他一句也没听懂，就只知道，他们竟然没有亲子关系？！那老头子竟然不是自己的亲爹？！

六

这天，胡涵一到单位就明显感觉到气氛不对，办公室里竟然挤满了人。他们聚在一起，围着一张桌子，不知在说什么。看到胡涵进来，人群顿时又炸了锅："老胡，你知道了吧？咱单位可出名了！"胡涵看到他们手里拿的一份报纸，一看那大大的标题，顿时心凉了半截……

胡涵坐在贾军的办公室里，还在翻看着那份报纸。贾军没有说话，一根烟接一根烟地抽着，没有停的意思。胡涵在烟雾缭绕中，不断咳嗽，贾军这才烦躁地把紧闭的窗户推开了一条缝。

"这帮媒体！查清什么了就乱登！这是要追究刑事责任的！什么叫故意包庇？什么叫领着公家钱不做事？我们没日没夜地加班是为什么？！……"贾军终于爆发了。

没日没夜加班的也不是你！胡涵冷冷地腹诽。不过，这个案子竟然头版头条地见了报，他也是非常震惊。现在的吃瓜群众，对于这类事情很是上心。它很快便成了热门新闻。网上跟帖的，他也看了，一面倒地向着受害者。雷州也遭了殃，被人人肉搜索出来，官匪一家，坑害孤寡老人，没良心，没人性，骂得就跟死的是自家亲人似的。要不是了解真相，连他自己看多了，都快信了。谣言止于智者，只是，现在的智者已经凤毛麟角。

贾军现在是"两面受敌"，又正在提拔的关口，难怪急得跟热锅上的蚂蚁一样。他已经派人去跟那家报社去做"公关"。可气的是，那报社很有来头，社长背景不简单，是个老奸巨猾的人物。新闻稿件里，只用了"被害人家属认为"等字样，把自己的责任推得一干二净。

"这个案子必须尽快解决！必要时，我们召开个新闻发布会！现在省里对这件事非常重视，已经下了死命令，要妥善解决！"贾军在自家办公室来回踱着步，思考着下一步的对策。事情到了这一步，如果再伪造个"尸检报告"恐怕已经行不通了，反而会让事情变得更糟，现在只能硬着头皮，把案子查下去。

"尽快解决？还要妥善解决？怎么解决？！领导，您张一下口，我们底下的人可就要跑断腿的。"胡涵也来了气，这个案子可不是他一个人的事。

贾军目前是要完全仰仗着这个老刑警了，心里再怎么不是滋味，也只能生扯出笑容，缓和语气，有些讨好意味地说："队里的其他人什么水平，你也清楚，这个案子还是要靠你！需要什么帮助，尽管说，我们一定全力支持！"伸手不打笑脸人，胡涵也不是个不识趣的。本来，身为刑警的职责就是要破案的，即使没有这一出，这个案子他也是要查到底的！

七

接下来连续的调查、随访，让胡涵像被鞭子不断抽转的陀螺，东奔西跑得停不下来。这一次，他把宋九的人际关系作为调查的重点。宋九这个人不是一般的孤僻，即使邻居和门卫也很少见到他。周围的人都叫他"怪老头"，几乎没看见他出过门，没看见过他买菜，甚至没看见过他倒垃圾。都不知道宋九一天天是怎么过活的。

　　而更古怪的是，邻居说以前的宋九不是这样的，是个很热心又健谈的人，每天都去公园散步，做了一手好菜，每年的端午节还会包一盆盆的粽子分给大家吃。可惜的是，宋九这么好的人，却有个"啃老族"的儿子，三天两头来这里讨钱。两年前有一次，宋九跟儿子吵得特别凶，差点出人命。宋九不知怎么的，原本老老实实的一个人，被彻底激火了脾气，拿着家里的扫把棍就直往儿子身上猛抽，抽得他嗷嗷叫，把周围的人都引了过来，好歹给劝开。好像从那以后，他儿子很久都没敢再过来，而宋九也彻彻底底像变了个人般，估计是被儿子彻底伤了心，心寒了。

　　胡涵把这些情况一一记下来，原来宋九跟宋准的关系如此恶劣。宋准简直就是个地痞无赖。正是因为他是地痞无赖，所以才胆大包天，一心想从这件案子里捞点油水，眼里根本没有宋九这个爹。听说他从报社只拿了几百块的爆料费，就把家底都掏给人家了。如果遗体捐赠能赚钱，宋准止不定把老父亲卖了多少回了！

　　胡涵离开宋九的小区，转转悠悠来到一个路边摊。听说，这个路边摊是宋准的发小开的，宋准经常和他的狐朋狗友们来这里蹭吃蹭喝。今天，天气依然是潮乎乎的冷，即使一轮太阳大大地挂在天边，也是失去热量，更像一个苍白的摆设，手从手套里拿出来一会儿就冷冰冰的。路边摊上没有几个人，胡涵搓着手点了一碗酸辣粉，还别说，别看桌椅都脏兮兮、油乎乎的，没有什么档次，但这酸辣粉味道还挺正，喝上一口汤汁，辣辣的直钻喉咙，把身上的凉气驱散了大半。酸辣粉很快就见了底，胡涵恋恋不舍地放下碗，开始四处打量。

　　"老板，算钱！"

　　"好咧！"一个瘦瘦小小的小伙子，爽快地应着，马上走了过来。胡涵给了钱，倒不急着走，打量了一下小伙子，笑眯眯地问道："宋准好几天没来了吧？"

"你是？"小伙子狐疑道。

胡涵从衣兜里掏出证件，在他面前晃了晃。小伙子脸色马上变了，不安起来。

"别怕，我就是简单问几个问题。"

小伙子点点头，用衣服的一角擦擦手，坐了下来。

"宋准这几天有没有奇怪的地方？随便说说。"

小伙子微侧着头，回想着。说到奇怪的，还真有一件。

"他……和他的朋友们已经很久没来了，我倒是确实听说了一件事。"小伙子眼神闪闪烁烁的，有些为难。他实在不知道说出来合不合适，"只是听说，不一定能当真的……"

胡涵把身子往前倾，眼睛亮了起来，他有预感，一种职业般的预感，催促道："说来听听！"

"听说……听说宋准前一阵子去做了跟他父亲的亲子鉴定，好像是为了房子继承的事情。"小伙子刻意把声音压低："据说，只是据说，他跟他家老头并不是父子……"

胡涵还维持着原来的姿态，眼孔收缩："你是从哪里听来的？消息可靠吗？"

"他自己喝醉酒说胡话，他那些朋友都听到了。"小伙子怯生生地说："我说了，只是听说，我自己可没亲耳听到。不过，应该十之八九吧，要不然，房子的事他怎么不急了？"

胡涵把身子整个靠回椅背上，思索着这件事与案子有什么联系，却始终理不出头绪。小伙子看他不说话，正赶上有客人来了，便急匆匆地过去招待，心里还一直忐忑着，自己是不是说了不该说的话。

八

胡涵找了宋准几天，才在他的家门口堵到他，这家伙经常不回家的吗？宋准当然对胡涵还有印象，这个警官眼里毫不掩饰的轻蔑让他耿耿于怀。宋准身上还飘着酒气，胡涵摸摸鼻子，不着痕迹地侧了侧身。宋准本不想让胡涵进屋的，可一想到，这个警官不知会问出什么，还是磨磨蹭蹭地开了门。

这是一个狭小的一居室，类似单身公寓的样子，窗户纱窗上脏兮兮的，沾满尘土，屋子里倒比自己想的还干净些，只是装修和摆设都太简陋了，没有烟火气。

"我不是执行公事，只是单纯地想找你聊聊。上次在警局里，太形式化了。"胡涵坐下来，尽量让自己的脸部线条柔和些，可惜效果不大。

"还有什么好说的，该说的，上次我不是都说了吗？"宋准没好气地说，独自给自己倒了杯水，抿了一口便放下。他好几天没回家，水都是凉的。

"亲子鉴定的事？你不打算聊聊吗？"胡涵知道自己不受待见，也不喜欢绕圈子，直接问起了宋准最介意的事。

宋准先是一愣，然后恶狠狠地瞪着他，像一头马上要发怒的野牛般喘着气。胡涵知道这个愣头青在想什么，赶紧安抚道："放心，我不是个大嘴巴的人，我只想多了解下你……咳……你'父亲'，关于案子的事情，你也想早点解决吧……"

"我现在不在乎了，管什么他杀、谋杀还是自杀！那老头，跟我半毛钱关系也没有……"宋准愣归愣，可不傻，他这几天一直在跑关系，那套房子还有没有他的份，才是他最关心的。至于案子，随他们怎么折腾吧。

"别激动……"胡涵想学着贾军那种假笑的样子，牵了牵嘴角，又无奈地放了下来，贾军那一套他还真学不来。"我说过了，这次来就是想私底下找你聊聊……对了，你父亲的老家是在哪里？"胡涵看似漫不经心地问。

"桥观村……"宋准没好气地说，说完又觉得不对劲儿，这个老刑警可不是省油的灯，肚里的花花肠子可多得很。"你问这干啥？老家已经没人了，这跟案子有啥关系？"

"我们后来搜查时，发现宋九那里有些东西不见了。这应该跟案子有关系了吧，妨碍司法公务，可是要判刑的。"胡涵不急不缓地转移话题，几句话便又把宋准给绕了进去。

宋准气焰一下就被浇灭了，这个老警察，为啥总是能抓到他的痛脚？"我只是拿了些无关紧要的东西……"

"是不是无关紧要，要我们说了算。一条人命没了，关系有多大，你不会不晓得吧？"

胡涵在自家书房里，扭开台灯，戴上老花镜。一页一页翻看着从宋准处拿来的东西。宋准想找到宋九存折的密码，所以悄悄把所有有字有画的纸张都拿走了，却什么线索也没找到。在一堆废纸中，有几张画吸引了胡涵的注意。他根据图画的内容，重新排列了起来，再一遍一遍反复地看。突然，有种奇异的感觉从心底渗出来。

这应该是宋九自己画的。画的内容让胡涵联想到了四年前自己曾经经办的一个案子。一个拐卖儿童的案子。所幸被拐儿童被找到了，7岁大的孩子，手里攥着几张图画，画的正是自己的家和妈妈。在所谓的"养父母"家里，这孩子一直沉默不言，窝在角落里画画，一画就是一整天。胡涵闭上酸涩的双眼，摘下眼镜，揉着眉心。刑警的直觉让他感到有什么东西开始浮出水面了。

直到深夜躺在床上，闭上眼睛，宋九画的第一张图画中躲在妇女身后的那个孩子，那紧紧拽着妇女衣角的小手，还总是在他的脑海里浮现出来，并且越来越立体。他甚至觉得画面动了起来，那个小孩在一点点移动，露出一张苍老的脸！胡涵梦魇了。

胡涵惊醒过来，心绪不宁地窝在被子里，惨淡的月光透过窗帘的缝隙洒落在他的鬓角。桥观村？看来是要过去走一走了⋯⋯

九

胡涵坐在摇摇晃晃、脏兮兮的中巴车上，挂掉贾军的电话，用手摸了一把脸，想熨开这满脸的疲惫。贾军那边每天都在给他施压，一心想要个结果，而且是个不会影响到他仕途的好结果！真真把他当骡子使了，只会抽鞭子，绝口不提喂粮草。这来回的车费，看来又要自己搭了。

虽然，现在各个村子都修了水泥路，但是那质量可真不敢恭维，到处都是坑。胡涵原本是不晕车的，也被搞得犯恶心。车厢里没几个人，关不严的窗户缝里透着冷风，刺得他的左脸生生的疼。

终于下了车，胡涵脱掉手套，从衣兜里掏出一张皱巴巴的纸。那张纸便是宋九画的其中一张。他按照纸上画的农家小院的样子边寻找边打听。这村子地处偏僻，人烟稀少，总共也没几户人家，很快便找到了。

农家小院的木门紧紧锁着，锁头也生了锈。院墙上长满了杂草，透着莫名的萧瑟，看来已经很多年没人住过。胡涵在外围转了一圈，又回到门口，扒拉着门，从门缝处往里瞅。一眼便看到院里一角的油菜花结了霜，枯黄的茎叶瘘在地上。没错，准是这家了。

胡涵掩住兴奋，又犯了愁。这人去楼空的房子，找到也没用呀。

"这家没人了！"一个中年农妇挑着担子正好经过，看到东张西望的胡涵，好心提醒道。

"大妹子，你们村还有了解这家情况的人不？我有急事。"

农妇一看就是个实诚人，没多问，更没多想，用扁担头指指离农家小院不远，路边右侧的一户人家，说道："他家还有个老祖母，是我们村最年长的人了，兴许知道。"

那家人的小儿子领着胡涵见到了祖母。祖母已经接近百岁高龄，裹着厚厚的棉衣，窝在椅子里，懒洋洋的，不太愿意说话。胡涵也不急，老人虽然已经耳背，但是大点声在她耳边讲，她还是能听懂七八分的。

　　这祖母以前是宋九家的邻居，关于宋九家以前的事，倒是了解不少。

　　胡涵用纸笔一字一字记着听到的事情，脸色渐渐沉重起来……

　　回去的时候，已经接近傍晚。胡涵疲惫地把头靠在车玻璃上，车辆行驶时的噪音通过玻璃，更为清晰地传到他的耳膜里。朦朦胧胧中，他仿佛又看见了那张画，画里躲在妈妈身后的孩子没有再探出头来，却有一行清泪，一滴一滴地滴在地上，很快又消失不见了。

　　从那位祖母的叙述中，他大概了解了当年的事情，那真的是一个悲伤的故事。

　　宋九的母亲月娥，家境贫穷又姊妹众多，而她又恰恰是中不溜，最不得宠的那个孩子。于是，她的父亲便狠心把她"卖"给了姐姐家的那个智障儿子，"卖"了75元。当时75元也不算小数目了，确实解决了家里的燃眉之急。那时的人哪里懂得近亲结婚的危害性呀，况且嫁的还是个智障。月娥先后生下两个儿子，两兄弟除了身高有差别外，外貌和举止都像一个模子刻出来的。俩孩子活泼好动，长得皮实，上蹿下跳，满院子乱跑，还好没有遗传老爹的那股傻劲儿。月娥的姑姑、也是她的婆婆很疼月娥，看着两个白白胖胖的孙子，欢喜得合不拢嘴，逢人便说，月娥是他们家的大功臣。

　　可是，好景不长。智障儿子有天非要上房拿地瓜干吃。当地人经常把刚从地里刨出来的地瓜，切成一片片的，然后放到房顶上去晒，晒干后，咬在嘴里又甜又有劲道。月娥劝他不过，只得在下面给他扶着梯子。可是，那个经常淋雨的木梯子，早就不结实了，智障儿子爬到高处，一个用力，脚下的木头便断了。他一股脑儿摔了下来，脑袋立刻开了瓢，猩红的血像细细的小溪一样，流进院里种的一大片油菜花田里……

月娥婆婆在儿子葬礼上发了癫，死拽着月娥的头发，咣咣的巴掌直往她头上扇。街坊邻里死劝活拉，才硬生生把两人拉开。月娥蓬头垢面跪在地上，低着头，一句话也说不出来。月娥婆婆被围在人群里，瘫在地上号啕大哭，用拳头打着自己的胸脯，一声声呼喊着儿子的名字。

自此，月娥婆婆便得了失心疯，时好时坏。好的时候，坐在门槛，成宿成宿地哭；坏的时候，对月娥又掐又拧，破口大骂："扫把星，你真是个扫把星，我好悔呀……"

月娥从来都不还手，只是低着头，逆来顺受。伺候老人、照顾孩子、做饭、洗衣、下地干活，像往常一样，一样也没落下。天气暖和时，背着一个装满猪草的大筐，头上泛黄的包巾渗着汗，在路上蹒跚地走，遇到街坊邻居，还是照常笑着打招呼。背后很多人议论纷纷，有的说这女娃子真坚强，不容易呀；有的说她心真硬呀，就像没事人似的；还有的说，说不准她那个傻丈夫，就是她存心害死的……

那一天，祖母半眯着眼，回忆着，应该是晴天，阳光很好，但现在回想起来，即使有阳光，也是阴惨惨的。

那一天早上，月娥悄没声息地把一个孩子送给了人贩子，没要一分钱。她让另一个孩子在院子里独自玩，然后，自己回屋，锁住门，上吊自杀了。

送给人贩子的那个孩子，至今依然是没有消息，是死是活？没有人知道……

十

回到家，胡涵顾不得洗把脸，便拿出笔记本，勾勾画画，回忆着案子的众多细节和片段，宋九、亲子鉴定、近亲结婚、蹊跷的死亡、俩兄弟、人贩子……这些纷乱的线索，像蜘蛛网般纠缠着，在他的眼前飘动。他轻轻抽出最底下的一根，发现凌乱的结慢慢正在解开。他眼皮直跳，深吸口气，让狂乱的心平静下来。他似乎明白了什么……

胡涵私底下，先找到了老倔头。老倔头依然在跟"娘娘腔"发脾气，胡涵摸摸鼻梁，识相地坐在一角，假模假式地翻着报纸。

老倔头斜了他一眼，拿起桌面上的茶水杯，一口气灌下大半，对着还在抹泪的小张说道："你别走，留下来。"指了指胡涵继续道："这老家伙准是为了那个案子来的，你留下来，听听也好。我强调过很多次了，不要太依赖你在学校学的狗屁理论，在我这那些通通都不管用！"

小张乖巧地点点头，把墙边靠着的折叠椅拿过来，展开，坐了下来，攥着一叠文件的双手小心翼翼地在腿上交叉着。

胡涵看两人都开始盯着自己，把根本就没看进眼里去的报纸放下，清了清喉咙，把这几天知道的事情，一五一十地讲了出来，叙述很客观，几乎不带任何个人感情。

老倔头默默听着，一直没发表什么意见。倒是小张的表情随着胡涵的叙述，变来变去，异常丰富。

"我怀疑……"胡涵最后总结道，"死去的宋九并不是真的宋九，很可能是他那个被送给人贩子的兄弟。从宋九性情大变的时间推测，宋九被冒充，应该是两年前的事情。"

"那真正的宋九呢？"小张咽了咽口水，浑身的汗毛都竖了起来。

老倔头不满地瞪他一眼："他到底是谁，对我们法医来说不重要，重要的是他怎么死的！"

小张又乖巧地点点头，把双手交叉得更紧，嘴巴也抿起来，不敢再随意插嘴。

"近亲结婚？"老倔头咀嚼着这几个字，眼神跟胡涵碰到了一起，两人都想到一块了。"小张，这两天你把手头的工作都停一停。抓紧时间把国内外能找到的近亲结婚造成遗传病的案例都找出来。分类整理好了，马上给我！"

小张惊讶地张张嘴，还没回过味来，但看到老倔头和胡涵一脸严肃的表情，也下意识严肃地点点头。

熬了一夜，小张眼睛充满血丝，看东西都有些模糊。他整理得很仔细，尤其是跟"宋九"死亡哪怕只沾上了一点边的病例，都图文并茂地写了简介、做了便签放在了文件最前面。

老倔头看着小张整理得清清楚楚，条理清晰的一摞文件，第一次对他娘们似的细心有了那么一丁点好感。

老倔头戴上老花镜，一页一页地翻看着，一时入了神，却越看越凝重。人类的基因真是奇妙，本以为医学发展到现在，对人类自身已经了解很深，但是，现在看来，我们只是窥到了皮毛而已。

站在旁边的小张一直观看着老倔头的脸色，起先是担心自己整理的文件不能让领导满意，后来，视线慢慢跟着纸张的翻动游走，对于纸张上记载的内容也都一一回忆起来。

近亲结婚，可谓是基因突变的潜在杀手。我们每个人生下来便自带着基因的缺陷，就像你不可能吹出完美的圆形泡泡般，完美的事物本身就是违背宇宙规律的。而近亲之间，基因缺陷往往更容易重合，不容易互相弥补，这样生出基因缺陷孩子的概率便大大提高了。这些带有基因缺陷的孩子，表现出的病态更是千姿百态。智力低下算是平常，有的甚至会出现返祖现象，浑身长满猩猩一般浓密的毛发，还有的双腿连在一起无法分开、心脏长在外面，甚至身材比例严重失调……光是看那些图片，就让人脊背发凉，一阵心惊。

小张在旁边站得腿都麻了，老倔头才总算把文件合上，手肘搭在桌沿，头沉沉低着，像在思考着什么。很久后，才又抬起头，眼睛沉如大海，但海面上却波光粼粼，透出某种决心。

"通知尸检科的所有人，周末通通取消休假！"

老倔头拿起电话，看着屏幕上多年都没有联系过的老同学，犹豫良久，还是打了过去："老同学，哎……我的声音都听不出来了？对呀……对呀，你可是咱们那届的榜样，是呀……经常跑国外确实很辛苦……遗传学方面你可算是顶级专家了……做人不能太谦虚，对呀……呵呵……还真有个忙，你一定要帮一下……"

十一

一周后。

老倔头动用各种关系，集结了一批专家从全国各地，甚至国外纷纷赶来，专门会诊"宋九"的死亡。胡涵知道老倔头是动真格的了，他也暗暗明白老倔头这次是把这个案子当作最后的案子办，也当作是对自己法医生涯的一个交代。这个案子结束后，老倔头一定会离开，去过他想过的退休生活。

那次，在办公室，老倔头对着他说了一句意义不明的话："老胡啊，与活人打交道，比与死人打交道，更难……"他想那时，老倔头就已经明白，就因为坚持自己的原则，这一次一定又惹恼了上头，上头虽然碍于他的权威，暂时不会把他怎么着，但是，一旦遇到机会，一定又会折腾他。他老了，斗不动了，该退了……

这个案子终于结案。宋九的死被确定为"激发性睡眠休克性死亡"。"激发性睡眠休克性死亡"这种疾病很罕见，潜伏期不定，有些患者还伴有智力低下及早发性老年痴呆症状，至于原因，目前还没有最终定论，但已经明确与胚胎发育的基因代码不完整有关。唯一庆幸的是，患者发病时并不会感到痛苦，有些类似安乐死的状态，通常都是无法控制的睡意来袭，在睡眠中从休克到逐渐死亡，尸僵状态缓慢，表情安详。

胡涵拿着当天报纸左看看右看看，终于在副版位置，找到了这个连200字都不到的简讯。他合上报纸，叹了口气，这事算是告一段落了吧？

老倔头总算是顺利退休了，拿着不多的退休金，过上了闲云野鹤的日子，这着实让胡涵羡慕。再过几年，希望自己也能每天拿个鱼竿，到公园的湖边，一坐就一下午，即使一条鱼都钓不上来，看着湖面偶尔泛起的涟漪，也是好的。

小张倒是个有心人，对这个案子念念不忘，好不容易休到的年假，没去谈情说爱，而是背上包，十里八村地走访，又一个图书馆一个图书馆地查资料，反反复复修改了十几遍，倒是真琢磨出一篇挺像样的论文，还发表在国外的学术刊物上。他的文章最后说的一段话，很耐人寻味，大体意思是：

人类的基因总是随着自然环境和社会环境的变化而变化，只是，这种变化微乎其微，一般难以察觉。面对极度的环境污染，高压力的生活状态以及长期食用化学侵害严重的食物，人类的基因到底是在缓慢地进化还是退化？这是一个问题。虽然"激发性睡眠休克性死亡"只是众多疾病中比针眼还小的个例，但是，随着时间的推移，会不会演变成一种"普遍"？这是未来无法确定的。

他的这篇论文在国外学术界引起不小的轰动，这也是小张自己始料未及的。

十二

宋准在知道父亲竟然有个兄弟，而且那人还冒充自己父亲这么久后，感到极度震惊，缓了好久才缓过劲儿来。难怪那人想尽办法把自己往门外赶，把关系闹那般僵，敢情是怕自己看出端倪。即使两兄弟长得有九分像，但是熟悉的家人总能看出点什么。怪就怪在宋准这人一心往钱眼里钻，钱迷了眼，对老人一点不上心。

宋准白天晚上地琢磨。那人是怎么找到自己父亲的？自己的父亲又在哪里？很有可能已经不在人世了吧？那房子自己到底还能不能继承了？！

有天，他喝得酩酊大醉，闹腾了一番，便瘫在床上睡死过去。梦里竟然梦到自己小时候，父亲坐在矮凳上为自己削铅笔的样子，弯曲的脊背如一座古老的拱桥，斑斑驳驳，又带着一份温暖。宋准的心脏就像被什么东西蜇了般，顿时又酸又麻起来……

这个案子中最惨的应该是雷州了，即使洗脱了杀人的嫌疑，"涉毒"的牵连还是让他吃尽苦头。好在他确实被蒙在鼓里，也极其配合警方的调查，把自己知道的全交代了，对抓获犯罪集团主谋有很大帮助，总算落了个宽大处理。可是，法律放过了他，网友和民众们却没放过他的打算。他的隐私被网络曝光后，走在路上，还经常被人扔鸡蛋和烂菜叶子。

民众们不仅没放过雷州，还依然对"宋九"的案子有着众多猜疑。"激发性睡眠休克性死亡"几个词被他们变着花样地调侃，认为这些吃公家饭的人特有学问，人命关天的案子就给按上个这样不伦不类的名字就定性了。即使官方公开了详尽的医学和病理解释，评论里也是恶意成片……

贾军因为这件案子造成的舆论连累，最终还是没把握住升迁的机会。他心口窝着火，无处发泄，便一股脑怪到胡涵头上，见到胡涵便像见到肉中刺般，浑身不得劲儿。

月底例会，贾军用指头抹了一把会议桌的桌面，直咂舌："你们看看，赖大妈请假后，连桌子都没人擦了。老胡好像最近没啥案子吧，手头闲，有时间呀可以搞搞卫生，桌子呀、茶杯呀、地板呀，该收拾下也收拾下……干干净净的，大家工作起来也舒心不是？"

会议室里顿时安静下来，所有人都低着头。胡涵是老警官，为人正直公道，大家受过他很多照顾，但是贾军可是非常记仇的主，最近老是时不时地给胡涵难堪，因为啥，大家也都心知肚明。这个时候谁也没勇气给胡涵当挡箭牌，个个都缩起了脖子。

胡涵眼睛深处蹿出一撮火苗，手上握的笔重重在桌上一扣。他站起来，没有发怒，眼睛直勾勾地盯着贾军，嘴角浮出一层浅笑，这浅笑仿如寒冷的冬日，让贾军心里不禁打了个哆嗦。

胡涵环视了在座的人一遍，众人头低得更低了，他的笑意也更深，更寒了……

接下来的几天，胡涵都没来上班。贾军给他记了过，在他清清白白的档案里抹上了再也擦不去的"红"。

十三

两年后，胡涵申请了提前退休。胡涵第一次拿到退休金单子的时候，看着上面的数字，忍不住又抽起了烟。自己已经戒烟很久了，抽了两口，反而咳嗽起来，又把烟头狠狠拧在烟灰缸里。

退休后，时间大把大把地剩下来，他时常闲得发慌。起床后，就不知道自己要去干点啥，才能打发到日头西落。老倔头叫他去钓鱼，他去了几次便意兴阑珊，几个小时都钓不上一条鱼来，看着波澜不惊的湖面，反而心烦。小张倒是周末时常跟过来，虽然还是不经意间竖起兰花指，但人稳重了很多。也是，他现在已经是尸检科里的骨干了，大小也是个领导。这孩子不错，肯干，心也实，对老倔头很是尊敬，一直还是老师老师地叫着，工作上遇到难题，也是诚心诚意地请教，一点浮躁和傲慢的气息也无，真是难得了。老倔头虽然还是经常批评他，动不动板着脸，可胡涵知道他心里是欢喜的，这个糟老头，闷骚的性子一点也没变。

对于老倔头，胡涵是羡慕的。老倔头有儿有女，还有徒弟，回到家有热菜馒头，有人知冷知热，再看看自己，唉……

这一天，胡涵哪里也没去，想着心事，在家里喝闷酒。

"砰砰砰……"敲门声响起。

胡涵放下酒杯，摇晃地起身。心里犯嘀咕，自己没啥朋友，退休后更是门可罗雀，谁会来找他？

打开门，看到一个男人站在门外，胡涵眯起眼，更觉得脑子犯晕，这是谁呀？

"胡警官……"

男人一开口，特有的嗓音蕴含着腼腆，顿时勾起了胡涵的记忆。这不是雷州吗？许久没见，变瘦了很多，差点认不出来了。

胡涵把他让进屋里，把桌上吃剩的一碟毛豆，挪到雷州面前。雷州开车不能喝酒，胡涵便去厨房用碗装了一碗开水，放了点白糖。"别嫌弃，单身汉的日子就这样，没啥好招待你的。"

雷州拘谨地摇摇头，脸涨得通红："胡警官，我犹豫了很久才敢来找你……是这样……你还记得宋九那件案子吗？"

胡涵脸色一僵："记得，咋的了？不是已经结案了吗？"

雷州从裤兜里掏出手机，用手划拉了两下，点开一张照片拿给胡涵看。

"我现在在一家小旅游公司当导游，这张照片是我的同事发到朋友圈的，你看这里面摆在案台上的照片像谁？"

雷州把照片放大，神情复杂地望着胡涵。

照片照的似乎是一个祠堂，案台一角摆着一张挺大的黑白照片。胡涵定睛一看，心脏便漏跳了两拍。这不是宋九吗？

"胡警官，宋九的案子我多少也知道点内幕，毕竟我被它牵连地好长时间都缓不过劲儿来，就像一道疤烙在了我的心里，现在虽然痊愈了，但多少还留着印子……这个不会才是真正的宋九吧？"

听雷州说话的意思，他应该什么都知道了。

"胡警官，说实话，这么多年我心里一直还是有愧疚的，但难免也有些怨气，这道坎，我还没有迈过去，也不想再碰了，所以，才来找你……"

胡涵看着雷州，知道这孩子心地不坏，深深叹了口气："我明白，告诉我地点吧……"

胡涵来到隔壁省的一个城市，一个开满油菜花的地方。他沿着路边的油菜花一直走，看到了一个简陋的祠堂，孤零零的，与周围的喧嚣格格不入。

祠堂虚掩的门里，透出说话的声音，还有焚烧香炉的烟火味，他手扶上斑驳的门扉，轻手一推。

祠堂里只有两个套着袖套的女人在打扫卫生，看见有人进来，都愣了一下。何玉梅把扫把靠在桌角，双手在衣服上随便一抹，语气埋怨地说："你们这些游客怎么搞的，都说了多少次了，这里不让照相，又不是玩的地方，再说都是土……"胡涵也觉得自己有点冒失，歉意地弯弯腰，眼角却忍不住往前方打量。他瞄到了那件东西，顿时站在那，不动了。

那是一张放大的黑白照片，在桌台的一角边缘。那张照片里的人，正是宋九的模样。虽然之前已经有了心理准备，但是实地看到后，胡涵还是觉得有些恍惚……

"你说你认识他？"何玉梅就像一只野猫闻到油腥，眼里闪着光："你真的认识他？那太好了，这么多年了，总算有主了。"

胡涵咽了咽口水："他死在这里？那是什么时候的事？"

何玉梅仔细回想着："哟，具体啥时候，我还真记不得了。有好些年了吧。只记得，也是油菜花开的日子，他是怎么来到这里的，没人知道。那人有老年痴呆，脑子已经糊涂了，不记得自己是谁，也不知道从哪里来，更不知道要到哪里去。没过多久，就死在祠堂边上了。

大家伙凑了钱火化，找了个没主的油菜地，把他埋了。只有这张照片，放在这里，希望他的家人能找来。可怜的，老话说得好，人死了，还是要落叶归根的不是？"

"他……还有个儿子，我到时会通知他，过来……"何玉梅死死盯着自己，胡涵说话结巴了起来。"你们还记得……他是因为什么过世的吗？很突然？"

何玉梅狠狠点点头，这个她记得很清楚："活这么大，我还真没见过有人是这么个死法的。突然就倒下了，像睡着了般，嘴角还勾着笑……想想，怪瘆人的。我们这的人都迷信，所以把他埋在了油菜花地了，也算风水宝地，入土为安了。"

果然，跟那个人一样的死法。没错了，这边埋在他乡的才是真正的宋九，宋准的父亲。而死在宋九家里的那个，是宋九的兄弟。只是，他们是怎么互换身份的？宋九为何又死在了这里？依然是这个事件中未解的谜。也许，失散多年的两兄弟在某一天偶然相遇了，也许，落魄的他看中了宋九的身份，起了歹心，把毫无防备又老年痴呆的宋九送到了这里，然后，以宋九的身份，继续生活。也许，他一直憎恨的不是送走自己的母亲，而是这个被母亲留下来的兄弟……有太多的也许了，都只是猜测，真实的情况是怎样的，胡涵永远都无法得知了，也许跟自己想的差不多，也许，正好相反。

胡涵根据何玉梅的描述，寻到了宋九的墓。一片荒废的油菜田里，零零散散有三四个墓，其中只有一个墓的墓碑是用木头做的，墓碑上的字已经看不清，或者原本就没有字。

胡涵弯腰把坟头的几根杂草除了除，然后默默地从裤兜里摸出一沓纸，一张一张数着。这些是从宋准那拿到的，和那几张画放在一起，都是宋九捐献给孤儿院的汇款单，年度跨越了十几年，每张单子的数额都不算大，但是林林总总加起来也有七八万了。

"老哥，你是个好人……可为啥，好人……"后面的几个字就像卡在喉头般，怎么也吐不出来，连他自己都不明白，他想说的是宋九还是自己。胡涵眼睛有些发酸，摇了摇头，用手刨出一个浅坑把那叠纸埋了进去。

返程的路上，沿途成片成片的油菜花田，连绵不绝，望不到尽头。油菜花的灿烂和香气，轻盈又耀眼。司机把音乐开得很大声，那些不知名的带着荤段子的歌，在车里荡漾着，又透过车窗缝隙，飘荡到了远方。胡涵把领子竖起来，遮住耳朵，望着车窗外的片片金黄，五味杂陈，酸甜苦辣如焖在焖锅里发酵般，起伏不定，又渐渐如深海般都沉淀下来。他抬眼看即将西下的落日，那些悠长又散乱的光线让所有景物都变得蓬松起来……

晓来淡酒三两盏

——李清照《声声慢》新解

卢王伟

易安居士自是雅致的美人。

对此，李清照也深以为然。只是晨起后不知怎的，心绪有些乱。今天本没有什么要做的事，大概是昨夜校勘金石迟了些的缘故，现在整个人病恹恹的，总提不起精神来。

李清照想再去睡会儿回笼觉，但又觉得未必会有什么甜美的酣梦，便勉强梳洗打扮。要用早饭时，见食格里有些寂寥，又唤来侍女照钰，叫拿些酒来。

卯时将尽，按老派的说法，仍是不宜饮酒。只因一天之计在于晨，若是大清早便醉了，一天也就交代了。不过本来无事，李清照也就没多在意，举杯遥祝，却不知该向何处，终是空对。聊尽一盏，又用了点粥饭，才提起些兴致，唤着照钰再添些酒来。

"就刚才的雪焙可以吗？"

李清照这才注意到之前喝的是泰州雪焙，她也喜欢这酒凛冽清甜的口感，只是才晚秋，就喝这名字里带"雪"的酒，未免冬天来得太快些。

"算了，还是喝点金丝酒吧。"

"夫人，这，"照钰脸上露出为难的神色，"我前些日子才记住'雪焙'。"

"又忘了吗？就那个鸡子烧的花雕，记得交代多放点姜丝。"李清照有些无奈，这照钰是她在青州时收的侍女，虽说流落江湖只求一饭而已，但也颇知礼义，言辞得体。李清照心里乐得有个伴，也有点怜惜她，便从自己闺名里择了个"照"字为她取了名，又暗暗把她当作妹妹来对待，故这次到莱州，一并带她来。只是有点，就是这照钰说些闺阁内有意思的话很在行，唯独对诗词歌赋一窍不通，李清照偶尔几次醉着对她唱词牌，也是对牛弹琴。

待金丝酒端上来，李清照拉着照钰坐下，想她陪着喝。照钰却推说早上要去城里寻家衣铺，为赵明诚夫妇预定要赶制的新冬装。

李清照素来厌恶强劝他人饮酒，见照钰身上衣裳也有些单薄，便去箱箧里取了月例钱。数的时候却不专心，也只大概有个数。交到照钰手里，说是这个月的月钱，天渐渐冷了，可紧着点花。

趁酒还热着，落得独饮的李清照也不敢怠慢。今天的姜丝，早知不交代了，矫枉过正，放得有点多。不过鸡蛋花很漂亮，是用很匀称的手劲儿打出来的。先嚓了口，温度刚刚好好，入喉便有丝丝暖意涌上来，她喜欢的便是这点。

李清照慢慢喝着，心里想着这次到莱州的事。

赵明诚赴任莱州，本是可以同李清照一起来的，只是不知怎的，他却始终没向李清照提这事。想到夫君的仕途好不容易刚刚有些起色，忧心忡忡之余，也当多体谅才是。李清照这么想着，以致终于沦落到一个人在青州寓居。此番到莱州来寻夫君，也是破釜沉舟似的决定。只是见了赵明诚，又生不了气。虽说夫妇之间没有什么积隙，但在静冶堂共操金石之业的余暇，李清照也常觉得心头始终有什么东西，消也消不去。

对着这股不知从何而起的牢骚，李清照也弄不清楚何以自处，只是不觉间，小酒壶已经空了。这点酒，对她来说，还不至于醉，只是微微有点酒兴，也不管到底喝了多少，反正至多也不过三两盏。

这些天乍暖还寒，虽然赵明诚常叮嘱李清照要注意保养，可他又是公事又是攻治金石，总是忙着的。往年惯例的出游，也少了许多。李清照一边要同夫君一道研究金石，一边又要独自应付幽居青州时留下的后遗症，哪有什么保重自己身体的心思。

她想出去走走，便披上外套，往院子里走去。只是方才推开门，一阵风到脸上，顿教她打了个激灵。

"晨风怀苦心，蟋蟀伤局促"，这是《古诗十九首》里的。"晨风凄以激冷，夕雪暠以掩路"，这又是潘岳的《怀旧赋》。可李清照酒劲初退，刚刚为酒精稍稍麻醉的脑袋里，生出四个字：

晓来风急。

闲庭信步，只不见南飞燕，倒是满地黄花堆积，又添些憔悴落寞。李清照感到这么走着，也只是因吹不断的秋风增几分寒意，又想起昨日赵明诚还说今年冬天准会比往年冷些，莱州更是比不得汴京，便又踱回到屋里去。

点起沉香，李清照心绪稍宁，懒懒地翻了几页书，又开始回忆起从前。她还是少女的时候，就同赵明诚相知，合卺之后，更是过了有些年神仙眷侣似的日子。她想到那卷南唐徐熙的《牡丹图》，彼时她和赵明诚新婚不久，虽说小夫妻没太多钱，但还是经常一边吃零食一边赏玩文物，唯独这贵重的《牡丹图》，展玩两日后还是得依依不舍地物归原主。借着安神的香气，她想到好多好多这样珍贵的回忆。

不过也有很多事情，明明开始的时候历历在目，渐渐往下想，却有点不知所终。李清照想起有次赵明诚在古玩市场看走了眼，说是唐代的物事，其实只是新近做旧而已。那天晚上，赵明诚苦笑着拿出一对鸳鸯纹样的银香囊，说着白天上当受骗的经历，李清照却不以为然。

"就当是买新的吧，这银匠做得也精细，或许还是什么深藏不露的高手呢。"

"随你，只是我这次怎么说也上当了，总不能再拿去使吧，给外人问着多尴尬啊。"

"这有什么，你不用，就交给我用好了。"李清照打开香囊，里面设计倒精巧，一个小机关，不管是香丸还是香末儿，怎么颠都不会洒出来："你瞧，这里头拿来装东西还怪有意思的。"

"这倒是。"赵明诚这会儿可动了心，"要不我们也不用它来作香囊，就各写个小条子藏里头，以后什么时候再打开来看，想来风雅得很。"

"噗，你呀，"李清照为夫君的鬼点子忍俊不禁，"随便你啦，不过要写什么呢？"

"要不，保密？"赵明诚拿过一个，自己背过身开始写起纸条来。

"喂，过分了吧。"

"要有点神秘感嘛，交给你保管，你可不要随便打开哦。"赵明诚自作主张，把写好的小纸条塞进香囊里，好好地放到李清照掌心。

"这就写好啦？"

"难道你还要专门填首词吗？"

"那大可不必，不过你可别敷衍啊。"

"怎么会。"

赵明诚无邪的笑容至今仍清楚地印在李清照的心上，只是后来的事她却记不清了。按她的性子，搞不好第二天就打开看了，可现在不说是赵明诚写的，便是自己写的什么也不记得了。

算了，反正也是引的《上邪》之类的情话：

> 我欲与君相知，长命无绝衰。山无棱，江水为竭。冬雷震震，夏雨雪。天地合，乃敢与君绝。

李清照有些丧气，又躺到床上，可不知怎的，心脏怦怦跳起来，好像在给自己传递什么声音：

枕前发尽千般愿。

这是敦煌曲子词里的某首《菩萨蛮》，想来作这词的无名女子，也多少听过《上邪》吧。李清照终于抓到个残留的线索，她当时写纸条时，心里正是这句话，或许当时仓促之间，直接踏袭或者化用了也说不定。

李清照恨不得这香囊就在眼前，好即刻打开看看自己和赵明诚到底都写的什么。

于是她马上开始寻起来，只是翻遍青州带来的箱箧，也不见这对香囊，连相似的物件都没找着。

寻了遍没寻着，李清照又开始烦闷起来。她又坐回到桌前，心不在焉地翻着书页，想着自己到底当时把这对香囊收到哪里去。是落在汴京的家里吗，还是青州，又或者给赵明诚自作主张收到哪里去，她心里总没个答案。

看来线索还在那小纸条上，若是能想起来写的什么，大概也会想起给藏在哪里。李清照如是认定，便又觉得自己写的那部分，若是以当时的心境揣度，或许能够复现出来。于是她又铺开笔墨，细细地回忆起来。

香囊本不是什么贵重之物，不过所谓礼轻情意重，如果当时赵明诚未走了眼，那么或许直至今日这对夫妇仍随身配着这对香囊。李清照也觉得自己当时写的，必是海誓山盟的话。新婚的妻子期待同丈夫相守到白头，这是再平常不过的情感。

如果首句就如方才所想，是踏袭的"枕边发尽千般愿"，曲牌大概也就是《菩萨蛮》。只是不管《上邪》也好，《菩萨蛮》也好，总归是将这世上不可能的事放在一起，来证明自己的心意：

枕前发尽千般愿，要休且待青山烂。水面上秤锤浮，直待黄河彻底枯。白日参辰现，北斗回南面。休即未能休，且待三更见日头。

　　当时的自己，想来也在搜索那不可能的意象，努力层叠在一起，表达自己对赵明诚的一番衷情吧。想到这，李清照便提笔落纸。

　　只是过去良久，素来才思敏捷的李清照无奈地叹了口气，又搁下笔。纸是上好的宣纸，笔也是上好的湖笔，只是除了《菩萨蛮》原句，她竟再想不起来什么，要自己再去新填一首，却又要去搜寻那海誓山盟的意象。其实这对李清照来说也不是什么难事，只是故意对自己托词说没有灵感罢了。

　　为了转移注意力，李清照又着手去校勘金石，她也很喜欢研究金石学。不仅是同夫君赵明诚琴瑟和鸣，而是自己的的确确喜欢解读这篆刻在青铜或是石头上的古代文字。仿佛透过那历经岁月侵蚀尤依稀可辨的符号，便可窥知千年前深藏的心事似的，李清照正是为此才会对金石学着迷。

　　只是今天总是心绪不宁，只读过一两张残破的拓片，李清照又失了兴致。刚好案头又有卷唐人的传奇，是之前读到一半搁在那的，便又拾起来继续读。才看了几篇，又觉得无聊。她起身在屋里来回踱了几圈，又坐下来，对着镜子打量着今天自己的妆容。

　　看来是早上起来时太疏懒了些，这般打扮太潦草了。李清照索性又去卸了妆，开始重新化起来。先是粱米做的粉饼，轻轻扑打在脸上。原本肤色就偏冷白的李清照，立时显出冰肌玉骨的感觉来。等到底妆上得妥帖，她才算进入正题。李清照对自己的眼睛很满意，虽说以前有次看相的时候，那算命先生总说稍有不足，欠了些福气，可这双明眸确实是含着秋水，楚楚动人的。按赵明诚吹牛的说法来说，便是仿佛那婉约清丽的词章，都可以从这眸子里汩汩地流出来。画好眼妆，李清照又想起来，时下流行用烟墨画眉，以至于历来闻名的廷硅墨，新近也出了一款画眉专供。这等烟墨制成的眉笔，使起来可比青黛好用得多，不知是否再过些时日，词人们也该用烟墨指代女子的眉毛。于是她修过眉，便执着眉笔，细细画着眉。等到满意地搁下笔，这对眼眸才总算完成。李清照又用胭脂扑了腮，又点绛唇，贴过花钿。可还不算完，因为她又觉得今天这身衣服未免随便了些，便换了身明艳的衣裳，首饰也另择了一套，从瓷瓶里取出点朱栾花做的香水洒在衣上。她对着镜子转了个圈，又兜起袖子嗅了嗅，果然暗香盈袖。到这，她才总算觉得称意。

还是出去玩趟吧，如此闷着也不是事。李清照这么打算的时候，刚好照钰从外面回来。

"照钰，我们出去玩吧。"

"哦，好的，夫人，这是刚才找的钱。"照钰把个包袱放好，这里头是赵明诚夫妇的一些旧冬装，因为之前仓促有的尺寸没量，所以给照钰一并带过去给店家参考，"这会儿就走吗？"

"嗯，这钱你先收着吧，我另外又拿了点，我们等下去好好耍耍。"李清照也没在意，见照钰的衣着有些素，便又从妆奁里随手挑了支好看的簪子帮照钰别好，"走吧，去玩啦。"

说是去玩，其实刚到莱州不久，李清照也不知道附近有什么好玩的，何况中午前还要赶回官舍，便决定去逛街。下了车，给跟来的小厮赏了几个钱，叫他在茶楼吃些点心等着，李清照便和照钰两人在市场上逛着。

今天刚好是圩日，很多乡下人也到城里来赶集，好不热闹。李清照感觉这乍暖还寒的时候，空气也有些热起来，便又携照钰到了家勾栏去歇息。喝了碗粗茶，刚好台上的艳段演完，换上出傀儡戏来。

李清照在汴京的时候，也时常同赵明诚到勾栏瓦舍之类的地方去，也见过不少傀儡戏的名家。只是在莱州地界能看到这个，也是难得。

莱州位处胶东，所谓东三府的地界，山海之隅，民性剽悍勇烈，有古之遗风，是个和繁华温柔的汴京大不相同的地方。

这傀儡师是个驼着背、须发皆白的老者，看上去颇有些年纪了。那杖头傀儡也是经过些风霜，有些寥落了。这老者向观众自报完家门，说是仁宗年间某位名家的弟子某某，便到幕后去，只露个傀儡出来。

老者操着傀儡唱念做打，咿咿呀呀好一会儿，李清照才知道这演的原来是《柳毅传》里的一小段。讲的是龙女将书信托付给柳毅后，一边相信柳毅就是上天安排来对她施以援手、拯她脱于苦海的救星，一边又担心柳毅能否平安地将书信送达。渐渐地，龙女的情绪越发低沉阴郁，终于开始怀疑起柳毅是否会变心起来，可她心底对柳毅的深深爱慕，又使得她不得不同自己搏斗起来。临到结尾，一曲唱词，凄厉哀婉，正到最高潮时，偏偏这傀儡的机关出了毛病，卡在那里，手足伸展不得。那老者却也不在意，他那老嗓子就像老猿哀啼，直教人断肠。终于演出结束，走回到台前，他却忍不住道：

"这木偶玩意儿，也陪我有些年了，前些日子一直压在箱底没拿出来，今天偶然拿出来用用，却失手了。这次怕是修不好咯，也难为它了。"

不知这老傀儡师又是何人的柳毅，李清照只觉得那失去生命的龙女有些可悲。如果这傀儡还能继续使用，或许还能再演到两人相会大团圆，只是这般光景，却也只能恼恨老天偏偏让它坏在这个时候，也是无可奈何。

后面又看了几小段，无非也是些家常琐事、市井闲话，倒是近来剧作家的手段越发高明了些。想到临近中午，李清照又同照钰回到方才约定的茶楼，却不见了那小厮。

李清照只好又原地等了会儿，只见那小厮急急忙忙跑来。

"你这小鬼，点心吃忘啦？又上哪贪玩去？"照钰摆出副女管家的样子训诫道。

"我点心都没顾着吃，本来早上老爷在堂里办公，忽然说来了事情，刚好今天轮值的那人又临时请了假，管事的喊我回去帮忙，我回去备了马，送老爷出了城，想到夫人还在这里，急急忙忙过来，可还误了点。要怪，就怪小的运气不好吧。"小厮低头认错，语气很是真诚。

"老爷哪去了？"李清照也不好责难，只是问起赵明诚的去向。

"好像是上面的巡按到了附近州府，老爷为了应酬要去趟。"看来小厮也只是听得片语。

巡按品级虽然只有区区七品，但号称代天子巡狩，对州县的地方官来说，自然是怠慢不得。想到夫君临时出城，也是情有可原，李清照更不好说些什么。坐着车，回到府里，午饭是先前就预备好，反倒做得有些多了。

草草吃过午饭，李清照稍歇了会儿，便去午睡。刚挨到枕上，就听得淅淅沥沥的雨声，或许早上还是受了些寒，她睡得很沉。待醒来时，已临近申时。她总觉得脑袋还是昏昏沉沉的，大概不知觉的时候，已做了场长长的梦。

李清照感觉口有些干，想要吃茶，便又唤来照钰。因为是点茶，没那么快吃得上。看着照钰烧好水，又一步步碾末、调膏、点汤地做下来，李清照又觉得时间过得有点慢。

"照钰，今天玩得开心吗？"

"很开心啊，吃吃喝喝玩玩转转，怎么会不开心嘛，谢谢夫人啦。"

"可我总觉得也不是很尽兴。"

"夫人是还有什么心事吧？"

"那你猜啊。"其实对照钰直陈心事也无妨，只是李清照觉得既然要打发时间，还是兜兜转转些好。

"我猜啊，肯定又是老爷的缘故，是老爷又惹夫人生气了吧？"

"也是，也不是。"李清照觉得赵明诚今天因为临时公事外出，其实并没什么要紧的，确实问题也在他身上，可自己也有原因，"照钰过几年也要从这里出去吧，到时候德甫他肯定要给你找个好人家，不过你要自己有中意的，也尽早说给我们，至少说给我知道也好。"

德甫是赵明诚的字。

可照钰听了却并没有多么动心的样子："谢谢夫人，只是照钰也是漂泊天涯的人，你这么说，倒觉得我们好像不久就会分开的样子。只要不嫌弃，我一直待在这就很满足了。"

"不是吧?"李清照觉得照钰这般有姿容有教养的女子，虽然眼下还是仆婢之身，但总归会嫁个好人家的。

"是我自己的原因啦，我之前不小心弄丢了些东西，再找不回来，心也就死了。"照钰的语气仍是平静，不知其下是多少个辗转难眠的夜。

分好茶汤，李清照咪了一小口，都刚刚好。

喝了几盏茶，照钰才又说起她的身世。这故事李清照也听过或长或短几个版本，只是今天格外详尽。原来照钰本姓叶，河北人士，只因近年边境不靖，所在的州郡遭了牵连，家里凋零殆尽，可以依靠的未婚夫也在流亡途中病故，才沦落江湖。照钰有时候也跟着做点供奉念点经，大概就是在为家人和亡夫祈求冥福吧。因为早早经历了生离死别之痛，于是心灰意冷地等待自己的人生也旅行到尽头，这或许就是照钰的态度。

对于照钰的过去，李清照以往其实也没有太多的共情，更多只是觉得这命途多舛的女孩子值得悲悯而已。可今天不知怎的，李清照又觉得照钰所经历的苦难，或许对别人来说，也会在某天以某种形式临到头上，那时像自己这样，又该如何自处呢?

李清照思量稍许，也还是没有答案。而且越是思量，心头就越堵得慌，还是不去想的好。喝过茶，李清照还想细碎闲聊一阵子，照钰却退了下去，想来是刚才一番回忆，牵动心事，终是意难平。

说

屋里又只剩李清照一人，她感觉四面的墙壁忽有些逼仄，便坐到窗前。雨还在下，不见要停的意思。李清照感到很无聊，就又回想起早上的事。

那对香囊究竟在哪里，她和赵明诚又各自在纸条上写了什么呢？

秋雨点点滴滴，李清照的思绪亦如是。

在赵明诚之前，她原也有可能嫁给别的男子，那段时间她怀着少女对于爱情和婚姻那渴望又不安的憧憬，也写下了许多玲珑剔透的词句，还因此大受欢迎，在汴京收获"才女"之名。赵明诚也是在读过她的词后，才毅然决然非她不可的，因此还生出许多佳话。

对，又回到词上来，她在这方面的才气，莫说寻常男子，就是很多声名赫赫的当世文豪，见了也要心甘情愿地低眉颔首。同夫君一道醉心金石之学，某种程度上也是对夫君迁就的意思，毕竟要是一道吟风弄月，只怕赵明诚应酬有余，真要琴瑟和鸣，那还是力不从心。

想到这，李清照蹙着的眉头解开些许，她虽是女子，但对自己这方面的能力也有高度的自信。她坚信着，有的词句，不管是李后主也好，柳七也好，总也是由自己这支笔写出来，才会如珠玉般历经岁月而愈见真章地传唱下去。

想到这，李清照忽又觉得去填那回忆不起来的《菩萨蛮》，或许也没有太大的意义。

可就在这瞬间闪过的念头，刹那便给李清照本已开阔的心境投下荫翳的影子。

李清照从未怀疑过自己对赵明诚的感情，也相信自己会和赵明诚白头偕老。可赵明诚又是怎样的人呢，赵明诚在大多数方面都符合李清照心目中理想的样子。只是赵明诚热忱有些过了头，按迷信的说法，叫作"情深不寿"。赵明诚这般性子的人，恐怕很多事情最后没法有个交代吧，毕竟他只要下定决心就会义无反顾地行动。

只是这么一点点的白璧微瑕，照在李清照的心上，霎时间便动摇起来。

李清照是个美人，这本是不言自明的事。可她和赵明诚之间一直没有孩子，关于夫妇之间的事，尽管原因多少有点说不清楚，但"无嗣"总归是事实。李清照原以为自己和赵明诚对于这点都已经很坦诚释然，可大概是寒意随着冷雨钻进窗子里来，李清照陡然打了个冷战，立时察觉到秋风秋雨的冷酷。

她想到《卫风·硕人》里唱的那位"肤如凝脂"的美人庄姜。庄姜是齐国的公主，出身高贵，嫁给卫国国君卫庄公，本是桩美满的婚姻，却因为庄姜无法生育，而最终落得悲剧收场。卫庄公另有新欢，将庄姜冷落在旁。这首诗有多么歌颂赞美庄姜高贵的身世和美丽的容貌，就有多么刺痛那落寞美人的心。

李清照也生出那"燕燕于飞"的庄姜之叹来，虽然眼下暂且无虞，但随着年岁的增长，她也隐约感到赵明诚尽管同她恩爱如故，可放在她身上的精力却不如从前多了。而对李清照来说，她的世界，并未与之前有多少不同。只是这美好的日子就像是有些发霉的古画，不知会从哪一角开始崩塌。

尽管中午开始就一直下着雨，但此时天还没要黑的意思。李清照没看时间，只觉得一切都慢起来，甚至有要停滞的意思，仿佛要把她一个人留在这深秋的雨雾中。

李清照忙从窗边离开，又手忙脚乱地翻箱倒柜找起那对香囊来。

大概是动静太大，照钰担心地过来看看。

"是这对香囊吗？"照钰打开包袱，从旧衣裳的口袋里，找出李清照今天为之几欲狂的香囊，原来是之前某次李清照收拾冬衣时，误把香囊一并收了进去。

李清照赶紧打开香囊，只是两个香囊都打开，里面却不见纸条。

向照钰确认过后，李清照终于认定这里头的两张纸条早不见了。

弄清楚纸条里写着什么的机会，终于无可挽回地失去了。

李清照感到有些脱力。躺在床上缓了好久，中间照钰还请大夫来看过，那老头子说李清照是偶然沾了寒气，身体有些乏累，只要夜里临睡前喝一剂发汗汤，醒来便好了，只是以后还请多注意身体。

因为感冒了没什么胃口，晚饭也只吃简单的粥。饭后，李清照精神头好了些，又到案前，早上铺好的宣纸还安静地躺在那里。待照钰重新准备好笔墨，李清照又提起笔：

声 声 慢

寻寻觅觅，冷冷清清，凄凄惨惨戚戚。乍暖还寒时候，最难将息。三杯两盏淡酒，怎抵他、晓来风急，雁过也，正伤心，却是旧时相识。满地黄花堆积，憔悴损，如今有谁堪摘。守着窗儿，独自怎生得黑。梧桐更兼细雨，到黄昏、点点滴滴。这次第，怎一个、愁字了得。

"还是有些不雅。"李清照嘀咕着，不小心给照钰听到。

是岁冬月，金兵渡越黄河。

"这首词写从早到晚一天的实感。那种茕独凄惶的景况，非本人不能领略，所以一字一泪，都是咬着牙根咽下。"——梁启超在其女梁令娴《艺蘅馆词选》中给《声声慢》的眉批，该版本原句即作"晓来风急"。

婚　礼

李少华

　　夜，冷风如刀，天空下着鹅毛大雪，一钩弯月斜斜地挂在树梢。长安街上人烟渐散，沿街的房舍里射出一些微弱的灯光，一名 50 岁左右的男子挟着一叠帖子在街上匆匆行去。

　　路人远远问道："刘捕头，去哪？"刘捕头喊道："我老乡白居易请我到他家喝酒去，这长安城里就属他和我交情好，我们是一个村的邻居，同在京城里当差，正好我也有事要找他帮忙。"他来到一座四合院外，左手使劲地拍着门，高声喊道："小白！小白！"

　　白居易独坐屋中，房内摆着一张桌子，旁边有个小火炉，炉上正温着酒。心里自语道："下官因为判决书写得好，被点了翰林①，几经浮沉，现在依旧在京城为官。今天我娘子带了丫鬟回娘家，家里就剩我一个人，正好请老乡来家里喝酒暖暖身，因此写了首诗约老刘来，想来也该到了。"听闻叫声，忙出屋开门，将刘捕头迎入屋内。

　　刘捕头不停地搓着手，叹道："今儿这天可真冷，雪下得也真大，我下班后一收到你寄来的帖子，马上就赶了过来。"他从衣兜里取出信笺，念道："绿蚁新醅酒，红泥小火炉。晚来天欲雪，能饮一杯无？你这首《问刘十九》②写得可真棒，通俗易懂，连我这个没什么文学修养的人也一看就明白，哈哈，能饮一杯无？你知道我是最好这一口的，这还用问吗？准备了什么样的好酒，快让我瞧瞧！"凑近饭桌，直接在椅子上坐下，一边拿着诗笺又看了看道："晚来天欲雪，咦，小白，你还会看天象啊，你怎么知道今晚要下雪，这雪下得也真大！明天恐怕积雪要有一尺厚吧？"

白居易为刘捕头摆上杯筷，笑道："这是今天一大早上朝时礼部的官员告诉我的，我还以为是小道消息哩，没想到还挺准！他说这是一场瑞雪，准备写个报告明天上呈皇上，说不定还能得着一笔厚赏哩。"他一边为刘捕头倒酒，一边让道："尝尝，这是我放了好几年的女儿红，原来想生个女儿等她出嫁的时候拿出来喝，没想到一连生了三个儿子，唉，看来是没指望了，没指望了，还是把它开了喝掉吧。"

刘捕头喝一口酒，感叹道："三个儿子，不容易啊，一个儿子一套房，你压力可不小啊！"

白居易沮丧地道："可不是？唉，听说长安的房价又涨了！"

刘捕头激愤地道："是啊，年年都说房价要跌，年年都在涨，还是你有眼光，在这长安城的市中心买了这么大一套四合院，你看我，忙忙碌碌一辈子，还是只能在城墙外买一栋小木屋，每天早上拼命似的往府衙里面赶。你知道，我的那匹马又差，还隔三岔五地失蹄，有一次竟然把我甩到阴沟里去了，那滋味可真不好受——村里人说起你谁不竖大拇指！"

白居易得意地笑道："我还不是靠写东西赚点稿费，总算我运气不错，没想到新创造的"新乐府体"很受读者欢迎，竟然意外地成了畅销读物，还不到半年吧？销量就突破了百万册，连日本人都坐船跑来买……"

刘捕头感叹道："听说洛阳的卫生纸都贵了！"

白居易笑道："哈哈，光靠那点微薄的俸禄哪里够买房！元稹幸亏听从了我的建议，没有继续写他的'传奇体'，做人要有眼光。"

刘捕头羡慕地道："文化人就是不一样，传言说王维③好像在辋川又买了一栋别墅，说是退休后要在那隐居。"

白居易点头道："他走的是精英路线，画卖得好，还经常做讲座，开音乐会……"

刘捕头笑道："你呢，名字取得好，居易居易④，不就是住房很容易的意思吗，哈哈，而且还是白住！白兄弟，你是翰林，尚且嫌俸禄少，我们小老百姓还怎么活？"

白居易感叹道："翰林不好做啊，帮皇上写材料你以为容易？可以说是'战战兢兢，如履薄冰'，步步惊心啊，比如写一份诏书吧，立意要高，用字要准，指导思想要对，修改个十几次二十次那都不在话下，最难的是揣摩皇上的意图，一不小心，可就祸从天降了。你还记得那一年武丞相被黑衣人行刺的事吧？连御史中丞裴度腿上也被砍了一刀，当时皇上就征求我们几个人的意见，皇上的大舅子曹国舅说'要冷处理，好放长线钓大鱼'，许多人附和着，我激于义愤，张口就说'天子脚下首善之区，应当立即启动一级紧急预案进行布控堵截，用最短的时间捕贼雪耻'⑤，皇上说'就是'。叫我们回去写方案，没想到第二天我把方案一交上去，立即就被罢免了职务，还因为越职言事被贬到江州做司马，我想了好久才想明白，原来皇上说的不是'就是'的'就'，而是大舅子的'舅'啊！朝廷的水深！"

刘捕头放下酒杯愤愤道："真是伴君如伴虎！"

白居易举杯敬酒道："老刘，不说了，你还有几年就要退休了吧？"

刘捕头举杯饮一口道："还有五年，我倒想提前退，可我们大人答应明年要升我做狱丞，虽然管监狱容易得焦虑症，好歹退休前也能混个从九品哇，做人不就图个名气？谁不想封妻荫子啊？"

白居易不平地道："你也不容易，辛辛苦苦干了一辈子，像去年发生的什么'红桥分尸案''官库失银案''连环杀夫案'，那几个大案子，不都是你破的，功劳呢，可就轮不到你啦！趁着你儿子结婚，赶紧把年假休了，也该休息休息啦。对了，日子选好了没？"

刘捕头忙道："日子定在十一月十一，是请'一行'大师亲自选的，这天酒店的优惠活动多，折扣力度也大，酒楼就定在长安城最豪华的'快活林'，老板和我相熟，有一年一度的大酬宾活动，赠送饭后水果，有哈密瓜、葡萄，还返券。小白，我今天来不光为了喝酒，有件事要请你帮忙。"随手拿出一捆帖子，摆在桌上，道："请你这支给皇上写材料的大笔一挥，把这些喜帖写了，那这场喜事可就增光不少啦。"

白居易接过帖子，大略数了一下，惊讶地道："这么多，老刘，你真是交游广阔！"

刘捕头自豪地道："不多，不多！就1000多人！老家的邻居亲戚，巡捕房的弟兄，场面上的朋友，还有历任老领导，哪个能落下？快活林的120桌全被我包圆了，我就这一个儿子，还不要办得风风光光？好歹我们也算是京官了，客人们的路费、住宿费，我还能让他们自己掏吗？我这辈子还图啥？积蓄虽然不多，不过还好，'银来钱庄'的大庄主也要卖我几分薄面，答应给我作无抵押贷款，利息不高。你看看这帖子……"

白居易打开帖子看，惊叹道："喜帖做得很精致呀！"

刘捕头得意地道："我专门花了50两银子请大画家吴道子设计的，这钱花得值！我本来想请柳公权写帖的，他收的润格太高，呵呵，只能劳烦你，让我占点便宜啦。"

白居易道："放心吧，我一定尽快给你写好。"

刘捕头给白居易倒一杯酒，道："我都想好了，每桌28个菜，熊掌、海参、鲍鱼、鱼翅是不能少的，汤用清炖老穿山甲，先上燕窝润肠，最后再来一盏天山雪蛤；酒要正宗的西域葡萄酒，上菜的小二一律要用'昆仑奴'和'新罗婢'……当然这只是正餐……对了，酒楼门口要铺上一里地的宣城红地毯，租金虽然有点贵，不过档次可就上去了。"

白居易惊道："老刘，这规格是不是有点太高了？"

刘捕头摆手道："不高，你忘了去年李捕头女儿出嫁的场面？去喝喜酒的每个人都发十两银子，我虽然比不上他阔绰，也不能太寒酸……小白，还有个忙，请你无论如何要帮帮老哥，举行婚礼的时候，请你的小丫头樊素和小蛮出来撑撑场面，多少人想见识见识你的'樱桃樊素口，杨柳小蛮腰'，如果他们肯到我的红线毯上献歌舞，那我可就把李捕头比下去啦！"

白居易为难地道："她们很久没有抛头露面啦，这事要和她们商量商量……"

刘捕头连连点头道："是的，是的，你放心，出场费少不了她们的——晚上宵夜的主菜是波斯烤肉，每个人一盆炭火，自己烤自己吃，一面欣赏歌舞，现在流行吃这个，何况天这么冷……这大雪天，只怕木炭不好买。至于第二场……"

白居易惊道："还有第二场？"

刘捕头兴奋地道："当然还有第二场，场地就在城西的'长乐坊'，那可是有名的销金窟，姑娘年轻漂亮，服务周到，那儿的赌场也是出了名的公道，客人们想玩放松一下最合适不过了，当然还备有上好的'五石散'，我亲自试过好几回，你如果去我给你单独开包厢……"

白居易急忙摆手道："我不去，我不去。"

刘捕头道："去不去回头再说吧，今晚天色不早了，我也该回去了"，站起身，道："帖子放下了？"

白居易起身相送道："放着吧，我写完就给你送去。"

刘捕头打躬作揖道："有劳啦，告辞！留步！"

次日中午时分，地上铺满白雪，天地一派苍茫。捕快张三持着朴刀，匆匆进入刘捕头家中。喊道："大人！大人！客房都订好了！大人！"见家中无人，径直在厅上坐下，不断搓着手，自语道："好冷！"走到门口关上院门。

白居易提着喜帖，一步一步来到刘捕头家门口，敲门道："老刘！老刘！"

张三起身打开院门，道："大人不在家，啊哟！原来是白大人！快请进！"忙将白居易迎入。

白居易坐下，问道："老刘不在啊？请问你是……"

张三站着躬身道："家里一个人都没有，想是出去张罗婚事了，小人是大人手下的捕快张三，大人让我去客栈订两百间房，如今都办妥了，特来复命。"

白居易道："哦，你也坐呀！"

张三打躬斜身坐下，搭讪道："谢大人座，白大人有何贵干？"

白居易道："老刘让我写喜帖，我一个上午就都写好了，顺路给送过来。"

张三恭维道："得大人墨宝，这场喜事可真是增色不少！"

白居易笑道："哈哈，老刘的事你们也都出了力，辛苦辛苦！"

张三无奈地道："我们做下属的跑跑腿哪里敢说辛苦！大人言重啦，这种事我们经常做，轻车熟路，习惯啦。这阵办喜事的也多，这已是我今年喝的第八场酒啦！"

白居易道："第八场啦？那可真不少。"

张三叹气道："可不是吗？我们基层衙门兄弟多，接触的人复杂，'礼尚往来'嘛，大家互相捧捧场，凑凑热闹，高兴高兴，是好事情。唯有这份子钱，唉，年年看涨，可真是让人有点吃不消！"

白居易道："你们现在的礼是多大呢？"

张三苦着脸道："我刚做捕快的时候吧，也就意思意思，一场酒是半两银子，但是才不到三年，这份子钱可就涨到二两了。白大人，您是去基层挂过职的，知道我们小捕快的苦处。您想想，我们一个月的收入也就三四两，又要租房子，除去吃穿还能剩下几个钱？白大人，不瞒您说，为了凑这份子钱，我已经把随身衣物都当光啦！房租已经交不起了，娶妻更是终身无望啦，现在轮到我们刘大人办喜事，我总不能说没钱吧？丢不起这人啊！"

白居易道："不容易，不容易……"

张三小声地道："风气如此，唉……甚至还有熬不过压力的兄弟跳了护城河……"

门外传来脚步声，二人探头看是刘捕头进来了，刘捕头抖抖雪，道："哎呀，小白，你来啦……"白居易、张三起立相迎。

刘捕头道："我刚出去看看接亲的马车，总算挑到了一辆满意的，纯种的大宛名马，全身雪白，一根杂毛都没有，马鞍和马掌全是纯铜打就，车帘用的是上好的绸缎，马和车都好！请坐，请坐……"

白居易递上喜帖，笑道："幸不辱命。"

刘捕头道："这么快啊，多谢多谢！小张，也不帮我泡茶，赶紧的，烧水去呀！"张三忙唯唯离去。

门外响起马嘶声，捕快李四匆匆进屋，打躬道："大人，红线毯运到了，请大人过目。"

刘捕头挥手道："抬进来！"随手拉着白居易，指着地毯道："来看看，这宣州的毯子就是好，太原的毯子用毛织，太涩太硬，成都的毯子用锦织，太薄太冷，只有这宣州的毯子用丝织成，兼有两处之长而无其短，又温暖又柔软⑥，真是好东西！"

白居易摇头道："确实是好东西，铺在地上太可惜了。"

刘捕头道："租来的，租的。不贵。"

白居易叹气道："唉……"

这时一辆牛车停在门口，捕快王五身着黄衣，兴冲冲走进屋道："大人，木炭弄到手了，整整一大车，做波斯烤肉足够用了，请大人过目。"

刘捕头赞赏地道："难为你了，我转了一上午都没有看到街上有得卖，这么冷的天，你真行，竟然弄到了这么多！"

王五得意地道："我全城转了个遍，都没有收获，最后在城南碰到了赵六，他说城南的市场里有个卖炭的老翁，坐在门外的泥中歇息，整整一牛车的木炭呢，我们就'顺手牵牛'给带回来了⑦。"

刘捕头问道："今天的木炭一定很贵吧？"

王五得意地道："没花钱，多亏赵六想了个好主意，他从公文包里拿出来一张布告，告诉那个老翁说是宫里要买的⑧，于是随随便便给了他半匹红纱、一丈白绫——卖炭的老翁身上穿的衣服可单薄了，正好拿回去做一件衣裳穿，大人，您不知道，这样的人，给他钱他也舍不得买件衣服穿，我们算是做好事了——这么冷的天，他也不知道烧点木炭取暖，吝啬得很……"

刘捕头沉吟道："这样只怕不太妥吧？"

王五道："大人，办喜事开销的地方多，能省就要省。"

刘捕头道："也对，牛可要还给人家！"

王五道："给了，给了！"

白居易摇了摇头。

门外远远听见捕快赵六的声音，他身着白衣，慌慌张张进屋，惶恐地道："大人！不好了！府衙里有大事！大人快去看看吧！"

刘捕头担忧地道："什么事啊？把你慌成这样！"

赵六支支吾吾地道："今天上午……上午有个渔民来府衙报官，说……说他清晨去打鱼的时候，发现他的渔船里有……有一个老人倒地……"

刘捕头松了一口气，道："老人倒地？这不是很寻常的事吗？每日几十个人报官，哪天没有一两起老人倒地？有什么值得大惊小怪的！"

赵六道："本来也没什么要紧，叫人拉走埋了就是，但是小人在他的包袱里搜出了这个东西……"随手递上一包稿纸。

刘捕头接过，翻了翻，道："这是什么玩意？"

白居易伸手道："让我看看。"接过翻看片刻，惊道："这是诗稿，哎呀，这是杜甫杜大人写的诗稿！这是杜拾遗杜大人的诗稿⑨！"

刘捕头对赵六道："快快上报府台大人，快去！我随后就来！"

白居易继续翻看，摇头吟唱："'朱门酒肉臭，路有冻死骨！'好诗啊，好诗！这样的诗句才叫针砭时弊，这才叫'文章合为时而作，歌诗合为事而作'，我白居易的几十首新乐府也比不上这一句深刻！想我也曾做过左拾遗，惭愧啊惭愧！"回头对刘捕头道："老刘，你这场喜酒，我白居易不想去了！"

刘捕头惊讶地道："什么？你不去了？"

白居易摆手道："不去，不去！老刘哇，令郎新婚，原是喜事，入乡随俗，也无可厚非！"手指刘捕头道："但你为了操办这场婚礼，穷尽一生积蓄，甚至贷款赊账，一味铺张浪费，劳民伤财，就只是为图个面上有光，如此打肿脸充胖子，实为不智！我若不加劝阻，反而掺和其中，岂非和你一样愚蠢？

"京城红白喜事一向讲究排场虚名，穷奢极欲，互相攀比，致使民间聚赌成风，淫乱成性，吸食'五石散'成瘾者，更是倾家荡产，如此歪风邪气，你不挺身出来抵制，反而处处迎合仿效，实为不勇！我身为朝廷言官，若不检举进谏，岂非大大失职？

"你无视同僚俸禄微薄，生活窘困，种种陈规陋俗，你不以为耻，反以为荣，如此大操大办，更使贫寒之士雪上加霜，实为不义！我若喝了你的喜酒，岂非推波助澜，助长歪风？

"你纵容下属欺行霸市，强取豪夺，为非作歹，置八十老翁于饥寒交迫之地而无丝毫愧疚之心，实为不仁！我若与你同流合污，岂非助纣为虐，为虎作伥？

"老刘啊，这场酒，我喝不下去！如此不仁不义不智不勇之事，我岂能视而不见，闭口不言？"

他指着木炭，激愤地吟唱道："一车炭，千余斤，半匹红绡一丈绫——老刘啊，你系向牛头充炭直!"又指着红毯，激愤地吟唱道："一丈毯，千两丝。地不知寒人要暖——老刘啊，你少夺人衣作地衣!"

刘捕头愕然道："可是……这……"

白居易诚恳地道："老刘，我算是明白过来了，希望你听我一句劝，过而能改，善莫大焉，这场酒席该撤的撤了，该还的还了，该减的减了，该换的换了，回头我还请你喝酒!"

注：

①贞元十八年（802）冬，白居易应吏部试，第二年春与元稹以书判拔萃同登科，同授秘书省校书郎。

②刘十九实为刘禹锡的堂兄刘禹铜，系洛阳一富商，与白居易常有应酬。

③王维卒于761年，白居易772年始出生。

④史载：乐天初举，名未振，以歌诗投顾况，况戏之曰："长安物贵，居大不易。"及读至《原上草》，云："野火烧不尽，春风吹又生。"曰："有句如此，居亦何难? 老夫前言戏之耳!"

⑤815年，宰相武元衡遇刺身亡，白居易上表主张严缉凶手，被认为是越职言事。其后白居易又被诽谤：母亲看花而坠井去世，白居易却著有"赏花"及"新井"诗，有害名教。因此被贬为江州司马。

⑥《白居易集·卷四·红线毯》："太原毯涩毳缕硬，蜀都褥薄锦花冷。不如此毯温且柔，年年十月来宣州。"

⑦《白居易集·卷四·卖炭翁》："牛困人饥日已高，市南门外泥中歇。翩翩两骑来是谁? 黄衣使者白衫儿。手把文书口称敕，回车叱牛牵向北。"

⑧韩愈《顺宗实录》卷二："旧事：宫中有要市外物，令官吏主之，与人为市，随给其直。贞元末，以宦者为使，抑买人物，稍不如

本估。末年不复行文书，置'白望'数百人于两市，并要闹坊，阅人所卖物，但称'宫市'，即敛手付与，真伪不复可辨，无敢问所从来。其论价之高下者，率用百钱物买人直数千钱物，仍索进奏门户并脚价钱。将物诣市，至有空手而归者。名为'宫市'，而实夺之。"

⑨相传杜甫于770年病逝于湘江舟中，"朱门酒肉臭，路有冻死骨"出自杜甫《自京赴奉先县咏怀五百字》诗。

审　判

王琳婷

"远道而来的客人，做个自我介绍吧。"

"我，我叫江东，来自一个小镇，请问，这里就是审判吗？"他说话有点喘气。

"是的，这里就是审判。"

可是，江东皱眉，现在的场面和想象中的审判完全不一样，审判他的人围着坐成了一个圆圈，而江东站在中间，像是被审问的犯人。

"现在的新人都是从许愿池来的吧，那条路可不容易，就算是我们任何一个人去估计都够呛。"这句话不是问句，从江东此时的样子就知道，他一定经历了好几场厮杀。

"对，我喝了许愿池的水。"

"真了不起，"太阳看了月亮一眼，"许愿池来的那条路上，被我们放了许多猛兽，都是以前月亮抓的。"

江东对月亮大人鞠了一躬，表示尊敬。

"你好江东，我象征着太阳。请问是什么样的愿望支撑着你来到了这里？"

"我的愿望是，我想拥有时光倒流的能力。"

江东看起来完全不整齐，浑身都是泥土和划痕，混着血迹，像是一条破布挂在一根竹竿上，说出愿望的时候，却好像忘记了一身的狼狠，满是坚定。"我从小镇出生以来，没有什么事情让我觉得无法实现，路上那些猛兽对我来说也不足为惧，可是，只有时间，它包含了太多遗憾，我却什么都没办法弥补。因此，我唯一能想到的办法就是，倒流时间。"

"我记得这个家伙，我见过他。"魔术师说。

"对，我应该是见过魔术师大人的。"

那段时间江东应该刚刚迎接到了妻子的死亡，又在医院查出了自己的病，整个世界对他来说，越来越沉重。对于时间和现实的无力，不管是抽烟还是醉酒都没法让他放下。而就在某天，江东如往常一般浑浑噩噩，任由自己走到不认得的地方，以此来消磨时间的时候，他走到了一个魔术表演现场。

那是一场只有两三个观众的表演，对于魔术师这个行业来说，算是非常惨淡了。江东看着坐在台上还笑眯眯的魔术师，不由得心生些感触，或许那个魔术师也怀着什么悲伤吧。因为悲伤，所以不愿想办法赚钱，因为对什么东西悲伤，只愿偏安一隅，才会不去想什么未来。他顿时觉得魔术师和自己也是一样的人，于是就在观众席坐了下来。

他看到魔术师笑了一下，好像在对他的到来表示高兴。

"今天给大家表演的魔术是——时间倒流！"

"这里有一朵开得正鲜艳的玫瑰，我可以让它下一秒钟就枯萎。"说罢，魔术师扬起自信的笑，手快速一翻，一朵鲜红的玫瑰就变成了残花。

"这样一朵枯萎又破碎的玫瑰，我还可以让它重回最美的时刻！"

"大家相不相信，大家相不相信！当我变出鲜红色的玫瑰的时候，你们不相信也得相信！"

明明是老套又无趣的台词，江东却看得目不转睛，他被魔术深深吸引住了，或者说，他被变魔术的人深深吸引住了。这样自信的笑容，应该在能够容纳千人的大舞台上面出现，让人很难意识到现在只有三四个观众在看。江东不禁想，如果这位魔术师处在自己这个情形，又会怎么处理现实，还能这样自信地笑吗？

魔术师走过来，他把变回来的鲜艳玫瑰支在江东面前，似乎在示意要送给他，然后说了一句和现在的氛围好像符合，又好像不那么符合的话。

"人这一生啊，一旦开始绽放，接下来走的就是慢慢枯萎的路。可是为什么所有人都在心甘情愿地枯萎呢？"

江东接过那朵玫瑰，他想说，他不甘枯萎。

这就是他想要时间倒流的原因。

"时间倒流……这个能力有点儿难办，你不如说说，你为什么需要这个能力？"太阳温柔地看着江东，似在期待他继续说下去。

江东定了定心，多看了太阳一眼，然后说："我的家人生病了，我想让他们重新好起来。"

愚人挠了挠头，"那你难道不应该拥有治好疾病的能力吗？就算时间倒流，以后他们还是会生病的。"

"我，"江东顿了一下，"因为我还有其他想要实现的……我还想让我的妻子回来。"

"你的妻子？"

"她死了。"

"节哀。"

不知道为什么，这些大人都给江东一种熟悉的感觉，包括他们的神态，他们的话语。可能是因为，这些大人的习性早就已经在世间流传，几乎被所有人知晓了吧。

"这么一说，好像确实需要时间倒流。"月亮思考着，"虽然如果是我，可能不会这样做。"

江东不知道这句话是什么意思。

"可是时间倒流，这不是普通的能力，你还没有打动我们，或者说，你需要打动我们，才能让我们给予你这个能力。"隐士老者第一次说话了。

"对，我知道要获得这个能力并不简单，但我已经做好了准备。"

"我说过了，我来自一个小镇。我本只是一个没有什么成就的人，但在那个小镇，我感觉自己能够派上用场。那里能够施展我的才华，最直观的表达，就是不到一个月，我荣获了小镇优秀公民。这不是一个虚的头衔，是我每天为大家做贡献的结果积聚而成的，充满荣誉的证明。"

"所以？"

"我觉得我的人生才刚刚开始，还有无限的价值可以发展，以前的我就这样充满了信心，可我看到了医院给我开的证明，我不敢相信，我的生命即将走到尽头。

那是一种非常罕见的疾病，病症是加速老化，这并不是遗传来的，我至今都不知道为什么会患上这种病。可我能感受到我的身体渐渐老去，完全不像年轻时候那么活力，连路上杀几只猛兽，我都差点就死在半路了。"

"不想老去，是个比较现实的理由。"月亮无动于衷。

过了几分钟还是没有人说话，江东自知理由还不够，他接着又说，"其实，其实我最想要的是，将整个世界的时间倒流。"

似乎从来没有人想过世界会灭亡，大家都在依赖着世界生存，这个世界确实是个非常厉害的世界，可它同时也有不可否认的脆弱。科技的发展一日千里，而就在那么一天，科学家找到了一个威力巨大的新能源，几个国家联合开发，却在推进某项应用的时候产生分歧。有的国家认为不应该太冒进，这项应用的实现还需从长计议，而有的国家主张激进。

最后，在某几个国家的坚定意志下，应用实验正常进行。事实上，对于这个实验的后果，没有一个人预想正确。后果真正来临的那一天，是一个人在做实验的时候多进了一毫米，整个实验室发生爆炸。炸的却不只是一个小实验室，而是半边地球。这其中，就包括江东的小镇。

"就是因为那场爆炸，我当时在外地出差，我的家人们却承受了所有。我的妻子在那时死去，家人们也染上了无法医治的重症，而我最爱的小镇，不复存在。"

"原来外面的世界已经变成这样，是我们太久没有出去过了。"代表恋人的一对情侣手拉着手，相互咬耳朵说着话。

"这是真实的，我出去表演魔术的时候亲眼看见过。"

他们微微低头，以表感伤。

"那么，"愚人抬起头来，他的那双干净剔透的眼睛正看着江东，"时间倒流了，你准备做些什么呢，准备怎么挽回这个世界？"

"这可就多了，时间倒流，我想把之前没做到的事情做好，把说不出口的事情说出，重新好好珍惜这个世界，不过，我认为最重要的是，我想把世界当成一个小镇。"

这个想法其实他一直在努力去实现，只是怎么都做不到。江东相信他一定是可以把世界当作是小镇来爱护的，可是还没等他做到，世界就发生了重大灾难。

"把世界当成一个小镇，现在依然可以做到，单就这一点根本没有必要时间倒流。"

"不，"他摇头，"现在的世界不一样了。没有妻子，没有家人，没有小镇，连我自己也活不太长了，这样的世界，有什么动力让我去爱？"

世界已经不堪到，让他再爱不起来。所以江东才想要来倒流时间，他想要爱这个世界，但首先需要有一个值得他爱的世界。

"你认为没有动力吗？"魔术师把玩着他手里的玫瑰，和当时他送给江东的那朵一模一样，却没有看江东一眼。

"家人重病，妻子死去，自身将老，世界下行，如果让你从中放弃一个，你怎么选？"

"放弃一个？"从未设想过的问题，江东看了看在场的诸位大人，然后低头沉默半晌，似需要做出什么重要决定，却迟迟犹豫着下不了口。最后他还是说了这样一句话："太阳大人也赞同这样的问题吗？您可是好运的象征。"

对于这个问题，太阳没怎么想就回答："是的，我是好运的象征。世人都知道我象征着好运，只要看见我就会很高兴，可是又哪里有绝对的好运？你以为的好运可能是他人的厄运，而你现阶段的厄运，将来回头，却发现那是好运。"

"这样想的话，好运还是坏运都有什么关系呢。我不抗拒魔术师提出的这个问题。"江东没有回复太阳，他心里有着巨大的纠结，最后，终于做了一个决定，"如果放弃一个，我可以放弃自己。"

"放弃自己？据你刚才的话来说，许多想要实现的事情都只能由你自己来完成。"

"可那些事情都还只是虚无缥缈，我无法保证自己真的能做到，所以我本身恰恰是最没有用的。"

气氛突然安静下来，江东不知道自己说错了什么。太阳和愚人皱眉抿嘴，似乎在想不太好的事情，月亮和魔术师看起来很平静，没什么表情，那对恋人在小声讨论，可江东听不到他们的声音，还有其他人，总之，似乎只有死神、恶魔和高塔神情还算可以，但这三个人坏的方面比好的更多。

直到月亮发出声音："这样，我们可以让你不再老去，但要你再放弃一个，你会放弃哪个？"

花两三秒理解了话语中的意思之后，"再放弃一个"这个问题和江东来之前心里猜测他们会问的问题差得更远了。他隐隐感觉不是很对，但出于对这些大人的信赖，还是选择跟着他们走。

这次的选择更加艰难，这四个东西，一起构成了他这些时日的悲伤，四个加起来才让江东有了喝许愿池水，走许愿路的决定。这四个都是他的执念，少了任何一个，他都走不到这里。可他已经放弃一个了。自身的决定好做，除去自身，剩下的就难办了。

江东不知道的是，从他做出第一个舍弃开始，某种他自身察觉不到的东西就已经被悄然打破。

"如果让我再放弃一个想法，我会放弃……我的家人。"

"一个原因，他们是陪伴我最久的人，没有任何其他人会像我的家人一样，无条件地爱我。甚至被我放弃，他们也不会怪我。犹豫这么久，是因为我心里过不去。"他吞了一口口水，才继续说，"还有一个原因，我放弃他们是因为有更重要的事情，那些事情更需要时间倒流。他们，我的家人们，会理解我吧，一定会的。"

周围一圈的人更加沉默了，他看到太阳和愚人嚅动嘴唇，似乎想要对他说些什么，却始终没有说出口，只以怜惜又无力的眼神看着他。月亮和魔术师似乎越来越自信，好像事情的发展从来没有逃出他们的预期。恋人的交谈声更加低缓了，不过他依旧听不清楚。

死神对着他笑了，说："我很愿意收留他们。好像世人眼里，死了就是什么都没有了，但在我这里不是，我会照顾好你的家人们的。"

他看着死神脸上浅浅的笑容，还有死神身边的恶魔和高塔，他们脸上挂着同样的笑容。不妙的感觉更加强烈了，江东感觉到自己说出来的话恐怕真的有问题。

"那再让你放弃一个呢？"这次是星星问的，他似乎有些不耐烦，"好吧，其实，我们只能帮你实现一个想法。虽然你提的看起来只是时间倒流这一个问题，但，怎么可能让你事事如愿呢？就算是我们这样的大人也不能事事如愿。"

"原来是这样，只能答应我一个想法。还剩下妻子和世界，我再想想。"

在江东低头思考的时候，在他身边围成一圈的大人们都相互对视了一眼，似乎达成了什么一致的意见，神情自然得仿佛他们经常做这样的事情。

因为被某些抓不住的、江东甚至没有意识到的转变，比起一开始，他的决心其实已经动摇了。

"没什么好犹豫的了。"他抬起头，话语掷地有声，看起来很有自信，"妻子，我选择放弃让我妻子复生的机会，为了把这唯一能够实现的想法留给世界。"

"我，家人，还有我的妻子，这都是小我，和大我相比起来不值一提，相信大多数人处在我这个位置，都是会选择世界的。选择小我不过是一定程度上满足了我的意愿，选择大我，我就是满足了千千万万人的意愿。"

这一轮，诸位大人都没有什么感情了，看江东的眼神不再有最开始时的重视，那么多双眼睛，眼底却都是麻木和空洞。

"看起来非常不错。"魔术师说道，"时间倒流，倒流之后的人们是没有记忆的，包括你，那么我问你，你要怎么改变大局，要怎么让世界，包括你的小镇，不走向毁灭？"

"我……"江东恍然一惊，又是从没想过的问题，像从他的头上倒了一盆凉水，把他浑身浇透。做了这么多个决定，结果全是白费力气。

"我可以……"随即而来的是迷茫，江东可以什么呢，他自己非常清楚，没有任何未来记忆的他，只会继续待在他的小镇里面，慢慢去找小镇和世界之间的破口。

可能能找得到，从此他就为世界做贡献，但极大概率是不会，他可能一辈子都只会待在他的小镇里面，直到世界再一次爆炸，小镇再一次毁灭，然后他再一次喝许愿池的水，来到这里。那他可以做什么呢，既然什么都不能做，来这里的意义又是什么？

在场的所有人都知道江东已经动摇了。

"你还有什么需要吗？"太阳和善地问。

"我，"江东张了张嘴，他十分不甘放弃这一次机会，但他，已经没什么可说的了。最终犹豫许久，他说："我还能再来一次吗？"

时间过了很久，久到江东以为没有大人会回答他的问题，以为自己做最后挣扎说出的这一句话，在他们看来并没有什么回答的必要。而就在这个时候，太阳说话了。

"这次的机会已经用完了，不过，我们会把时间倒流到30年前，30年后的你会再来一次。"

"这是真的吗？"

"这当然是真的，江东。"

"谢谢太阳大人，谢谢各位大人，30年后我再来的时候，一定会做出正确的决定！"

江东离开审判时，心情还十分激动。

诸位大人坐在原地，久久没有起身。时间仿佛静止，但这对于他们来说早已习惯。

还是隐士老者打破局面，长叹一声："每次都是一样的结果，太阳，你还在抱什么希望呢。"

"可是，只有他能够拯救这个世界，"太阳靠在椅背上，平日里看起来和善的脸都变得有些疲惫，"整个世界都在走下坡路，整个世界，只有他愿意喝许愿池的水，走那条艰难的道路来到审判。除了他，还有谁会想要改变世界呢？"

"可惜的是，他每一次都没有在最后坚定自己的决心，"魔术师还在把玩着那朵玫瑰，"他太容易被人左右了。"

当初是魔术师把玫瑰交到了江东的手上，在那个时候，江东其实就已经是大人们选定的人了。他们早就知道世界会走向毁灭，也在很努力地想办法改变这个结局，可直到现在，能做的只有在这里哀声长叹。

"说来可笑，当初他决心改变世界，其实就是因为魔术师那一朵玫瑰花。而到了审判，我们却要求他不被任何外物所动摇。"

这本身就是一个伪命题，没有地球，所有人都会不复存在，再怎么不被外物所动摇的人，都只能为此动摇。

"不管怎么说，这一切只能靠他自己。"

正确的答案到底是什么呢？

其实并没有固定的答案，很多答案都可以是正确的。他们所知的最有效的答案，是从一开始就不要舍弃。

只是江东一直把他们当作大人来敬畏而已。他有所不知的是，这些大人，等了他一个又一个的30年。

形影不离的恋人还在小声对话。

"你觉得江东下一次能做到吗？"

"可能做不到了吧，从他问太阳问题开始，我就知道这次也不行。每次都是这样。"

"我们也快要支撑不住了，到时候这个世界可怎么办呀……"

轻轻细细的声音不断，却始终讨论不出个结果。

"人这一生啊，一旦开始绽放，接下来走的就是慢慢枯萎的路。可是为什么所有人都在心甘情愿地枯萎呢？"

因为大家都选择了接受现实，然后努力把最后的时光过好。自身的疾病又如何，妻子家人的状况又如何，世界当前看起来像是快要走向灭亡又怎么样？

生活就不会变好吗？世界就不会重新走向正途吗？

该放过自己，也放过他了。30年的一次又一次循环，该被打破了。

魔术师将他手里的花，放在刚才江东站着的位置。

"我相信这是一朵永远不会枯萎的花。"